톨스토이의 가출

톨스토이의 가출

초판1쇄 인쇄 | 2024년 10월 4일
초판1쇄 발행 | 2024년 10월 11일

지은이 | 이정식
총괄이사 | 이광우
책임편집 | 안승철
영업부 | 박연
펴낸이 | 박경미
펴낸곳 | 도서출판 황금물고기

등록 | 2003년 12월 5일 (제2013-000213호)
주소 | 서울시 마포구 모래내로 83 한올빌딩 6층
전화 | 02-326-3336
팩스 | 02-325-3339

ISBN 978-89-94154-76-3 (03810)

ⓒ이정식

톨스토이의 가출

이정식 글 사진

황금물고기

머리말

지난 2020년과 2021년 도스토옙스키의 일생을 주제로 한 러시아 문학기행 1,2권을 내면서, 러시아 문학기행 3은 '톨스토이와 카프카스'를 주제로 한 기행으로 이어질 것이라는 예고를 했었다.

내가 카프카스를 중요하게 생각한 것은 그곳이 톨스토이가 문학을 시작한 곳이기 때문이다. 톨스토이는 카프카스에서 사관후보생으로 군 생활을 시작하면서 자신이 글쓰기에 재주가 있다는 것을 깨달았고, 그곳에서 보낸 '유년시절'로 문단에 데뷔했다. 그리고 초기에 카프카스에 대해 적지 않은 작품을 썼다. 카프카스에서 그가 주로 작품을 쓴 곳은 체첸의 카자크(코사크) 마을이었다. 그는 이후 세바스토폴에서 크림전쟁 참전 중에 쓴 일기에서 "나의 천직은 문학"이라며 문학에 일생을 바칠 것을 다짐한다.

나는 체첸과 크림반도를 방문해 그곳의 톨스토이 박물관 등을 둘러보고 톨스토이가 '전쟁과 평화'를 쓸 때 직접 답사했었다는 1812년 나폴레옹 전쟁 때의 격전지인 모스크바 서쪽의 보로디노에도 가봤으면 했다. 직접 찍은 사진도 필요했다.

그러나 세상 일이 다 그렇지만, 마음 먹은대로 되지 않았다. 2020년 초에 시작된 코로나 팬데믹은 3년 이상 계속됐고, 2022년 2월에는 러시아-우크라이나 전쟁까지 터졌다. 카프카스 산맥 북쪽의 체첸은 전쟁 중 방문하기 어려운 러시아 영토이며, 2014년부터 러시아가 실효 지배하고 있는 크림반도는 최대 미사일 피격 지역 중 하나가 되었다. 게다가 코로나가 시작될 무렵부터 나의 건강에도 이상이 닥쳐 그 후유증을 지금까지 계속 겪고 있다. 결국 2024년 중반이 지나도록 나의 계획은 실천되지 못했다. 그래서 계획을 조금 수정했다.

도스토옙스키 때처럼 톨스토이 기행도 1,2권으로 내려고 했으나, 톨스토이 부분의 일부를 문학 에세이 형식으로 파스테르나크, 루소, 위고, 솔제니친 등 다른 작가들 이야기와 함께 출판하기로 했다.

내가 도스토옙스키에게 관심을 가졌던 것은 그가 지독한 인생의 불운을 딛고 일어선 인물이라는 점에서였다. 톨스토이의 경우는 그가 금수저로 태어났고 글재주와 건강도 타고나서 남이 부러워하는 인생을 살았지만, 평생 인생과 인간에 대해 고민하고 사회적 불평등과 약자에 대한 연민을 놓지 않았다는 것 등에 마음이 끌렸다.

그러나 톨스토이는 인생 막바지에 오랫동안 갈등을 빚었던 아내로부터 떠나기 위해 새벽에 몰래 가출했다가 열흘 만에 시골 역장관사에서 죽었다. 그는 복을 많이 받은 사람이었으나 행복한 인간이었다고 말할 수는 없다.

행복의 조건으로 건강, 재력, 양심에 거리낌이 없을 것 등을 이야기하지만 나는 톨스토이에 대해 쓰면서 부부간의 사랑과 평화가 얼마나 소중하며, 가정이 있는 사람은 그것이 가장 중요한 행복의 조건이라는 것을 생각하게 되었다.

이 책 속에 함께 들어있는 파스테르나크, 루소, 위고, 솔제니친은 모두 톨스토이와 직간접적으로 관련이 있는 작가들이다. 루소는 톨스토이보다 한 세기 전 사람이지만 톨스토이에게 가장 많은 영향을 주었다. 톨스토이는 "내가 루소에게 느끼는 것은 감격 그 이상이다. 나는 그를 경배한다"며 자신은 소년 시절 십자가 대신 루소의 초상이 있는 메달을 목에 걸고 다녔다고 했다. '레 미제라블'의 작가 위고 역시 톨스토이에게 문학적 자극을 준 인물이다.

'닥터 지바고'의 작가인 보리스 파스테르나크는 스무 살 때, 톨스토이와 인연이 있던 화가인 아버지 레오니드를 따라 톨스토이가 숨진 아스타포보 역장관사에 갔다가 톨스토이의 주검을 직접 보고 미망인 소피야가 자기 아버지에게 하는 말을 주의 깊게 들었다. 그리고 그것을 수십 년 후에 그의 산문집 '사람들과 상황'(1957)에 실었다. 그가 노벨문학상 수상 작가로 선정 되기 한 해 전에 나온 책이다. 솔제니친 역시 톨스토이의 영향을 받은 러시아의 후대 작가 중 한 사람이다. 솔제니친의 '이반 데니소비치, 수용소의 하루' 나 '수용소군도'는 도스토옙스키의 영향을 받은 작품이지만…

내가 그동안 정리해 둔 원고들을 이 한 권에 다 싣지는 못했다. 시간과 건강이 허락한다면 두 번째 문학 에세이도 낼 수 있기를 바란다.

결혼 이후 40여 년간 나의 원고의 첫 번 독자이면서 언제나 꼼꼼하게 교정을 해 준 아내 고옥주(시인)에게 다시 한번 감사를 표한다. 책을 잘 만들어준 도서출판 황금물고기 박경미 사장과 안승철 실장께도 감사를 전한다. 이 책이 톨스토이와 러시아 문학을 이해하는데 조금이라도 보탬이 되기를 바란다. 또 이 책을 읽는 모든 분들이 몸과 마음의 평화를 오랫동안 누리시기를 기도드린다.

2024년

이정식

* 이 머리말은 2024년 7월 8일 오후에 쓴 것이다. 다른 책을 낼 때보다 짧게 썼지만 그후 일부러 손대지 않았다. 그 이유는 '후기'에 실었다.

차례

부록

제1부

톨스토이의 가출

1. 82세 노인의 무작정 가출

1등칸에서 3등칸으로 옮겨타다

82세의 노인이 아내와의 갈등 때문에 가출했다가 열흘 만에 객사했다. 요즘 우리나라에서 발생했어도 언론에서 기사로 다룰 법한 흔치 않은 사건이다. 만약 그가 유명인사라면 대서특필감이다. 러시아의 대문호 레프 톨스토이(1828~1910) 이야기다.

톨스토이는 1910년 10월 28일 동 트기 전 주치의 듀산 마코비츠키와 함께 아내 소피야(1844~1919) 몰래 집을 나왔다.

그는 행선지를 정하고 집을 나온 것이 아니었다. 늘 가출을 생각하다가 어느 날 갑자기 집을 떠나기로 결심한 것이다. 1910년 10월 27일 밤, 톨스토이는 마코비츠키와 자기를 따르는 유일한 자식인 막내딸 사샤(알렉산드라)에게 그같은 그의 결심을 밝히고 짐을 꾸리도록 했다. 다음 날 새벽 아내가 잠든 사이에 조용히 나가기 위해서였다. 소피야가 알아차릴 경우 야단법석이 날 것이므로 가출은 실패할 것이 뻔했다.

톨스토이와 마코비츠키는 마차를 타고 영지에서 가까운 야센키 역으로 갔다. 일단 여동생이 있는 샤모르디노로 가기로 하고 코젤스키까지 가는 기차를 탔다. 처음에는 1등칸을 탔으나 도중에 노동자들로 가득한 3등칸으로 옮겼다. 자신의 호사스런 생활에 대해 늘 죄책감을 갖고 있던 톨스토이는 동행한 마코비츠키에게 3등칸으로 옮겨 가자고 했다.

중간역에서 3등칸에 올라가자 사람들이 톨스토이를 알아봤다. 3등칸은

▲ 톨스토이 부부의 마지막 사진(1910. 9. 25)

춥고 비좁았다. 노동자로 보이는 사람들이 톨스토이 주위로 다가와 말을 건넸다. 사람들은 톨스토이에게 '좋은 정부의 형태는 무엇이며 조세제도는 어떠해야 하느냐' 등을 물었다. 톨스토이는 객차 중앙에 서서 이야기를 시작했다. 그는 '진보와 빈곤'(1879)을 쓴 미국의 재야 경제학자 헨리 조지(1839~1897)의 토지 단일세 이론에 대해 반 시간이나 장황하게 설교조로 설명을 했다. 사람들은 때때로 고개를 끄덕이기도 했지만 실제 얼마나 이해를 했을까. 전날 밤잠도 제대로 못 자고 나온 82세 노인으로서는 대단한 체력이 아닐 수 없었다. (* 토지 단일세 이론이란 토지의 소유가 불평등의 첫째 원인이므로 토지를 가진 사람의 토지로 인한 수익을 전액 세금으로 거둬들임으로써 토지로 인한 이익을 얻지 못하도록 하고, 대신 다른 모든 세금을 없앤다는 다소 비현실적인 이론)

헨리 조지는 우리나라에서도 토지공개념 이야기가 나올 때면 자주 등장하는 이름이다. 톨스토이가 노년에 쓴 소설 '부활'에도 그 이름이 나온다. 톨스토이가 노년에 주장한 '토지 사유제 폐지'도 헨리 조지의 영향을 받은 것이다. 두 사람이 만난 적은 없지만 그는 톨스토이의 후반 인생에 지대한 영향을 미친 인물이라고 할 수 있다.

누이동생 동네에서 당분간 지내려 했으나…

톨스토이는 가출 첫날인 28일, 샤모르디노에서 멀지 않은 옵티나 수도원에서 하룻밤을 묵었다. 이 수도원은 '죄와 벌'의 작가 도스토옙스키(1821~1881)가 1878년 6월 젊은 철학자 솔로비요프와 함께 방문해 이틀간 머물렀던 곳이다. 막내 아들을 잃고 상심해 있을 때였다. 톨스토이는 여기에서 그의 생애 마지막 글이 된, 사형제의 폐지를 주장하는 '유효한 수단'의 원고를 마무리했다.

톨스토이는 다음 날인 29일 오후, 여동생 마리야가 있는 샤모르디노 수도원을 찾아가 저녁을 같이하며 오랫동안 대화를 나눴다. 마리야는 원래 수녀는 아니었으나 신앙심이 깊었으며 노년에 들어선 1891년 수녀가 되어 이 수도원에서 생활하고 있었다. 톨스토이는 이곳에 농가를 한 채 빌려 당분간 지낼 생각을 했다.

가출 3일째인 30일, 여행 짐을 챙겨주었던 막내 딸 사샤와 사샤의 친구 바르바라가 함께 샤모르디노로 왔다. 아버지의 여행에 합류하기 위해서였다.

사샤는 톨스토이가 집을 떠나던 날 어머니 소피야가 자살하기 위해 영지 호수에 뛰어들었다가 구출된 일 등을 이야기하고 어머니가 곧 아버지를 찾아 나설 것이라고 말했다. 샤모르디노에 와 있는 것 정도는 금방 알아낼 것이라고 했다. 톨스토이는 사샤의 말을 듣고는 소피야가 들이닥치기 전에 빨리 샤모르디노를 떠나야겠다고 생각했다.

아내를 피하려고 또다시 기차에 오르다

다음 날인 31일 이른 새벽 톨스토이는 일행을 전부 깨워 출발준비를 시키고, 곧바로 마차를 타고 코젤스크역으로 출발했다.

샤모르디노를 떠나던 날 톨스토이는 소피야에게 편지를 썼다. "자신의 모든 힘을 당신이 원하는 ―지금은 나의 귀환일 테지만 ― 모든 것이 이루어지게끔 하는데 쏟아 붓지 말고, 스스로 자신의 마음을 평온케 하는데 사용하도록 노력해 보시오. …… 당신을 사랑하지 않기 때문에 내가 떠나왔다고 생각하지 말았으면 하오. 나는 온 마음으로 당신을 사랑하고 있고 당신을 가여이 여기고 있소. 하지만 지금 내가 하고 있는 것과는 다른 방식으로는 할 수 없었소" 라는 내용이었다.

전날 사샤의 말을 듣고 톨스토이 일행은 다음 행선지를 논의했다. 처음

▲ 톨스토이 영지의 호수

에는 불가리아나 튀르키예를 이야기하다가 기차로 바로 갈 수 있는 러시아 남쪽의 노보체르카스크로 가기로 했다. 로스토프 온 돈 바로 위에 있는 노보체르카스크는 흑해 북부의 아조프해에 가깝고 카프카스에서도 그렇게 멀지 않다. 그곳을 택한 것은 사촌 데니센코가 거기에 영지를 갖고 있기 때문이었다. 2022년 2월 우크라이나 전쟁이 시작된 우크라이나 동부 돈바스 지역과 가까운 곳이다.

사촌 데니센코는 톨스토이를 좋아했고, 서로 편지도 주고 받는 사이였다. 일단은 그곳으로 가서 다음 행선지를 생각해보기로 했다. 묵고 있던 샤모르디노에서 코젤스크역까지는 14km에 불과했지만, 길이 나빠 시간이 많이 걸렸다.

일행은 톨스토이와 주치의 마코비츠키, 사샤와 바르바라 등 네 명이 되었다. 코젤스크역에 도착해 신문들을 샀는데, 1면 머릿기사가 모두 톨스토이의 가출에 관한 것이었다. 톨스토이 자신도 일행도 모두 놀랐다.

가출 열흘만에 생을 마치다

역에 나온 사람들이 톨스토이를 금방 알아보고 주위에 몰려들었다. 기차 안에서도 마찬가지였다. 그런데 톨스토이는 그날 아침부터 왠지 힘이 없어보였다. 열도 있었다. 마코비츠키가 체온을 재보니 39도였다. 심상치 않았다. 마코비츠키는 샤모르디노를 급하게 떠나온 것을 후회했다. 연기 자욱한 객차 안에 앉아 있는 톨스토이의 상태는 점점 안 좋아지고 있었다.

마코비츠키는 톨스토이가 더 이상 여행을 하는 것은 위험하다고 생각했다. 다음 역은 아스타포보역이었다. 마코비츠키는 톨스토이에게 이곳에서 내리자고 했다.

역에서 내린 후 처음에는 인근의 괜찮은 집을 교섭했으나 주인이 톨스토이의 이름을 듣고는 환자를 집에 들이기를 거절했다. 그래서 역장 오졸린에게 도움을 청했다. 오졸린은 친절한 사람이었다. 마코비츠키의 말에 필요한 기간 만큼 자신의 손님이 되어도 좋다고 했다.

나지막한 역장 관사는 역 바로 아래에 있었다. 톨스토이는 방에 들어가 침대에 몸을 뉘었다. 의사가 왔다. 병명은 폐렴이었다. 그는 일주일 후인 1910년 11월 7일 이곳에서 생을 마쳤다. 가출 열흘만이었다.

2. 재산을 버리자는 남편과 지키려는 아내

재산 문제로 시작된 갈등

부부 사이의 갈등이 얼마나 심했길래 그 나이에 가출까지 했을까? 사실 그 뿌리는 길고 깊었다. 갈등은 근 30년에 걸쳐 계속됐다. 갈등의 뿌리는 재산문제였다. 재산을 버리자는 남편과 지키려는 아내 사이의 갈등이었다.

톨스토이의 가출이 이번이 처음은 아니었다. 26년 전인 1884년 6월, 소피야와 한바탕 다툰 후 처음 집을 나왔다. 당시 소피야는 만삭이었다. 만삭의 아내를 두고 그렇게 집을 나온 것이 마음에 걸렸다. 그래서 도보로 한

참을 갔다가 다시 집으로 돌아온 일이 있었다.

톨스토이가 귀가한 다음 날 딸이 태어났는데, 이 아이가 훗날 자녀 중에서 유일하게 아버지의 뜻을 받들게 되는 막내딸 사샤다. 그 다음 달인 7

▲ 톨스토이 컬러 사진

월 7일의 일기에서 톨스토이는 아내 소피야를 '자신의 목에 매달린 맷돌'이라고 적었다. 톨스토이는 1897년에도 가출을 결심하고 소피야에게 편지까지 써 놓았다가 그만 둔 적이 있다.

남편에게 '살인자'라고 외친 소피야

톨스토이는 히스테릭한 아내 소피야와 부딪치지 않기 위해 집을 나가야겠다는 생각을 오랫동안 해왔다. 톨스토이는 최후의 몇 달간 비밀일기를 써 장화 속에 감춰두곤 했는데, 마지막 가출 한달 반 전쯤인 1910년 9월 10일의 일기에는 집을 나가야겠다는 생각을 이렇게 적었다.

오전 중 나는 이렇게 생각했다. 이제 더는 참을 수 없다. 그녀에게서 떠나야 한다. 그녀와 함께 있어서는 생활은 없다. 그녀에게도 말한 것처럼, 있는 것은 고통뿐이다. …… 저녁때가 가까워 소피야가 공원으로 뛰어나가, 울고불고하는 소동이 일어났다. 내가 그녀의 뒤를 따라 갔을 때, 그녀는 큰 소리로 외쳤다.

"저놈은 짐승이다. 살인자다! 저놈의 얼굴 같은 것은 보기도 싫다!"

이렇게 소리지르고는 황급히 뛰기 시작했다. 마차를 잡아타고 당장에라도 나가버리려는 생각이었던 것이다. 이런 일이 매일 밤 같이 계속되었다. (톨스토이, 얀코 라브린, 동완 역, 삼성문화재단, 1975)

참혹했던 노년의 톨스토이 부부

소피야는 톨스토이의 일기를 몰래 읽곤 했다. 소피야 자신도 오랫동안 일기를 썼다. 소피야는 언젠가 남편의 일기를 읽은 후 그녀의 일기에 이렇게 적었다.

"나는 그의 일기를 몰래 읽어 보았다. 그것은 그와 내가 다시 원만하게 지내기 위해 내가 할 일이 무엇인가 생각하기 위해서다. 그러나 그의 일기를 읽고 더욱 절망하지 않을 수 없었다. 레프(남편)는 내가 자기 일기를 읽고 있다는 사실을 아는 듯 하다. 그리고 일기를 딴 곳에 감추어 버렸다. 이제 그는 나에게 아무 말도 하지 않는다.

옛날에 나는 그의 글을 옮겨 적는게 무척이나 즐거웠다. 하지만 그는 지금 그 일을 딸들에게 맡겼다. 나에게는 철저하게 숨기고 있다. 남편인 그가 나를 자신의 개인적 생활에서 완전 배제시키고 있어 나는 미칠 것만 같다.

나는 극도의 절망적인 상태에 지금 빠져있다. 자살해 버리거나 혹은 어디로 도망치고 싶다. 그렇지 않으면 누군가와 사랑에 빠지고 싶다." (톨스토이 평전, 로맹 롤랑, 김경아 편역, 거송미디어, 2005)

아들 레프의 기록에 의하면, 어느 날 아버지가 촛불을 손에 들고 레프의 방문을 불쑥 열더니 "네 엄마가 공원 땅바닥에 드러누워 있다는데, 어서 가서 데려오너라"라고 말했다. 레프가 가서 누워있는 어머니를 안고 집으로 들어가 달라고 부탁했다.

소피야는 "싫다, 싫어. 들어가긴 뭘 들어가. 그놈이 날 집에서 쫓아내는 걸. 그놈은 날 개처럼 쫓아내는 걸" 하고 반쯤 미친 사람처럼 눈물을 흘리면서 말했다. 그렇게 말하고는 다시 땅바닥에 쓰러져 두 손으로 얼굴을 가

▲ 톨스토이와 아내 소피야(1908, 가출 2년 전)

렸다.

아들의 기록이니 사실 그대로일 것이다. 소피야는 심한 신경증을 앓고 있었다. 톨스토이 말년의 부부관계는 이처럼 참혹했다.

집에서의 마지막 밤

그러던 중 1910년 10월 27일 밤, 톨스토이가 잠을 자기 위해 자리에 누워 있을 때, 소피야가 돌연 침실 옆 방으로 들어오더니 늘 하듯이 톨스토이의 서류들을 뒤지기 시작했다. 소피야는 톨스토이가 장화 속에 몰래 숨겨두 었던 비밀일기도 이미 찾아내 다 읽은 터였다.

톨스토이는 다시금 혐오와 분노를 느끼며 마침내 집 떠날 결심을 한다. 목적지도 정하지 않은 갑작스런 결정이었다. 주치의 마코비츠키와 막내 딸 사샤를 깨워 밤새 짐을 싼 후 다음 날 아침 일찍 집을 떠났던 것이다. 어둠 속에서 마차를 타기 위해 마굿간으로 가다가 숲 속에 넘어지는 바람에 모 자도 잃은 채였다.

톨스토이는 집에서 나오기 전 소피야에게 이런 편지를 남겼다.

"나의 가출은 당신을 슬프게 하겠지. 그것을 생각하면 마음이 아프지만, 이 렇게 하는 것 밖에는 방법이 없다는 것을 당신은 이해하고, 또 믿어주기를 바 라오. 가정에 있어서 나의 입장은, 이미 버티어낼 수 없게 된 것이오. 무엇보다 도 호사스러운 생활을 계속하는 게 괴로워서 견디지 못하겠소. 그래서 나의 연 배의 노인들이 흔히 하는 일을 나도 실행하오. 그들은 자신의 생애의 최후의 며칠을 고독과 평안 속에서 지내기 위해 세속의 생활에서 떠나는 것이오.

제발 이것을 이해해주오. 그리고 가령 나의 거처를 알아내더라도, 나에게는 오지 말도록 하오. 당신 쪽에서 그렇게 나를 쫓아오면, 당신의 입장도 나의 입장도 틀림없이 더욱 곤란하게 될 것이며 그렇게 해도 나의 결의는 변하지 않을 것이니까. 나와 함께 지낸 당신의 성실한 48년간의 생활에 대하여 나는 당신에게 감사하고 있소. 그리고, 아마 당신이 나에게 대하여 범하고 있는지도 모르는 모든 죄과를 송두리째 용서하듯이, 내가 어떤 점에서 당신에게 대해서 죄스러운 일을 하고 있더라도, 나를 용서해 주도록 부탁하오.”

톨스토이는 야센키(세키노) 역에서 기차를 기다리는 동안에도 소피야가 나타나지 않을까 불안해 했다. 30분 만에 기차를 탔다. 기차에 자리를 잡고 앉으니 불안이 사라졌다. 그렇게 생의 마지막 여행은 시작되었다.

3. 성공 뒤에 찾아온 인생에 대한 회의

오십 무렵의 심적 변화와 자살 충동

톨스토이 나이 50세 전후, 성공의 절정에 이르렀던 시기에 그에게 심적 변화가 찾아왔다. 그가 30대에 쓴 ‘전쟁과 평화’의 성공은 그를 최고 작가의 자리에 올려놓았다. 이어 40대에 소설 ‘안나 카레니나’를 쓰면서 그는 인생의 의미에 대해 커다란 회의를 갖게 된다. 커다란 성공 뒤에 온 삶에

▲ 톨스토이 영지의 발콘스키 저택과 마차

대한 회의였을까. 그는 여러 번 자살을 생각했다. 그러면서도 순간적으로 자살할까봐 두려워 주위에 있는 밧줄이라든지 사냥총 등을 치워놓았다.

이때부터 톨스토이는 이른바 무소유를 주장하기 시작했다. 재산을 버리고 가난하게 사는 것이 진정 의미있는 삶이라는 것이다. 재산을 죄악시하며 사치스러운 귀족의 삶에서 멀어져야 한다고 생각했다. 가정의 주 수입원인 저작권 수입을 포기하겠다느니 토지의 소유는 죄악이므로 토지를 농민들에게 나누어주어야 한다고 말했다. 그는 나아가 '토지사유제 폐지'를 주장하기에까지 이른다. 차르 니콜라이 2세에게 '토지 사유제는 폐지되어야 한다'고 상소까지 올렸다.

점점 나빠진 부부관계

54세 때인 1882년에 마무리 된 '참회록'은 그러한 그의 심적 변화의 결과물로 나온 것이다. 아내 소피야는 남편을 비범한 인물이라고 생각해왔지만 갑자기 인생관이 바뀐 그를 이해할 수 없었고 남편의 주장을 결코 받아들일 수 없었다. 소피야는 가족들을 위해 마땅히 재산을 지키고 늘려야 한다는 입장이었다. 소피야는 "우리 것을 전부 남에게 주면 남은 처자식과 손주들은 무얼 먹고 사느냐?"고 따졌다.

소피야는 18살 때 16세나 나이가 많은 톨스토이와 결혼해 16번의 임신을 하고 13명의 아이를 낳았다. 이 가운데 5명은 어려서 죽고 아들 다섯, 딸 셋 등 8명이 장성했다. 육아는 물론 모든 집안 살림은 소피야 몫이었다. 소피야는 젊은 시절 톨스토이의 원고 정서도 도맡아했다. 방대한 '전쟁과 평화'는 일곱 번이나 정서를 한 것으로 알려져 있다. 젊은 시절 소피야는 가정과 남편에 헌신적인 아내였다. 남편의 변화 이후 부부 사이는 점점 나빠졌다.

부부 갈등을 부추긴 톨스토이의 측근

그런 두 사람 사이의 갈등을 부추기는 인물이 있었다. 블라디미르 체르트코프(1854~1936)라는 톨스토이 추종자다. 그는 근위장교 출신의 젊은 귀족으로서 1883년 톨스토이를 처음 만났다. 그런데 어느 사이 톨스토이의 최측근 인물이 되었다. 톨스토이는 체르트코프의 말에 이러저리 휘둘렸다. 1890년대 초 마침내 중대한 사건이 발생했다.

▲ 톨스토이와 체르트코프(1906)

톨스토이가 체르트코프의 제안에 따라 모든 저작권을 포기하려고 했던 일이다. 톨스토이는 이미 전세계의 주목을 받는 작가였다. 체르트코프는, 그렇게 함으로써 톨스토이를 '금전에 욕심이 없는 진정한 성인(聖人) 반열에 오를만한 인물'로 한층 부각시키려 했다는 것이다.

당시 톨스토이 가족의 주된 수입원은 저작에 의한 것이었으므로 소피야는 톨스토이의 저작권 포기 움직임에 분개했다. 소피야는, 저작권의 포기로 톨스토이의 신화가 강화되고 남편이 성인이라는 이기적인 만족을 얻을지는 몰라도 가족은 어떻게 되는 것인가? 남편이 저작권을 포기하게 된다면 그 수익은 자식들의 교육에 쓰이는 대신 출판업자들의 호주머니에 들어가고 말 것이라고 생각했다. 부부간에 난리가 나지 않을 수 없었다.

가슴이 미어 터질 것 같았던 소피야는 이때 자살할 생각으로 집을 나갔다. 그러다 우연히 친지를 만나는 바람에 자살은 불발로 그치고 말았다.

그런 소동 뒤에 1891년 가을, 톨스토이와 소피야와의 사이에 하나의 합의가 성립되었다. 1881년 이후에 쓰여진 작품은 저작권을 모두 포기하는 대신, 그 전 해까지의 저작권은 소피야가 갖기로 한 것이다.

톨스토이가 카프카스 군 복무 시절과 크림전쟁 때 쓴 작품들, 그리고

'전쟁과 평화'(1869), '안나 카레니나'(1877) 등의 저작권이 소피야에게 남게 된 것이다. 그렇다고 불화가 해소된 것은 아니었다.

소피야가 두려워했던 톨스토이 일기

소피야는 체르트코프를 미워했다. 그가 교활하고 배타적이며 선한 사람이 아니라고 생각했다. 톨스토이 생전의 마지막 해였던 1910년, 소피야는 체르트코프가 톨스토이의 최근 10년간의 일기 중 몇 권을 갖고 있다는 것을 알게 되었다. 그 일기 안에는 당연히 그녀에 대한 좋지 않은 내용이 포함되어 있을 것이었다. 소피야는 체르트코프가 자기를 파멸시키고 중상하기 위해 그것을 이용할까 봐 두려웠다. 어느 날 소피야는 체르트코프를 찾아가 그것을 돌려달라고 요구했다. 그러나 체르트코프는 무례한 태도로 그러한 요구를 거절했다. 소피야는 1910년 7월 1일자 일기에 체르트코프에게 남편의 일기를 돌려달라고 부탁했다며 이렇게 썼다.

나는 체르트코프에게 남편의 일기를 돌려달라고 부탁했다. 그는 이렇게 말했다. "당신은 내가 그 일기를 방편으로 써서, 당신의 가면을 벗기리라고 근심하시는군요? 그렇게 할 생각이라면 벌써부터 할 수 있었던 일이고, 당신과 당신의 가족을 중상할 만한 영향력은 충분히 가지고 있는 것이지요. 나는 그렇게 하지 않았습니다만, 그건 오직 톨스토이에 대한 염려와 존경심에서였지요." 계속해서 그는 이렇게 덧붙였다. "내가 이런 아내를 가지고 있었다면, 벌써 피스톨 자살을 해버렸거나, 아니면 아메리카로 가버렸을 것입니다"라고 했다.

그해 7월 12일, 소피야는 다시 한번 체르트코프에게 일기를 돌려달라고 요청했다. 그날도 체르트코프는 소피야를 매우 불손하게 대했다. 그리고 이틀 후 소피야에게 불리한 곳을 전부 베끼고 나서 일기를 톨스토이의 상속인이 된 막내 딸 사샤에게 주었다. 그 후 일기는 툴라의 은행을 거쳐 국립은행에 보관되었다고 한다.

체르트코프는 때때로 톨스토이에게, 톨스토이의 본래의 교양과 설교의 올바름을 증명하기 위해 야스나야 폴랴나를 떠나야 한다고 주장했다. 사실상 가출을 부추겼던 것이다.

4. "체르트코프를 죽여라" - 소피야의 메모

가스라이팅 당한 듯 했던 노년의 톨스토이

체르트코프는 1854년 생으로 연령적으로는 톨스토이보다 26세가 적으니 아들뻘이라고 할 수 있다. 체르트코프는 귀족이며 장교 출신이다. 톨스토이와 체르트코프의 만남은 1883년 모스크바에서 상트페테르부르크로 가는 기차 안에서 우연히 이뤄졌다. 그는 톨스토이를 흠모해오던 터였고, 톨스토이는 대화를 나누면서 이 젊은 청년을 마음에 들어했다. 이후 체르트코프는 톨스토이의 최측근이 되었다.

체르트코프는 톨스토이의 작품과 주의 주장을 대중들에게 널리 알릴 수 있도록 책을 값싸게 만들어 팔아야 한다고 주장했다. 이는 책을 고급스럽게 만들어 비싸게 팔아야 한다는 부인 소피야와는 정반대되는 입장이었다. 톨스토이에게 저작권을 포기하도록 권한 것도 체르트코프였다. 소피야는 남편에게 체르트코프에 대한 불평을 계속했으나, 톨스토이와 체르트코프의 관계에는 변화가 없었다.

그러던 중 체르트코프가 1897년 영국으로 가게 되었다. 당국으로부터 요주의 인물로 주시 대상이 되어 피신의 필요를 느꼈기 때문이다. 그는 망명 형식으로 영국으로 떠났다. 영국에서도 그는 톨스토이 저작의 해외 출판 등의 일을 계속했다. 1899년 소설 '부활'이 나온 후 체르트코프는 '부활'의 영어, 독일어, 프랑스어 판 출판을 위해 뛰어다녔다.

체르트코프는 영국에 8년이나 가 있었다. 그러다가 그가 1905년 귀국해 다시 톨스토이 곁으로 돌아왔다. 그의 귀국으로 한동안 소강상태였던 톨스토이와 소피야의 관계가 다시 악화됐다.

체르트코프는 귀국 후 톨스토이 영지 근처인 야센키 마을에 자리를 잡았다. 그곳에 그는 오래 전부터 모친 명의

▲ 톨스토이와 체르트코프(1909)

의 집 한 채를 갖고 있었다. 그는 토지도 더 구입했다. 체르트코프가 살기 시작하면서 그곳은 톨스토이 숭배자들의 집합소가 되었다.

원고 관리자가 되기를 원한 체르트코프

체르트코프는 톨스토이 사후 유일한 원고 관리자가 되기를 원했다. 그는 마침내 톨스토이가 죽기 한해 전쯤인 1909년 9월, 작품의 소유권과 관련해 자기에게 유리한 비밀 유언장을 톨스토이로부터 받아냈다. 그러나 그후 그 유언장에 법적으로 문제가 있다는 것이 판명되어 다시 새로운 유언장을 작성하게 되었다. 새로운 유언장은 톨스토이의 모든 원고와 작품 저작권의 법적 상속인을 막내딸 사샤로 정했다. 사샤는 작품의 소유권을 포기하겠다는 아버지 톨스토이의 뜻을 따르는 유일한 자녀였다. 톨스토이는 만약에 사샤가 자기보다 먼저 죽을 경우 최종 상속자로 맏딸 타치야나를 추가로 지명해 두었다.

이같은 유언장은 톨스토이가 사망하기 석 달 반 전인 1910년 7월 22일 야스나야 폴랴나에 가까운 숲속에서 소피야 몰래 피아니스트 골데바이제르 등 세 사람의 증인이 참석한 가운데 작성됐다.

소피야는 장차 가족의 재산이 줄어들게 되는 내용의 남편 유언장이 작성됐다는 소문을 들었다. 체르트코프의 꾐에 빠진 것이라고 생각하며 미친 듯이 흥분했으나 정작 할 수 있는 것이 없었다.

독특했던 톨스토이-체르트코프 관계

톨스토이와 측근 체르트코프와의 관계는 일반적인 측근 관계 이상으로 독특했다. 톨스토이는 체르트코프에게 자신의 일기를 읽도록 허용하기도 했다. 그것은 과거에 아내 소피야에게만 허락되었던 것이었다. 체르트코프는 톨스토이에게 작품의 내용을 수정하도록 제안하곤 했는데 톨스토이는 대체로 그의 의견을 따랐다. 요즘 식으로 말하면 심리적으로 상대에게 지배력을 행사하는 가스라이팅 효과라고 볼 수도 있다. 톨스토이는 언제나 체르트코프의 주장을 거부하지 못했다. 후세의 톨스토이 연구가들 중에는 영민한 톨스토이가 어떻게 별다른 재능도 없는 체르트코프에게 그렇게 휘둘렸는지 모르겠다고 말하는 사람이 적지 않다.

소피야는 언젠가 히스테릭한 발작을 일으킬 때 남편과 체르트코프 사이를 동성애 관계라고 외친 적도 있다. 소피야에게 체르트코프는 남편을

▲ 톨스토이와 자녀 중 유일한 아버지 편이었던 막내 딸 사샤(1909)

잘못된 길로 이끌고 자신의 사랑을 빼앗아갔으며 가족들을 아버지로부터 떼어 놓고 가정을 피괴시키려고 하는 용서 못할 악인이었다. 자녀 여덟 중 장녀 타치야나는 중간쯤의 입장이었고, 다섯 아들은 전부 어머니 편이었다. 아버지 편은 막내 사샤 뿐이었다. 둘째 딸 마리야는 1906년 사망했다.

소피야는 톨스토이가 인근에 사는 체르트코프에게 가는 것 자체를 끔찍이 싫어했다. 소피야는 넷째 아들 안드레이에게 "어머니의 원수를 갚아라. 체르트코프를 죽여버려라"라는 메모를 써 보낸 일도 있다.

톨스토이와 소피야 사이에 체르트코프가 없었다면 부부관계가 그토록 악화되지는 않았을지도 모른다. 체르트코프는 톨스토이와 26세 차이였는데, 꼭 그만큼을 더 살고 1936년 톨스토이의 향년과 같은 82세로 사망했다.

5. 48년 함께 산 톨스토이 부부의 어이없는 작별

독자들, 사치스러운 생활에서 떠나라고 요구

톨스토이의 가출은 근본적으로 소피야와의 불화가 원인이고 측근 체르트코프의 영향도 있었지만, 또 다른 이유도 있었다. 톨스토이는 추종자들로부터, "당신은 가난한 삶의 위대함을 설교하면서 실제로는 야스나야 폴랴나의 큰 영지에서 호사스러운 생활을 하고 있지 않느냐"는 비난 섞인 편지를 가끔 받았다. "행동으로 모범을 보여달라"는 독자들의 요구도 이어졌다. 이 역시 가출에 영향을 미친 것으로 보인다.

톨스토이는 그의 저서를 통해 이마에 땀 흘리는 소박한 농민의 삶에서 인생의 의의를 찾을 수 있다고 주장해 왔지만 귀족으로서 그의 삶의 방식은 달라진 것이 없었다. 따라서 스스로의 모순적 삶에 대해 톨스토이는 늘 마음의 부담을 갖고 있었다. 가출하던 날 소피야에게 쓴 편지 속에 "무엇보다도 호

▲ 모스크바 하모브니키 톨스토이 저택 정원에 세워져있는 노년의 톨스토이 부부실물크기 사진

사스러운 생활을 계속하는 게 괴로워서 견디지 못하겠소"라고 적은 것이 그것이다. 톨스토이가 받고 있던 심리적 압박의 한 부분을 드러낸 것이라고 할 수 있다.

소피야, 톨스토이를 명예욕 강한 위선자로 생각

부부간의 불화가 오래 계속되면서 톨스토이, 소피야 두 사람 다 종종 자살을 생각했다. 돈 많은 귀족으로서 생활은 풍요로웠으나 계속되는 부부간의 갈등 속에 정신적으로는 매우 혼란스럽고 고단했다는 얘기다.

남아 있는 소피야의 기록들을 보면, 소피야는 결혼 초기부터 —알고 결혼한 것이지만, 농노 여자와의 사이에 사생아를 갖고 있던 남편에 대한 불만이 적지 않았다. 거기에 남편은 아이들이라든지, 집, 토지 등과 관련된 모든 집안 일을 죄다 자기에게 짊어지우고 있고, 자신의 순종과 노동을 이용하고 있다고 비판했다. 다음은 1894년 8월 4일의 소피야의 일기다. 누군가에게 호소하는 투다. 후일 그녀의 일기를 읽을 누군가를 의식해 남긴 기록이다.

"(그는) 무거운 짐이 되는 것은 모조리 나에게 짊어지웠다. 아이들, 집, 토지, 모든 사무적인 일, 수많은 책 — 이러한 모든 것을 말이다. 그리고 그는 부단히 나를 경멸하고 비판과 이기적인 무관심으로 계속 나를 괴롭히는 것이다. 그런데 그의 생활은 어떠한가? 조금 산책하는가 하면, 말을 타고 외출하고, 그것이 끝나면 글을 좀 쓴다. 마음 내키는 데서 마음 내키는대로 살고 있는 것이다. 가족을 위해서는 아무 것도 안하면서도, 모든 것을 이용하는 것이다. — 생활의 쾌적함, 딸애들의 지지, 민중의 아첨 그리고 나의 순종과 나의 노동을 이용하는 것이다. 그리고 명예가, 만족할 줄 모르는 명예가 있다. 그것을 위해서, 그는 가능한 모든 것을 했고, 또 계속하고 있다. 심장이 없는 인간만이 그러한 생활을 할 수 있는 것이다."

소피야는 남편 톨스토이를 명예욕이 강한 위선자로 생각했다. 또 나이가 들어갈수록 재산을 포기할 것을 종용하는 측근 체르트코프의 말에는

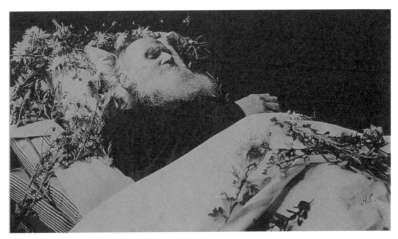

▲ 임종 직후의 톨스토이(1910.11.7)

거의 복종하다시피 따르면서 아내인 자신은 무시한다며 남편에게 적개심을 가졌다.

부부가 서로 그같은 적대감을 가진 상태로 30년 가까이 지내왔다는 것은 상식적이지 않다. 그것이 가능했던 것은 톨스토이의 명성이 날로 높아져 부부간의 불화를 겉으로 드러낼 수 없었기 때문이다.

부부란 무엇인가?

톨스토이가 여행 중 심각한 폐렴증세로 아스타포보 역장 관사에 앓아누웠다는 소식이 전해지자 취재진과 가족, 친지, 추종자들이 이 작은 마을에 몰려들어 북새통을 이루기 시작했다. 체르트코프와 큰 아들 세르게이, 조수 세르겐코가 먼저 달려왔다. 이어 소피야도 가족들과 도착했으나 톨스토이가 흥분할 것을 우려해 막내 딸 사샤와 체르트코프 등 측근들이 그녀가 방으로 들어가지 못하도록 막았다. 소피야가 나타나면 톨스토이가 흥분해 병세가 악화될 수 있다는 게 이유였다. 소피야는 11월 7일 새벽, 톨스토이 임종 직전에야 방에 들어갈 수 있었으나 남편은 이미 혼수상태여서 말 한마디 나눌 수 없었다. 톨스토이는 이날 새벽 6시 5분 마침내 숨을 거두었다. 48년 함께 산 부부의 마지막 치고는 너무나 어이없는 장면이 아닐 수 없다.

　부부를 서로 반려자라고 하는 것은 결혼이 사랑으로 이루어졌으므로 상대가 행복과 기쁨의 원천이 되어야 한다는 의미다. 상대를 이해하는 것이 사랑의 기초다. 하지만 사는 동안 부부관계가 늘 순탄할 수는 없다. 성격적 차이, 의견충돌은 흔히 있을 수 있다. 갈등과 충돌이 오래 가면 관계를 회복하기 어렵다. 문제가 생기면 속히 풀어지도록 서로 노력해야한다.

▲ 톨스토이의 사망시간인 6시 5분에 맞춰져있는 아스타포보역의 시계

그러나 부부가 끝내 갈등을 계속 해소하지 못한다면 헤어지는 것이 나을 수도 있다.

성경에 이런 말씀이 있다.

"다투는 여인과 함께 큰 집에 사는 것보다 움막에서 혼자 사는 것이 더 낫다." (구약 성서 잠언 21장 9절)

구약 성서는 수천 년 전에 쓰여진 것이다. 그때도 편안치 않은 부부가 많았던 모양이다. 그러니 '마누라와 싸우면서 사느니 차라리 나가서 움막 짓고 혼자 살라'고 권고하지 않았겠나. 남성 위주로 표현한 것 같지만, 여인을 남자로 바꿔도 마찬가지다. 톨스토이가 마침내 성경 말씀처럼 결단하긴 했는데, 아무래도 톨스토이의 82세 가출은 너무 늦은 나이였던 것 같다.

소피야는 악처였나?

흔히 재미로 하는 이야기지만 세계 3대 악처로 소크라테스의 아내 크산티페, 모차르트의 아내 콘스탄체, 그리고 톨스토이의 아내 소피야를 꼽는다. 다 인류사에 큰 이름을 남긴 천재의 아내들인데 혹시 남편들이 대단한 천재여서 아내들이 사실과 달리 악평을 받고 있는 것은 아닌지 의문이 들지 않을 수 없다. 전해 오는 이야기일 뿐이어서 잔뜩 과장됐을 가능성이 크지만, 크산티페는 잔소리로, 콘스탄체는 낭비벽으로 최고 악처의 반열에 올랐다고 한다. 그러면 소피야가 세계 3대 악처로 이름을 올리게 된 이유는 무엇일까?

이유는 그녀가 남편의 높은 뜻을 너무 몰랐다는 것이다. 높은 뜻을 몰랐다는 게 어떻게 죄가 되는지는 모르겠다. 내가 2017년 봄, 야스나야 폴랴나 톨스토이 영지에 갔을 때 안내하던 여성 해설사는 "소피야를 악처로 보고 욕해서는 안 된다. 그녀는 아내로서 또 자녀들의 어머니로서 그럴 수밖에 없었다"고 소피야를 두둔했다.

톨스토이가 아스타포보 역장 관사에 누워있을 때 안으로 들어갈 수 없었던 소피야가 창문을 통해 집 안을 들여다보는 빛 바랜 사진이 한 장 남아 있다. 톨스토이 부부의 안타까운 최후 모습을 상징적으로 보여주고 있는 사진이다. 그 사진을 볼 때마다 왠지 측은하다는 느낌이 든다. 대체 돈

▲ 창문을 통해 역장관사 안을 들여다보는 소피야 (맨 오른쪽). 1910년 11월 3~6일.

이 무엇이고 명성이 무엇인가, 부부가 마지막에 그 모양으로 헤어진다면 함께 살아온 인생이 얼마나 허망한가!

6. 남편 주검 옆에서 소피야는 계속 자신을 정당화했다 – 파스테르나크의 기록

톨스토이의 주검 앞으로 달려간 파스테르나크 부자(父子)

소피야는 결국 남편과 아무런 대화도 나누지 못한 채 영원히 작별했다. 다음 날인 11월 8일, 톨스토이의 주검 옆에서 소피야를 만나 그녀가 한 이야기를 듣고 기록으로 남긴 이가 있다. 훗날 '닥터 지바고'로 세계적 작가의 반열에 오르는 보리스 파스테르나크(1890~1960)다. 파스테르나크가 당시 현장에 있게 된 사연은 이렇다.

파스테르나크의 아버지 레오니드 파스테르나크(1862~1945)는 톨스토이가 사망한 그날 오후 아스타포보로 급히 와 달라는 전보를 받는다. 화가였던 레오니드는 톨스토이 소설 '부활'의 삽화를 그린 것으로 유명하며, 톨스토이의 야스나야 폴랴나 저택에 머물면서 톨스토이의 초상화와 집필 중인 모습, 가족과 함께 있는 광경 등 많은 그림을 그려 톨스토이 가족들과 가까운 사이였다. 톨스토이 측에서 레오니드에게 전보를 띄운 것은 고인의 사후 모습을 그림으로 남겨 놓기 위해서였다.

레오니드는 전보를 받은 후 맏아들 보리스에게 아스타포보에 같이 갔다 오자고 했다. 부자는 7일 밤 모스크바의 파벨레츠키 역에서 아스타포 보까지 가는 야간 열차를 탔다.

톨스토이 주검 옆에서 본 미망인 소피야

파스테르나크는 그가 생전에 쓴 두 편의 자전적 작품 중 하나인 '사람들 과 상황'(1957)에서 아버지를 따라 아스타포보 역으로 가면서 떠올린 톨스 토이에 대한 감상과 현장에서 본 주검의 모습, 미망인 소피야가 한 말 등 을 기록으로 남겨놓았다.

> "그(톨스토이)는 명문가 혈통이었기 때문에 대지의 황제가 될 수 있었고, 세 상에서 얻을 수 있는 모든 섬세한 것들을 부여받아 방자해진 능수능란한 지성 을 갖춤으로써 응석둥이 총아들 중 특히 사랑받는 총아도, 모든 귀족들을 대 표하는 귀족도 될 수 있었다. 하지만 대지에 대한 사랑과 대지 앞에서의 양심 때문에 쟁기를 끌며 농부처럼 허리띠를 맸던 것이다." (사람들과 상황, 임혜영 옮김, 을유문화사, 2015)

조금 복잡하게 썼고, 자칫 비꼬는 듯한 표현으로 보일 대목도 있지만, — 명문 귀족 가문에서 좋은 능력을 타고 태어나 줄곧 잘 나갔으면서도 농부처럼 입고 쟁기를 끄는 등 자연과 대지에 겸손한 모습도 보였다는 의 미일 것이다.

파스테르나크 부자가 방으로 들어갔을 때 한 구석에서 울고 있던 미망

▲ 레프 톨스토이 역(옛 아스타포보 역) 바로 앞에 있는 톨스토이 박물관. 아스타포보 역장 관사였다.

인 소피야가 레오니드를 맞으러 빠르게 걸어왔다. 그녀는 레오니드의 양 손을 부여잡고는 눈물을 흘리며 발작적이고 떨리는 목소리로 말했다. "아 아, 레오니드 오시포비치, 제가 이제껏 어떤 일을 겪었는지요! 정말로 당신 은 제가 이이를 얼마나 사랑했는지 아실 거예요!" 그리고 나서는 톨스토이 가 집을 나갔을 때 그녀가 어떻게 자살하려 했고, 어떻게 연못에 뛰어들었 으며 그다음엔 어떻게 그곳에서 간신히 살아난 채로 구조됐는지에 대해 이야기했다. 파스테르나크의 기록은 이렇게 이어진다.

"소피야 안드레예브나는 계속해서 자신을 정당화했다. 그녀는 아버지에게 자신이 고인에게 헌신했고 고인의 사상을 이해하는데 있어 경쟁자들보다 나음 을, 또 그들보다 고인을 더 잘 돌보았음을 입증해 줄 것을 부탁했다. 아, 나는 생각했다. 인간은 정말 어떤 상태까지 이를 수 있단 말인가. 더욱이 그가 톨스토이의 아내라면"

파스테르나크에게는 소피야가 곱지 않게 보였던 것 같다. 그는 주검이 된 톨스토이에 대해서는 이렇게 썼다.

"방 한구석에 놓은 고인의 모습은 산(山)이 아니라, 생전에 그가 수십 명씩 묘사해 작품 지면에 산재시켰던 그 작은 노인들 중 하나인 주름 가득한 조그만 노인이었다. (…) 만약 우리가 각 작가에게서 그를 규정해 줄 단 하나의 특징을 고르다면 — 예를 들어 레르몬토프의 열정, 튜체프의 풍부한 내용, 체호프의 시적 감성, 고골의 눈부신 문체, 도스토옙스키의 상상력 등을 지칭할 수 있듯이 — 톨스토이의 경우, 그것은 무어라고 말할 수 있을까?

이 도덕주의자, 평등주의자, 어떤 묵인이나 예외없이 모두에게 적용될 법의 선전자의 주요 특성은 어느 누구의 것과도 닮지 않은 자기모순에 빠진 독창성이었다. (…) 창조적 관망의 열정을 톨스토이는 내면에 늘 지니고 다녔다. 그가 모든 것을 처음 보는 새로운 것인 양 그것의 맨 처음의 신선한 모습 속에서 본 것도 그가 지닌 바로 이런 열정 덕분이었다. 그가 본 대상의 진정한 모습은 우리가 익숙해져 있는 그 모습들과 너무 달라서 우리에게 기이하게 여겨질 수도 있다."

당시의 아스타포보 마을과 운구 모습

그는 당시 아스타포보 마을의 모습과 톨스토이의 관이 운구되어 기차에 실려 아스타포보역을 떠나는 상황도 적었다.

"역이 위치한 아스타포보 마을은 그날 전 세계에서 몰려든 기자들의 혼란스럽고 떠들썩한 야영지 같았다. 역 간이 식당은 대성황을 이루었고, 웨이터들은 몰려드는 주문을 다 받지 못한 채 겉만 살짝 구워진 스테이크를 들고 이리저리 급히 나르느라 지칠 대로 지쳐 있었다. 맥주는 강물처럼 흘러나왔다.

톨스토이의 아들들인 일리야 리보비치와 안드레이 리보비치가 역에 있었다. 또 다른 아들인 세르게이 리보비치는 야스나야 폴랴나로 톨스토이의 시신을 실어 가려고 동원된 기차를 타고 도착했다.

대학생과 청년들이 장송곡 '영원한 기억'을 부르며 시신이 든 관을 들고서 역 마당과 정원을 지나갔다. 그런 다음 열차가 대기하고 있는 플랫폼으로 가서 관을 화물칸에 실었다. 플랫폼에 모여있던 군중들이 모자를 벗었고, 장송곡이 다시 불리기 시작한 가운데 열차는 툴라를 향해 조용히 출발했다."

이 글이 실린 파스테르나크의 '사람들과 상황'은 그가 70세로 죽기 3년 전인 1957년에 나온 것이다. 파스테르나크가 아스타포보에 간 것은 그로부터 47년 전, 그가 스무 살 때였다. 당시 상황을 일기 등 어딘가에 기록해 놓았었는지, 아니면 기억을 되살려 쓴 것인지는 알 수 없으나 소피야에 대한 대목은 당시 소피야의 심리 상태를 잘 묘사한, 실로 놀라운 기록이다. 그

▲ 역으로 운구하는 톨스토이의 아들들. 거의가 대머리다.

리고 아스타포보에서 운구를 한 것은, 당시 사진을 보면 아들들인데, 파스
테르나크는 청년들이라고 했다. 착오일 수도 있고 일부 구간은 청년들이
운구했을 수도 있다. 역장 관사는 역 바로 아래에 있어서 거리가 매우 가
깝다.

나의 전기를 쓰려는 것이 아니다

파스테르나크가 생전에 쓴 두 편의 자전적 산문 중 하나는 마흔한 살
때인 1931년에 쓴 '안전 통행증'이다. 두 개의 자전적 작품은 모두 중편 소
설 정도의 길이다. 첫 작품인 '안전 통행증'에서 파스테르나크는 "지금 나
는 나의 전기를 기록하고 있는 것이 아니다. 나는 다른 이의 전기가 필요해
서 다만 내 전기에 관심을 갖는 것일 뿐이다. 나는 (…) 그의 실제 삶이 묘
사될 가치가 있는 자는 오직 영웅뿐이라고 생각한다"고 썼다.

자전적 이야기를 쓰는 이유가 자기에 대해 쓰기 위해서가 아니라 다른 이에 대해 쓰기 위해서라고 했다.

톨스토이의 임종 후 모습과 그의 주검 옆에서의 부인 소피야의 상태, 그리고 아스타포보 상황에 대한 기록은 길지는 않지만 스무 살 청년 파스테르나크의 풋풋한 시선을 느끼게 한다.

톨스토이 최후의 기차역을 찾아서

톨스토이 박물관이 된 아스타포보 역장 관사

톨스토이가 숨을 거둔 아스타포보 역장 관사는 그 후 톨스토이 기념 박물관이 되었다. 지역의 이름도 아스타포보에서 레프 톨스토이로 바뀌었고, 역 이름도 자연히 레프 톨스토이 역이 되었다. 그럼에도 여기에서는 아스타포보 역이라고 해야 할 것 같다.

내가 아스타포보 역을 찾아간 때는 2019년 4월이었다. 모스크바 남쪽 380km 지점에 있다. 과거에는 사람이 타고 내리는 일반역이었으나 그간 여객수가 줄어들면서 몇 년 전 화물만을 취급하는 역으로 바뀌어져 있었다. 따라서 모스크바에서 기차를 타고 곧바로 갈 수 없었다.

4월 3일 오후 5시 10분, 인천공항 출발 9시간 50분 만에 모스크바 세레미츠예보 공항에 도착했다. 비행 예정시간은 9시간 10분으로 나와 있었으나 바람의 영향으로 40분가량 더 걸렸다고 한다. 모스크바 기온은 영상 8도.

필자는 공항에 마중 나온 박정곤 전 고리끼 문학대학 교수(현 러시아 문화원장)와 곧바로 파벨레츠키 역으로 갔다. 109년 전, 파스테르나크 부자가 톨스토이 사망 소식을 듣고 아스타포보로 출발했던 바로 그 역이다. 목적지 쪽으로 가는 기차의 출발시간은 밤 9시 15분. 교통체증 때문에 식사 할 시간을 놓쳐 저녁은 역 근처에서 햄버거로 급히 때웠다.

우리가 탄 기차는 꽤 오래된 것 같았다. 기차의 4인 1실(쿠페)에는 젊은

▲ 톨스토이가 임종한 방

러시아 청년 한 명이 2층에 먼저 올라가 있었다. 우리는 예약한 아래 침대 두 개에 자리를 잡았다.

열차는 북카프카스 지방의 러시아 곡창지대인 스타브로폴까지 가는데, 우리는 새벽 3시 42분 챠플리긴 역(구 란넨부르크 역)에서 내리도록 되어 있다. 챠플리긴 역은 우리의 목적지인 아스타포보 역(레프 톨스토이 역)에서 45km 가량 못 미처에 있다.

챠플리긴 역에서 내린 이유는 앞에서 이야기한 것처럼 아스타보포 역에 여객 열차가 서지 않으므로 그곳까지 다른 교통 수단을 이용해야 했기 때문이다.

자는 둥 마는 둥 하다 챠플리긴 역에 도착했다. 기차는 차가운 새벽 공기 속에 우리를 내려놓고는 곧 떠났다. 일단은 어디 가까운 호텔에서 잠시 쉬고 아침 식사 후 출발해야 했다. 이른 새벽인데도 역 앞에 택시가 있었다. 택시를 타고 잠깐만에 인근의 작은 호텔에 도착했다. 새벽 4시다. 잠시 눈을 붙인 후 8시 조금 지나 호텔식당에서 간단하게 아침을 먹었다. 그리고 택시를 대절해 9시 5분쯤 아스타포보로 출발했다.

위대한 작가 톨스토이가 이곳에서 생을 마쳤다

달리는 길 양편으로 광활한 벌판이 끝도 없이 펼쳐져 있다. 러시아는 오나가나 벌판이다. 아스타포보 박물관 근처에 9시 55분에 도착했다. 50분 걸렸다.

이날은 바람이 많이 불었다. 도착 후 톨스토이 박물관을 쉽게 찾지 못하고 조금 헤맸다. 실은 박물관 바로 옆까지 갔었는데 팻말이 보이지 않아 박물관을 지나쳤다. 마침 지나가는 이에게 "박물관이 어디냐?"고 물었더니 새로 지은 역사로 가보라고 했다. 구 역사 옆에 새로 지은 역사가 붙어 있었다.

역사 안에 들어가 보니 벽에 사진들을 전시해 놓은 공간이 있었다. 톨스토이 사진은 많지 않았고 옛날 열차 사진들이 많이 걸려 있다. 아무래도 이상해 직원에게 여기가 톨스토이 박물관이 맞느냐고 물어보니 열차 사진 전시장이란다.

직원이 톨스토이 박물관은 역사 바로 아래에 있다고 알려주어 곧바로 밖으로 나왔다. 옥색 지붕의 붉은 벽돌색 단층 목조 건물이 앞에 보였다.

지금은 톨스토이 박물관이 된 오졸린 역장(*톨스토이 사망 당시의 역장)의 관사다.

울타리를 통해 관사로 들어가는데 붉은 벽면에 작은 동판이 하나 붙어 있었다. "바로 이 집에서 1910년 11월 7일 러시아의 위대한 작가 레프 톨스토이가 생을 마쳤다"는 내용이었다.

그대로 보존되어 있는 톨스토이가 사망한 방

박물관으로 들어가니 신발 위에 신는 덧신을 준다. 바닥에 흙이 떨어지지 않도록 하기 위해서다. 러시아의 박물관에는 이런 일이 흔하다. 다른 방문객들은 보이지 않았다.

해설사가 톨스토이의 친가와 외가의 두 할아버지 초상화, 아버지 일리치 톨스토이 백작의 초상화 등이 걸려 있는 첫 전시실부터 천천히 설명을 시작했다. 양가 모두 귀족 집안이었으므로 초상화들이 잘 보존되어 있었다. 물론 복제품이다. 다만 톨스토이가 두 살 때 사망한 모친은 사진을 남기지 못했다. 유

▲ 아스타포보 톨스토이 박물관 앞 공원의 톨스토이 흉상앞에서

일한 흔적인 검은 실루엣 그림이 어머니의 사진으로 붙어있었다.

몇 개의 방에는 사진과 각종 자료, 의복 등이 전시되어 있다. 사진 가운데 톨스토이 임종 직후 고인 앞에 모여 서 있는 가족과 측근들의 사진이 특히 눈에 띄었다. 사진 속에는 임종 직전에야 방에 들어온 소피야가 가운데 있고, 막내딸 사샤, 주치의 마코비츠키, 소피야와 원수지간처럼 지낸 톨스토이의 측근 체르트코프 등이 들어있다. 톨스토이 사후 무덤 앞에 서 있는 소피야의 사진도 크게 확대되어 걸려 있었다.

그 옆방에는 톨스토이의 초상화와 데드 마스크 등이 있고, 또 다른 방에는 '전쟁과 평화' 등 주요 작품의 주인공들을 그린 그림, 톨스토이와 소피야 관련 서적도 벽면과 전시대에 놓여있다. 몇 개의 작은 방들의 전시물과 사진들을 설명한 후 해설사는 우리를 톨스토이가 숨진 방으로 안내했다.

방은 아주 작지는 않았다. 작은 침대 두 개가 조금 떨어져 위치해 있었고 주변에 의자가 몇 개 있었다. 하나는 톨스토이가 임종한 침대다. 하나는 누군가 밤새 병상을 지키느라고 필요했던 침대였을 것이다. 그릇장도 있었다.

집 앞에는 작은 공원이 조성되어 있는데, 톨스토이의 흉상이 사각형의 높은 돌기단 위에 우뚝 서 있었다.

6시 5분에 멈춰있는 역의 시계

박물관에서 나와 바로 뒤의 레프 톨스토이역으로 다시 갔다. 바람이 많이 불고 있었다. 1층짜리 작은 옛 역사에 붙여 붉은 벽돌로 새로 지은 2층 역사 뒤로 돌아가니 철로 쪽 벽면에 커다란 둥근 시계가 걸려있다. 시간은 6시 5분을 가리키고 있다. 시계 바늘은 움직이지 않았다. 이 시계는 언제나 6시 5분이다. 톨스토이가 숨을 거둔 시간을 가리키고 있는 것이다.

아스타포보 박물관과 역을 2시간 가량 둘러보고 우리는 대기하고 있던 택시로 모스크바행 버스를 타기 위해 인근 리페츠크로 서둘러 출발해야 했다. 리페츠크는 레프 톨스토이 아래쪽에 있는 인구 50만 가량의 리페츠크 주의 주도다. 그래서 거기까지 가야 모스크바로 가는 시외버스를 탈 수 있다.

다음 날 오전 모스크바 아래 다로보예에 있는 도스토옙스키 자연 박물

▲ 임종 직후의 톨스토이와 부인 소피야(가운데)

관 방문이 약속되어 있어서 이날 밤 어떻게 해서든 모스크바로 가야 했기 때문에 서둘러 다닐 수 밖에 없었다.

아스타포보를 거의 무박 2일에 다녀온다는 것은 이곳의 교통상황을 고려하면 사실 무리였다.

리페츠크에서 모스크바로 가는 2시 출발 버스가 있었는데, 우리는 80km 떨어진 시외버스 터미널로 부지런히 달렸지만 결국 그 버스를 놓치고 말았다. 날씨가 급변해 오후부터 눈이 펄펄 내리기 시작했다.

시외버스 정류장도 보안은 엄격했다. 들어갈 때 짐 검사를 했고, 여권과 비자를 보여줘야 티켓을 살 수 있었다. 결국 4시 버스를 탔다. 버스는 모스크바까지 7시간 반이 걸렸다.

제2부

톨스토이의 출생과 성장, 문학의 길로 가기까지

1. 커다란 영지와 소박한 무덤

세 계절에 본 톨스토이 영지

야스나야 폴랴나 톨스토이 영지는 톨스토이가 태어나서 자란 곳이고 죽어서 묻힌 곳이다. 모스크바에서 남쪽으로 200km 가량 거리에 있는 툴라시에서 14km쯤 더 들어간다. 필자는 2010년대에 야스나야 폴랴나 톨스토이 영지를 세 차례 방문했다. 처음엔 파릇한 봄기운이 가득한 5월에 갔었고 그 뒤로 푸르름이 최고조에 달한 여름과 노란 자작나무 단풍이 아름다운 가을에 한 차례씩 갔었다. 겨울만 빼고 세 계절의 모습을 모두 보게 되었다.

영지 입구에는 커다란 흰색 원통 기둥이 양쪽에 세워져 있는데 옛 사진에서 본 그대로였다. 안으로 들어가면 바로 왼쪽으로 커다란 호수가 나온다. 영지 내 세 개의 호수 중 가장 큰 것이다. 그 옆으로 저택으로 올라가는 자작나무 길이 이어진다.

톨스토이 영지는 지금은 박물관으로 되어있다. 원래의 크기는 1500헥타르에 이르렀다. 우리식 평(坪)수로는 450여만 평이다. 서울 여의도 섬의 면적이 87만 7천평 정도이므로 대략 여의도의 5배 가량 된다. 당시에는 영지에 딸린 농노가 330여 명 있었다.

방문객들은 자작나무 길 입구에서 영지 해설사를 만나 그의 설명을 들으면서 영지 안으로 이동한다. 내가 만난 해설사는 모두 여성이었다.

해설사는 대개 톨스토이와 숫자 2와 8의 인연에 대한 이야기부터 시작

▲ 야스나야 폴랴나 영지 입구

한다. 톨스토이는 1828년 8월 28일 태어났다. 그가 가출한 날은 1910년 10월 28일이었다. 그리고 82세에 세상을 떠났다. 그런 식으로 2와 8의 인연을 설명했다. (*해설사가 말하는 날짜는 제정러시아 때 사용하던 율리우스력의 날짜다. 러시아 혁명 이후 현재는 그레고리력을 쓰고 있다. 출생일 8월 28일은 그레고리력으로는 9월 9일이다.)

자작나무 길을 조금 올라가면 영지 내 건물 등의 위치를 가리키는 팻말이 서 있는 갈림길이 나온다. 올라가던 방향에서 이 갈림길의 오른쪽을 보면 온실이 있다. 톨스토이 외할아버지 발콘스키 공작 때부터 있던 온실이라고 한다. 2백 년도 훨씬 더 된 것이다. 뒤에 다시 이야기 하겠지만 야스나야 폴랴나 톨스토이 영지는 원래 외가인 발콘스키 집안의 땅이었다.

갈림길에서 왼쪽으로 가면 발콘스키 저택과 마굿간이 나오고 직진해

▲ 저택으로 올라가는 자작나무 길

위로 올라가면 톨스토이가 살던 연녹색의 2층 저택이 나온다. 부유한 귀족의 저택 치고는 생각보다 규모가 그렇게 커 보이지 않았다.

톨스토이 저택 가까이에는 톨스토이 저택보다 조금 작은 2층집이 있는데, 톨스토이 처제 내외가 살던 쿠즈민 저택이다. 쿠즈민은 처제의 남편, 즉 톨스토이 아랫동서의 이름이다. 톨스토이가 원래 태어난 집은 현재의 저택과 쿠즈민 저택 사이에 있었다. 그 자리에 지금은 키가 큰 나무들이 들어서 있다. 현재의 저택은 톨스토이가 지은 것이다.

톨스토이를 낳은 가죽 소파

저택에는 덧신을 신고 들어가야 한다. 저택 투어는 커다란 식탁이 있는 2층의 식당부터 시작한다. 식탁 위에는 물을 데우는 옛 주전자인 사모바

▲ 톨스토이 거실의 식당

르와 식기들이 놓여있다. 벽에는 당대의 유명화가 이반 크람스코이와 일리야 레핀 등이 그린 톨스토이와 가족들의 초상화가 삥 둘러 걸려있다. 모두 원본이라고 한다. 그랜드 피아노가 놓여있는 식당은 저택 안에서 가장 큰 공간이다. 하인들의 일이었겠지만 1층에서 요리를 해 계단으로 2층 식당을 오르내리려면 꽤 불편했을 것 같다.

식당 바로 옆은 톨스토이 오남매가 어머니처럼 따랐던 먼 친척 타치야나 예르골리스카야 아주머니가 쓰던 방이다. 타치야나 아주머니는 톨스토이에게 가장 많은 영향을 준 사람이다. 아이들은 타치야나 아주머니를 숙모라고 불렀다. 타치야나 숙모가 쓰던 방을 지나면 톨스토이의 방이 나온다. 1층에 있는 집필실과는 다른 방이다. 이 방에는 톨스토이의 어머니가 아이들 다섯을 낳았다는 오래된 가죽 소파가 놓여있다. 벽에는 톨스토이

▲ 톨스토이가 태어난 소파

가 좋아했다는 라파엘로의 '시스티나의 성모' 복제품이 걸려있다. 해설사는 이 방에서 톨스토이의 생전 육성을 들려주었다. 세상 떠나기 한해 전인 1909년 에디슨 축음기로 녹음한 것이라고 한다. 그다음 방은 톨스토이의 침실이다. 침대는 폭이 좁은 1인용이었다. 방들 자체는 크지 않았다.

톨스토이의 침실을 지나면 책들이 꽂혀있는 공간이 나오는데 장서가 2만 권에 이른다고 했다. 얇은 책들이 많기는 해도 그 집안에 있는 책이 2만 권이나 될까 하는 생각이 들었다. 일부를 다른 곳에 보관해 놓았는지는 모르겠다. 1층으로 내려오면 톨스토이가 '전쟁과 평화' '안나 카레니나' 등을 쓴 집필실이 나온다. 방은 동굴 같은 분위기가 나는 아치형 구조다. 그가 집필실에서 어떤 모습으로 글을 썼는지는 일리야 레핀이 남긴 그림을 통해 알 수 있다. 톨스토이는 나이 든 후 집에서는 언제나 농민복 차림이었다.

▲ 야스나야 폴라냐 저택에서 집필 중인 톨스토이 (일리야 레핀 그림)

그림 속의 집필 중인 톨스토이도 흰 농민복 차림이다. 입구와 가까운 방에는 커다란 사슴뿔이 걸려있다. 톨스토이가 사냥해 잡은 사슴의 것이라고 한다.

톨스토이 묘

톨스토이의 묘는 저택에서 10여 분 거리의 숲속에 있다. 묘는 관 모양의 직사각형이며 잔디를 입혀 놓았다. 묘지로 갈 때는 묘지 가는 길이란 표지가 있지만, 키 높은 나무들로 둘러싸여 있는 묘지 주변에는 정작 아무런 표지도 없다. 참배객들이 놓고 간 고인을 기리는 붉은 꽃들이 그곳이 톨스토이의 묘임을 알 수 있게 한다.

2017년까지는 영지 곳곳에 세워져 있는 방향 표지판에 러시아어, 영어와 더불어 동양어로는 유일하게 한글이 적혀있었다. 한국인으로서는 기분 좋은 일이었다. 표지판에 한글이 들어가게 된 이유는 2003년 삼성전자가 모스크바의 톨스토이 박물관과 함께 '톨스토이 문학상'을 제정하고 이후 꾸준히 후원해 온 인연 때문이라고 했다. 그런데 2018년부터 한글 표지가 중국어로 바뀌었다. 섭섭한 일이 아닐 수 없었다.

톨스토이가 아스타포보 역장실에서 사망한 다음 날인 1910년 11월 8일, 유해는 기차로 야스나야 폴랴나 고향 인근 자세카 역까지 운구되었다. 톨스토이가 마지막 부탁으로 자신의 관에 꽃을 바치지 말라고 했으나 그의 유해가 가는 길목에는 수많은 애도객들이 꽃을 들고 모여들었다. 11월 9일 영지에서 치러진 장례는 생전의 본인의 희망에 따라 종교적 의식 없이 거행됐다. 톨스토이는 어린 시절 형들과 뛰어놀던 때에, 언젠가 맏형 니콜라

▲ 톨스토이 무덤 앞에서 (2017. 5. 4)

이가 '만인의 행복을 위한 비밀이 적힌 초록색 막대기'를 묻어놨다는 그 숲속에 묻혔다.

아내 소피야는 1919년 사망했는데, 그녀는 이 곳의 남편 곁에 함께하지 못하고 영지 인근 코차코프스키의 톨스토이 가족 묘지에 따로 묻혀 있다.

2. 상상 속의 어머니

막대한 재산을 상속받은 어머니

톨스토이의 아버지 니콜라이 일리치 톨스토이와 어머니 마리야 니콜라예브나 발콘스카야는 1822년 여름에 결혼했다. 아버지는 1794년생이고 어머니는 1790년생으로 신부가 신랑보다 네 살이 많았다. 당시 관습으로는 매우 이례적인 것이었다. 그 무렵엔 신랑이 신부보다 십여 살 많은 것이 보통이었다.

어머니 마리야는 원래 레프 골리츠인이라는 이름을 가진 귀족과 약혼을 했었는데, 레프가 결혼을 앞두고 갑작스런 열병으로 죽었다. 마리야가 혼기를 놓친 이유다. 마리야의 어머니(톨스토이의 외할머니)는 딸 하나만을 남겨놓고 일찍 세상을 떠났는데 아버지 발콘스키 공작은 재혼하지 않고 마리야를 혼자 키웠다. 그런데 마리야가 결혼할 때는 아버지마저 세상을 떠난 뒤였다.

결혼할 때 외동딸이었던 마리야는 막대한 재산을 상속받은 상태였다.

잘 생긴 톨스토이의 아버지가 나이
도 자신보다 많고 인물도 별로 없는
마리야와 결혼한 것은 마리야의 재
산 때문이었다. 당시 톨스토이 가문
은 형편이 좋지 않았다. 기울어가는
집안을 일으키기 위한 결혼이었다
는 이야기다. 그런 집안의 내력이 톨
스토이의 작품 '전쟁과 평화'에 그대

▲ 톨스토이 모친 마리야의 실루엣 초상화

로 묘사되어 있다. 톨스토이 오남매를 자식처럼 키워 준 타치야나 숙모도
소설 속에 소냐란 이름으로 나온다.

결혼 후 부부는 니콜라이, 세르게이, 드미트리, 레프 등 4명의 아들과 외
동딸인 마리야(모친과 이름이 같다)를 막내로 낳았다. 어머니는 마리야를 낳
은 지 얼마 되지 않아 사망했다. 톨스토이가 두 살 때인 1830년의 일이다.

톨스토이의 재능은 어머니로부터 온 것

톨스토이의 어머니 마리야는 마흔 살에 사망했다. 그녀는 귀족이며 대
단한 재산가였음에도 초상화 한 점 남기지 않았다. 유일하게 누구인지도
정확하게 알 수 없는 검정 실루엣 그림이 한 점 남아 있을 뿐이다. 이 실루
엣 그림이 톨스토이가 여행 중 숨을 거둔 아스타포보 기차역(지금은 레프 톨
스토이 역) 톨스토이 박물관의 가족 사진 중에도 전시되어 있었다.

마리야가 초상화 한 점 남기지 못한 이유는 무엇일까? 당시 러시아에서

귀족들은 남녀 할 것 없이 초상화 남기기를 좋아했다.

톨스토이 모친과 엇비슷한 연령대였던 데카브리스트 부인들은 거의 초
상화를 남겼다. 데카브리스트란 뒤에서 구체적으로 이야기하겠지만 1825
년 12월 혁명에 실패해서 시베리아 유형에 처해진 러시아의 귀족들을 말
하며, 데카브리스트 부인이란 귀족의 신분과 특권 등을 박탈할 것이라는
당국의 엄포에도 불구하고 시베리아 유형지를 찾아가 중노동하는 남편들
을 뒷바라지한 혁명가의 아내들을 말한다.

톨스토이 모친 마리야의 초상화가 없는 것은 본인 스스로 용모가 아름
답지 못하다고 생각하여 초상화를 그리게 하지 않은 것 아닐까 하는 추측
을 낳게 한다.

톨스토이는 노년에 쓴 '어린 시절의 추억'(1906)에서 초상화 한 점 남기지
않은, 기억하지도 못하는 모친을 이렇게 기록했다.

"나는 야스나야 폴랴나 마을에서 태어나 첫 유년 시절을 보냈다. 나는 내 어
머니를 전혀 기억하지 못한다. 그녀가 돌아가셨을 때 내 나이는 만 1년 6개월이
었다. 이상야릇한 사정으로 그녀의 초상화 한 점 남아 있지 않았다. 그래서 나
는 그녀를 육체를 가지고 있는 실재하는 사람으로서 내 생각에 떠올릴 수 없다.
나는 그것을 얼마큼 기뻐하고 있다. 모든 것이 아름답다. 나는 나의 어머니에 관
하여 나에게 이야기해 준 모든 사람들이 그녀에 대하여 그저 좋은 점만을 말하
려고 애썼기 때문이 아니라, 실제로 그녀의 내부에는 그러한 좋은 점이 무척 많
았었기 때문이라고 생각하고 있다." (어린 시절의 추억, 박형규 역, 인디북, 2004)

그의 어머니에 대한 글은 이렇게 이어진다.

"내 어머니는 얼굴이 예쁜 편은 아니었고 그 시절로서는 아주 훌륭한 교육을 받았다. 그녀는 러시아어 외에 네 개의 언어, 즉 프랑스어, 독일어, 영어, 이탈리아어를 알고 있었다. 그리고 틀림없이 예술에 대하여 감수성이 강했을 것이다. 그녀는 피아노를 잘 연주하였으며 그녀와 동갑내기의 부인들은 나에게, 그녀는 이야기에 따라 그것들을 꾸며 가면서 흥미진진한 옛날 이야기를 할 줄 아는 대단한 재주꾼이었노라고 이야기 하였다."

이같은 톨스토이의 말로 미뤄볼 때 톨스토이의 문학적 능력과 예술적 재질은 어머니로부터 물려받은 것이 아닐까 하는 생각이 든다.

▲ 톨스토이 외할아버지 발콘스키 공작 때 만들었다는 영지내 온실

어머니는 아버지보다 정신적으로 위였다

톨스토이는 자신의 형제들 가운데서는 맏형 니콜라이가 모친을 가장 많이 닮았다고 했다. 니콜라이는 글쓰기에도 관심이 있었다. 작가적 소양이 있었던 것이다. 톨스토이는 언젠가 투르게네프가 니콜라이 형 이야기를 하면서, "그는 큰 작가가 되기 위해 필요한 결점을 갖고 있지 않았다"고 말했다면서, "그러한 겸손한 태도도 어머니를 닮은 것 같다"고 했다.

톨스토이의 젊었을 때의 행적을 보면 도무지 모범생이라고 할 수 없는 데 반해 맏형 니콜라이는 여러 면에서 다분히 모범적인 인물이었던 것 같다. 톨스토이보다 다섯 살 위였던 그는 37세에 폐결핵으로 사망했다.

톨스토이는, 남아있는 어머니의 편지로 미루어 보건대 어머니는 아버지와 그의 가족보다 정신적으로 위였다고 했다. 톨스토이는, 어머니 마리야는 서른 둘이나 되어 아버지와 결혼한 후 죽은 약혼자를 기념하기 위해 넷째 아들인 자기의 이름을 약혼자의 이름을 따서 레프라고 지은 것이라고 적었다. 우리의 상식으로는 잘 이해되지 않지만, 그 시절 러시아에서는 그런 것은 별 문제가 안 되었던 모양이다.

'전쟁과 평화'에서 재정난에 빠진 집안을 구하기 위해, 막대한 유산을 상속받은 발콘스키 공작의 외동딸 마리야와 결혼하는 여주인공 나타샤의 오빠 니콜라이의 모델이 톨스토이의 아버지다. 나타샤는 작가가 만들어낸 인물인데, 톨스토이의 아내 소피야와 처제 타치야나를 합쳐놓은 캐릭터로 알려져있다.

3. 사랑의 정신적 즐거움을 가르쳐준 타치야나 숙모

친어머니를 대신했던 타치야나 숙모

톨스토이의 어머니가 죽은 후 아이들을 정성껏 돌본 사람이 타치야나 예르골리스카야 숙모였다는 것은 앞에서 이야기한 바 있다. 그녀는 1794년 생으로 톨스토이 아버지와 동갑이었다.

타치야나는 톨스토이의 친가의 먼 친척이었는데, 부모가 일찍 죽는 바람에 톨스토이의 할머니가 데려다 키웠다. 그녀는 톨스토이의 아버지와 두 고모와 함께 자랐다. 큰고모의 이름은 알레산드라, 작은 고모는 펠라게야였다. 집에서는 두 딸을 알리나와 폴리나로 불렀다. 두 고모는 톨스토이의 아버지가 모친 사망 7년 후인 1837년 툴라의 거리에서 갑자기 졸도해

▲ 톨스토이 영지의 저택

죽은 후 차례로 다섯 남매의 후견인이 된다.

처음엔 큰고모 알렉산드라가 후견인이 되었다가 그녀가 후견인이 된 지 4년 만에 죽는 바람에 작은고모 펠라게야가 후견인이 되었다. 아이들은 작은고모가 후견인이 된 후 대학에 다니기 위해 고모집이 있는 카잔으로 갈 때까지는 야스나야 폴랴나 영지에서 타치야나 숙모의 보살핌을 받으며 자랐다.

그러다 1841년 톨스토이 나이 13세 때 오남매가 모두 카잔으로 가게 되었다. 아이들도, 야스나야 폴랴나에 혼자 남게 된 타치야나 숙모도 헤어짐을 몹시 안타까와 했다. 톨스토이는 몇 년 후 카잔 대학을 중퇴하고 야스나야 폴랴나로 돌아왔고, 타치야나 숙모는 그후 톨스토이가 결혼한 뒤에도 그곳에서 톨스토이 가족과 평생 함께 살았다. 그녀는 톨스토이에게는 친어머니나 다름없었다.

타치야나 숙모는 1874년에 80세로 세상을 떠났다. 그녀는 사진이나 초상화를 남기지 않았다. 톨스토이는 숙모가 세상 떠난 후 그녀의 물건을 정리하던 중 1836년 그녀가 프랑스어로 쓴 메모를 발견했다. 놀랍게도 그것은 모친 사망 후 아버지 니콜라이가 숙모에게 청혼을 했었다는 내용이었다.

"1836년 8월 16일. 니콜라이(톨스토이의 아버지)가 오늘 나에게 이상야릇한 제안을 했다. - 그에게 시집을 와 그의 자식들에게 어머니를 대신해 주고 결코 그들을 버리지 말아 달라는 것이다. 첫 번째의 제안은 거절하고 두 번째의 것은 내가 살아있는 한 실행하겠노라고 약속했다."

아등바등하지 않는 고독한 삶의 아름다움을 가르쳐 주다

톨스토이는 세상 떠나기 4년 전인 1906년에 발표한 '어린 시절의 추억'에
서 타치야나 숙모는 자기들을 사랑한 것처럼 노비들에게도 친절했다고 회
상했다. 그녀는 러시아어보다도 프랑스어로 한결 더 잘 말하고 쓰고 하였
으며 피아노도 아주 잘 쳤다고 한다.

톨스토이는 "그녀의 주요한 특징은 사랑이었다. 그러나 아무리 내가 그
것이 다른 것이기를 바란다고 할지라도 그 사랑은 오직 한 사람-나의 아버
지에 대한 사랑이었다. 오직 이 중심에서 흘러 나옴으로써 비로소 그녀의
사랑은 모든 사람들에게도 넘쳐 흘렀던 것이다. 그녀는 우리들을 아버지

▲ 톨스토이 영지의 톨스토이 묘지로 가는 숲길

대신으로 사랑했다"고 기록했다.

톨스토이는 그가 타치야나 숙모로부터 받은 영향에 대해 이렇게 말했다.

"첫째로 아직 유년 시절 적에 그녀는 나에게 사랑의 정신적 즐거움을 가르쳐주었다. 그녀는 그것을 나에게 말로 가르친 것이 아니라 자기 존재 전부로 나에게 사랑을 감염시켰다. 나는 사랑한다는 것이 그녀에게 있어서 얼마나 아름다운 것이었는지를 보았고 느꼈으며, 그리하여 사랑의 행복을 깨달았다. 이것이 첫 번째의 영향이다.

두 번째의 영향은 그녀가 나에게 아등바등하지 않는 고독한 삶의 아름다움을 가르쳐 주었다는 것이다. (…) 나는 야스나야 폴랴나에서 특히 가을과 겨울의 기나긴 저녁을 그녀와 함께 보냈던 나의 독신 생활을 회상하지 않을 수 없다. 그리고 이 숱한 가을과 겨울의 기나긴 저녁은 나에게 있어서 경이로운 회상으로 남았던 것이다."

여기서 독신 생활이란 그가 결혼하기 전 34세까지의 기간을 말하는 것이다. 톨스토이가 20대 초반 카프카스에서 군 복무 중일 때 타치야나 숙모에게 보낸 편지가 남아있는데 편지에서 자신은 어떤 행동을 할 때 숙모를 의식한다며 이렇게 적었다.

"저는 올바른 행동을 할 때면 스스로 기뻐한답니다. 그런 저의 행동이 숙모를 기쁘게 할 것이란 걸 알기 때문입니다. 제가 어리석은 행동을 할 때면,

저는 무엇보다도 당신을 슬프게 할까 봐 걱정합니다. 당신께서 제게 주시는 사랑은 저에게 있어 전부입니다. 이런 저의 마음은 말로 표현할 수 없을 정도입니다. 이렇게 떨어져 있는 동안 저는 당신께서 얼마나 소중한 사람인지, 제가 당신을 얼마나 사랑하는지 깨달았습니다."

부모 다음으로 영향을 준 인물

톨스토이는 자신의 삶에 타치야나 숙모는 부모 다음으로 영향을 준 인물이라고 했다. 타치야나 숙모는 결단력있고 정열적이었으며 자기희생적인 성격이었다고 한다. 그래서 모든 이들로부터 사랑을 받았다.

앞에서 말한대로 타치야나 숙모는 톨스토이의 소설 '전쟁과 평화'에서 로스토프 백작 집에 기거하고 있는 먼 친척 소녀로 그려져 있다. 소설 속에서 소냐는 로스토프 백작의 장남 니콜라이와 사랑하는 사이였으나 그가 부유한 발콘스키 공작 집안의 유일한 상속자였던 마리야와 결혼하도록 하기 위해 니콜라이를 포기한다. 로스토프 집안의 가세가 기울어져 가고 있었기 때문이다. 톨스토이의 아버지 니콜라이와 타치야나 숙모 사이에 있었던 실제 상황을 소설에 옮겨 놓았던 것이다. 타치야나 숙모는 소설 속에 소냐로 나오지만, 아버지 니콜라이와 어머니의 이름 마리야는 '전쟁과 평화' 속에 그대로 사용했다.

숙모에게 인색했던 데 대한 후회

그런데 '어린 시절의 추억'에서 톨스토이는 과거 자신이 타치야나 숙모에게 돈에 대해 인색했던 데 대해 크게 후회한다.

"그녀(타치야나 숙모)는 자기 방의 여러 가지 그릇 속에 단 것 -말린 무화과, 당밀과자, 대추야자 등등을 담아 두기를 좋아했다. 그러한 단 것을 살 돈을 달라고 했을 때 내가 몇 차례나 거절하며 그녀에게 주지 않았던 것, 그녀가 그럴 때마다 슬프게 한숨을 토하며 말이 없었던 것을 나는 잊을 수 없으며 양심의 가책 없이는 회상할 수 없다. 정말이지 나는 돈에 인색한 사람이었다. 그러나 나는 지금에 와서 그녀에게 거절했던 것을 무서움 없이는 회상할 수 없다."

톨스토이는 타치야나 숙모가 자기에게 단 것 살 돈을 달라고 한 것은 자신이 먹기 위해서라기보다는 오히려 톨스토이를 대접하기 위해서였을 터인데 그것을 거절했던 것을 기억할 때마다 양심의 가책을 느낀다고 했다. 톨스토이는 그 글에서 "그립고 그리운 숙모님, 나를 용서해 주십시오"라고 썼다.

4. 카프카스에서 시작된 톨스토이 문학

대학을 중퇴하고 다시 영지로

톨스토이는 카잔의 고모집에 간 후 카잔대학 동양어학과에 입학했다. 그러나 터키어, 아랍어 등 동양어에 흥미를 잃어 이듬해 법학부로 옮겼다.

그런데 법학부에서도 시험을 위해 하는 것 같은 학교 공부에 재미를 느끼지 못했다. 톨스토이는 마침내 대학 졸업장이 없어도 자기의 인생을 독자적으로 설계해 나갈 수 있다는 생각으로 3년간 다녔던 대학을 떠나기로 했다.

톨스토이는 19세 때인 1847년 4월 12일 대학에 자퇴서를 제출했다. 세 형은 모두 대학을 졸업했으나 톨스토이만 중도에 학업을 그만둔 것이다. 그리고는 곧바로 형제들간의 재산 분배에 의해 자신의 소유가 된 야스나야 폴랴나 영지로 돌아왔다. 카잔에 있던 기간은 1841년 가을부터 약 5년 반 가량이었다.

외가의 소유였다가 톨스토이 가의 소유가 된 야스나야 폴랴나 영지는 톨스토이가의 재산 가운데에서도 중심 재산이었는데 이 영지가 어떻게 형제 중 막내인 톨스토이에게 분배되었을까. (이에 대해서는 2부 뒤의 '작가노트'에 작가의 추측을 실었다.)

19살에 거대 영지의 주인이 된 톨스토이는 선량한 지주가 되어 영지를 잘 경영하고 싶었으나 뜻대로 되지 않았다. 농노들은 톨스토이의 말을 믿지 않았다. 그만큼 지주와 농노간에는 뿌리깊은 불신이 자리하고 있었다. 당시 러시아에는 수백

▲ 21세 때의 **톨스토이**(1849)

년 째 농노제가 계속되고 있었다. 농노제 속에서 농민은 거주이전의 자유가 없는 지주의 사적 소유물이었다. 그같은 농노제 하에서 지주와 농노사이의 신뢰를 기대하기는 어려운 노릇이라는 것을 톨스토이는 차츰 깨닫게 되었다. 지주와 농노의 이같은 상황에 대해 후일 쓴 작품이 중편 '지주의 아침'이다.

그는 기분이 울적할 때면 가까운 도시 툴라나 좀 더 떨어진 모스크바에 가서 술과 도박을 하며 방탕하게 지내곤 했으며 도박으로 큰 빚을 지기도 했다. 1849년 2월에는 수도 페테르부르크에 가서 페테르부르크 대학 법학부에 입학하려다가 도박장에 출입하면서 돈을 몽땅 잃고는 다시 야스나야 폴랴나에 돌아온 일도 있었다. 그해 1849년은 톨스토이보다 7살이 많은 도스토옙스키가 페트라셰프스키 사건으로 사형선고를 받았다가 처형 직전 감형되어 시베리아로 유형을 떠난 해다. 페트라셰프스키 사건이란 외무부 관리인 페트라셰프스키의 집에서 독서모임을 가진 사람들이 차르(니콜라이 1세)와 전제체제를 비판하는 발언 등을 한 것이 적발되어 모두 국사범으로 체포돼 시베리아 유형에 처해진 사건을 말한다.

톨스토이는 다시 지주의 생활로 돌아와 영지경영, 책읽기, 사냥 등을 하며 지냈고 농노의 아이들을 가르치기 위해 학교를 개설하기도 했으나 영지에서의 생활에 재미를 붙이지는 못했다.

그러던 중 23세 때인 1851년 4월, 모스크바와 상트페테르부르크 등 바깥으로 나돌다가 영지로 돌아와 보니 변방 카프카스에서 장교로 근무하고 있던 맏형 니콜라이가 휴가차 와 있었다.

맏형을 따라 카프카스로

그는 니콜라이 형으로부터 카프카스 이야기를 듣다가 형을 따라 카프카스로 가야겠다는 생각을 했다. 뭔가 새로운 분위기를 맛보고 싶었다. 형도 선뜻 허락했다. 당시 카프카스는 전쟁터였지만 러시아 지식인들 사이에는 모험적인 낭만의 땅으로 생각되던 곳이었다. 푸시킨과 레르몬토프 등 유명 시인이 그곳에 다녀와 펴낸 작품들의 영향 때문이기도 하다. 푸시킨은 카프카스를 다녀온 후 '카프카스의 포로'라는 아름답고도 슬픈 장편서사시를 썼으며, 레르몬토프는 '우리 시대의 영웅'이라는 소설을 썼다.

카프카스는 흑해와 카스피해 사이에 있는 지역으로 높은 카프카스 산맥에 의해 남북으로 구분되어 있다. 이 지역은 페르시아(이란), 오스만 제국 등의 지배에 있다가 19세기 초 알렉산드르 1세 때 러시아 령으로 편입

▲ 23세의 톨스토이(왼쪽). 카프카스로 가던 해 맏형 니콜라이와 찍은 사진 (1851)

됐다.

그러나 이슬람교를 믿는 산악민족의 완강한 저항으로 러시아는 이 지역을 완전히 장악하지 못하고 있었다. 톨스토이가 카프카스에 간 시기는 체첸과 다게스탄을 영토로 하는 이슬람국의 3대 이맘 샤밀이 오랫동안 러시아에 대한 무력 항쟁을 벌이고 있을 때였다.

장교였던 니콜라이 형은 러시아군이 이슬람국에 대한 대공세를 준비하는 상황에서 동생을 데리고 카프카스로 출발했던 것이다. 형제는 1851년 4월 20일 야스나야 폴랴나를 떠나 모스크바에 가서 약 2주간 머물다가 카프카스로 향했다. 가는 길에 카잔의 작은 고모집에도 잠시 들렀다. 카잔에서 사라토프까지는 마차를 탔고, 여기에서 볼가 강을 따라 아스트라한에 도착해 다시 마차로 키즈리얄을 거쳐 영지를 떠난지 40일 만에 니콜라이의 근무지인 테레크 강변의 스타로그라돕스카야 카자크(Казак) 마을에 도착했다.

여기서 카자크란 우리가 흔히 알고있는 변방의 무장 슬라브인들로 구성된 코사크(Cossack) 족을 말한다. 코사크는 영어 표기이며 러시아어로는 카자크다. 카자크 사람들 전체를 지칭 할 때는 카자키라고 한다. 카자흐스탄의 카자흐 족은 발음은 비슷하나 튀르크 계통의 민족으로 코사크와는 아무런 관계가 없다.

톨스토이는 당시 자신이 카프카스에 가게 된 이유를 3년 후인 1854년 7월 7일의 일기에 이렇게 적었다.

▲ 톨스토이가 사관후보생 시험을 보러 갔던 카프카스 산맥 남쪽의 티플리스(현 조지아 수도 트빌리시)의 19세기 후반 사진

"대체 나는 무엇인가? 퇴역 육군 중위의 네 아들 중의 하나로 태어나, 9세 때 고아가 되어, 여자들과 타인의 보호하에 버려져 사교적 교육도 학문적 교육도 받지 못하고, 17세에 자유의 몸이 되었다.

막대한 재산이 있는 것도 아니요, 사회적 지위도, 특별한 주의 주장도 없었다. 자기 재산을 극도로 낭비하고, 생애의 가장 좋은 몇 해를 목표도 즐거움도 없이 헛되이 보내고, 부채에서 도피하기 위해 카프카스로 도망친 사나이, 그것이 나였던 것이다."

여기서 톨스토이가 언급한 부채란 도박빚이 아닐까 생각한다.

군복을 입고 문학을 시작하다

톨스토이는 카프카스에 도착한 이듬해인 1852년 1월 티플리스(현재 조지아의 수도 트빌리시의 옛 이름)에서 치른 하사관(사관후보생) 시험에 합격해 4급 포병 하사관이 되었다. 귀족출신이었으므로 복장은 장교 제복을 입었다. 소위보로 장교가 된 것은 2년 후 카프카스 근무를 끝낼 무렵이었다. 정식 소위로 진급한 것은 카프카스를 떠난 후였다.

처음 카프카스에 갔을 때 그는 부대의 장교들과 친하게 지내지 못했다. 형 니콜라이는 사교적이어서 장교들과 쉽게 가까워졌지만 톨스토이의 성격은 좀 달랐다. 그대신 톨스토이는 카프카스의 대자연과, 러시아에 속해 있지만 농노제가 없는 자유롭고 활달한 카자크 촌의 분위기에 매료되었다.

톨스토이는 카프카스에 오기 전부터 어린 시절의 이야기를 하나 써야겠다는 생각을 했다. 어느 정도 구상도 했다. 카프카스에 와서 본격적으로 쓰기 시작했다. 톨스토이는 글쓰기가 자신에게 활력을 불어 넣어주는 일이라고 생각했다. 그러나 그것을 천직으로 삼아야겠다는 생각은 아직 하지 않을 때였다.

톨스토이는 카프카스에서 타치야나 숙모에게 쓴 편지에, "지금 제가 쓰고 있는 글이 세상에 알려질지 모르지만 어쨌든 지금 이 글을 쓴다는 것이 즐겁습니다. 이미 오래 전부터 꾸준히 쓰고 있는 것을 그만두고 싶지 않습니다"라고 썼다. 그것이 톨스토이의 처녀작 '유년시절'이다. 그는 1852년 초 '유년시절'을 수차례 다듬은 끝에 상트페테르부르크의 유명한 문학

잡지 <현대인>에 보냈다.

톨스토이는 원고에 자신의 이름을 다 쓰지 않고 이름과 부칭의 이니셜 'L.N'으로 써서 보냈다. 러시아인의 전체 이름은 맨 앞의 이름과 가운데의 부칭(*아버지의 이름) 그리고 성(姓)의 세 부분으로 이뤄지는데 레프 니콜라예비치 톨스토이 중 부칭까지의 이니셜만 써서 보낸 것이다. 톨스토이는 원고를 보내면서 실을 만한 내용이 못 되면 그대로 돌려 보내달라는 부탁 메모도 동봉했다.

원고를 읽은 편집자 네크라소프는, "당신에게는 충분한 자질이 있는 것으로 보인다"며 "곧 잡지에 발표하겠다"고 답장을 보내왔다. 그러면서, "다음 번엔 익명으로 하지 말고 정당하게 이름을 밝혀서 내놓을 것을 권한다"고 덧붙였다. 반가운 소식이었다. 첫 작품으로 문단에 등단하게 된 것이다.

이에 용기를 얻은 톨스토이는 카프카스에서의 각종 전투 경험과 지주로서의 경험 등을 소재로 '습격' '지주의 아침' '카자크 사람들' '산림벌채' '소년시절'을 잇달아 쓰기 시작한다.

5. 나의 천직은 문학이다 - 크림전쟁 중의 일기

'유년시절'로 문단에 데뷔

톨스토이는 막상 1852년 9월호 <현대인> 잡지에 실린 자신의 데뷔 작품을 보고는 매우 실망했다. 작품은 편집과정에서 제목이 '유년시절'에서 '나의 어린시절 이야기'로 바뀌고 검열에서 여러 군데가 삭제 수정된 채로 실렸던 것이다.

그러나 독자들은 의외로 큰 반응을 보였다. <현대인> 잡지를 읽은 타치야나 숙모는 당시 톨스토이에게 보낸 편지에서 "톨스토이의 문학계 데뷔가 큰 호응을 얻었으며, 강한 인상을 남겼다"고 전했다.

당대의 유명작가 투르게네프는 편집자 네크라소프에게 편지를 보내, "L.N.은 재능있는 작가요. 그에게 편지를 써서 계속 글을 쓰라고 하시오. 그가 만일 계속 글을 쓴다면, 나는 그를 매우 환영하며, 두 손 들어 반길 것이라고 전해 주시오"라고 했다.

톨스토이는 이같은 반응들을 전해 듣고 매우 고무 되었다. 카프카스와 관련된 이야기 등을 계속 써야겠다고 마음 먹었다.

톨스토이는 작품을 씀으로써 선함과 관대함이 살아나는 것을 느끼며 만족해했다고 한다. 카프카스에 갈 때는 다분히 현실도피적 목적에서 갔지만, 그곳에서의 본격적인 글쓰기를 통해 마음의 평정을 얻었다는 얘기로 해석할 수 있다.

이 무렵 그의 일기에는 "끊임없이 글을 써야한다. 글을 쓰지 않으면 어리석은 행동을 범하게 된다"는 이야기도 적혀있다. '글쓰기가 나의 천직'이란 말은 그 뒤 세바스토폴에서 쓴 일기에 등장한다.

톨스토이는 카프카스에서부터 글 쓰는 재미에 빠져 집필에 전념할 수 없는 군 생활을 힘들어 했다. 더구나 군 생활 2년 차 때인 1853년 2월에 맏형 니콜라이가 퇴역해 카프카스를 떠나면서 혼자 남게 되자 외로움까지 더해졌다.

만형이 떠난 후인 1853년 봄 톨스토이는 글쓰기에 매진하기 위해 전역 신청서를 냈다. 그러나 그해 10월 오스만 튀르키예의 러시아에 대한 선전포고로 크림전쟁이 발발하면서 전역은 불가능해졌다. 더욱이 다음 해인 1854년 3월에는 영국과 프랑스가 러시아에 대해 선전포고를 했다. 러시아의 남하 정책을 저지하기 위해서였다.

▲ 육군 소위 시절의 **톨스토이**(1854)

19세기 당시 영국과 러시아는 세계의 패권을 두고 경쟁했다. 러시아는 세계로 뻗어나가기 위해 어떻게 해서든 부동항을 확보해 대양으로 진출하려고 했고, 영국은 러시아의 해양 진출을 적극 저지하는 것이 외교 군사의 최우선 목표였다. 이같이 19세기와 20세기 초에 걸쳐 벌어진 영국과 러시아간의 경쟁을 흔히 그레이트 게임(Great Game)이라고 한다.

크림전쟁에 영국과 프랑스가 튀르키예와 한 편이 되어 러시아와 싸운 것은 바로 그러한 그레이트 게임의 일환이었다. 전쟁은 러시아의 패배로 끝났다. 러일전쟁 때 일본이 영국과 영일동맹을 맺고 러시아와 싸운 것 역시 그레이트 게임의 하나였다고 할 수 있다.

크림전쟁에 참전하다

톨스토이는 카프카스 근무 끝 무렵에 하사관급인 사관후보생에서 비로소 장교인 소위보로 진급한다. 그리고 이듬해인 1854년 1월 19일, 2년 7개월 만에 카프카스를 떠난다.

그는 그뒤 카프카스 생활에 대해 이런 기록을 남겼다.

> "나는 카프카스에 사는 동안 외롭고 불행했다. 나는 모든 사람은 살면서 한 번은 생각할 수 있는 힘을 얻게 된다고 생각하게 되었다. 이 시간은 나에게 힘 든 시간이기도 했지만 많은 도움이 된 시간이기도 했다. 그때처럼 깊은 사고를 했던 적은 그전에도, 그후에도 없었다. 내가 그때 깨달은 것에 대해 나는 언제 나 확신할 수 있을 것이다.
>
> 나는 영원과 사랑을 믿게 되었으며, 다른 이를 위해 그리고 행복해지기 위 해 살아야 한다는 것을 깨달았다. 나는 이러한 깨달음이 기독교의 진리와 같다 는 것에 놀랐다. 나는 복음서를 뒤지기 시작했지만 찾아낸 것은 별로 없었다. 나는 신도, 속죄자도 그 어떤 비밀도 찾지 못했다. 나는 단지 진리만을 원했을 뿐이다……" (톨스토이, 인디북, 2004)

톨스토이는 카프카스에서 외롭고 불행했다고 썼지만, 글을 쓰는 즐거움 과 보람을 알게 해준 카프카스를 평생 회상하며 살았다.

카프카스를 떠난 그는 현재의 루마니아 부쿠레슈티에 있었던 다뉴브 방면군 총사령관 고르차코프 공작의 참모부로 전출됐다.

부쿠레슈티로 가는 길에 툴라의 야스나야 폴랴나 집에 들렀을 때 네 형제가 함께 찍은 기념사진이 남아있다.

그후 톨스토이는 크림 방면군으로의 진출을 청원해 1854년 11월 치열한 공방이 벌어지고 있는 크림반도의 세바스토폴 포병부대에 부임한다. 소위보에서 정식 소위로 진급한 것은 세바스토폴로 가기 전인 1854년 9월 6일이었다.

톨스토이는 포병 지휘관으로 크림전쟁 중에도 틈틈이 글을 써 <현대인>에 보냈다. 세바스토폴 3부작, 즉 '12월의 세바스토폴', '5월의 세바스토폴', '8월의 세바스토폴'이 그것이다. 생생한 전쟁의 참상을 기록한 이 작품으로 톨스토이의 이름은 점점 더 알려졌다.

'12월의 세바스토폴' 등으로 명성을 얻은 후 1855년 10월 10일의 일기에 "나의 천직은 문학이다. 글을 쓰자. 쓰고 또 쓰자. 내일부터는 한평생 꾸준히 일을 하자. 다른 것을 다 포기하고서라도"라고 썼다.

카프카스의 추억을 담은 '카자크 사람들'

1. 산(山)을 처음 보고 놀라는 주인공

카자크는 코사크

톨스토이가 문학을 시작한 카프카스는 그의 문학의 고향이라고도 할 수 있는 곳이다. 그가 카프카스에 대해서 쓴 작품 중 대표적인 것으로 '카자크 사람들'을 꼽는다. 카자크 사람은 우리가 흔히 아는 기마병으로 유명한 코사크족이다. 카자크는 러시아어, 코사크는 영어다. 이 소설 속에는 카자크 인들의 자유분방한 모습이 잘 묘사되어 있다. 톨스토이가 체첸의 카자크 마을에 머물면서 직접 목격하고 경험한 것이다. 소설 속의 주인공 올레닌은 사실상 톨스토이의 분신이다.

부유한 귀족 청년인 주인공 올레닌이 자진해서 사관후보생이 되어 카프카스에 온 것은 방탕하게 지냈던 도시에서의 이전 생활을 청산하고 새로운 분위기를 맛보기 위해서였다.

올레닌이 친구들의 전송을 받으며 카프카스로 가면서 처음 눈 덮인 카프카스 산맥의 위용을 보고 놀라는 장면이 이채롭다. 상트페테르부르크나 모스크바 같은 평원지대에서만 살던 사람들에게 눈 덮인 높은 산은 단지 상상 속에만 있다. 그래서 설산을 처음 본 순간 경탄을 금치 않을 수 없는 것이다.

푸시킨이 '카프카스의 포로'에서 눈 덮인 카프카스 산맥의 장엄한 모습

▲ 카자크 전사

을 서사시 속에 담았듯이 톨스토이 역시 '카자크 사람들'에서 카프카스로 다가가면서 눈앞에 나타난 거대한 설산 연봉의 모습에 이렇게 감탄을 쏟아낸다.

이전에 사람들에게 귀가 아프게 들어왔던, 영원한 눈을 이고 있는 산들의 풍경이 나타나기를 이제나 저제나 기다리고 있었다. (…) 새벽에 그는 역참의 마차 안에서 선뜻한 느낌에 잠이 깨어 무심코 오른쪽으로 눈길을 돌렸다. 때마침 맑게 갠 아침이었다. 그런데 느닷없이 스무 걸음쯤 떨어진 데에(처음 한순간 그에게는 그렇게 느껴졌다) 섬세한 윤곽을 지닌 깨끗하고 새하얀 거대한 퇴적(堆積)이 나타나고 그 꼭대기와 먼 하늘이 이루는 산뜻한 공기처럼 가벼운, 더욱이 묘한 선이 보였다. (…) 산의 거대함을 완전히 이해하고 그 아름다움의 무한함을 느꼈을 때 이것이 환상이 아닌가 꿈이 아닌가 하고 깜짝 놀랐을 정도였다. 그는 잠에서 깨려고 몸을 떨어 보았다. 그러나 산은 여전히 변함이 없었다.

"저게 뭐지? 도대체 저게 뭐야?" 그는 마부에게 물었다.

"산입죠." 노가이인(*카프카스에 사는 타타르족. 여기서는 올레닌의 마차를 모는 마부를 말한다)은 담담하게 대답했다.

"저도 아까부터 보고 있었습니다." 바뉴쉬아(*올레닌의 시종)가 말했다. "참으로 좋군요! 집에 돌아가서 애기해도 아무도 믿지 않을 거예요."

평탄한 길을 쾌속으로 달리는 트로이카(*3두 마차) 안에서 보는 산들은 떠오르는 아침 햇빛에 장밋빛의 꼭대기를 눈부시게 번쩍이며 지평선을 따라 달리는 듯 싶었다. 처음 이 산들은 단지 올레닌을 놀라게만 했으나 이윽고 그를 기쁘게까지 했다.(카자크 사람들, 박형규 옮김, 인디북, 2004)

이어지는 산(山)에 대한 감동

올레닌은 이처럼 카프카스 산맥의 놀라운 광경에 한순간 마음을 빼앗겼다. 갑자기 산을 떠나서는 어느 것도 생각하기 어려울 지경이 됐다. 소설 속에 산에 대한 감동은 이렇게 이어진다.

그가 보는 것, 생각하는 것, 느끼는 것의 전부가 그에게는 새로운 엄숙하고 위대한 산의 성질을 띠게 되었다. (…) 금방 거기에 두 카자크인이 말을 타고 지나갔다. 자루에 든 소총이 등에서 덜렁덜렁 흔들리고 있었다. 그것을 보아도 역시 산인 것이다……. 테레크강의 저편 산민의 마을에서 연기가 피어오르고 있다. 그것도 역시 산……. 해가 솟아올라 갈대밭 뒤로 보이는 테레크 강의 물에 번뜩인다. 그것도 산……. 카자크 촌에서 달구지가 나온다. 여인들이, 아름다운 젊은 여인들이 거닐고 있다. 그것도 역시 산의 아름다움……. 아브레크(*약탈과 도둑질을 목적으로 테레크 강을 건너 러시아 측에 침입하는 귀순하지 않은 체첸인을 일컬음)가 광야에서 말을 달리고 있다. 나도 마차를 몰고 있다. 이제 저 따위 녀석들을

▲ 카프카스 산맥 중 일부

두려워하지는 않는다. 나에겐 총이 있고 힘이 있고 젊음이 있다. 그것도 역시 산의 아름다움…….

카프카스의 눈 덮인 산을 처음 본 후 얼마나 깊은 감흥을 받았는지를 이야기 한 후 톨스토이는 체첸 북쪽 테레크 강 이북의 카자크 마을과 카자크인들이 사는 모습을 소설 속에 상세히 기록한다.

호전적이고 아름다운 용모를 가진 카자크인

카자크족은 우크라이나의 드네프르 강과 돈 강 일대에 가장 많이 살고 있고 변방인 카프카스와 시베리아 등에도 분포되어 있다. 카프카스의 카자크 족은 그레베니 카자크라고도 불리우고 테레크 강 주변에 산다고 해서 테레크 카자크로도 불린다. 톨스토이는 이 그레베니 카자크 지역에 주둔하고 있던 러시아군에 들어가 사관후보생으로 군생활을 시작한 것이다. 당시 카자크 마을들은 테레크 강 북쪽에 7~8 베르스타, 즉 7~8km 정도 사이를 두고 산재해 있었다. 테레크 강 남쪽 체첸지역으로는 카프카스 산맥과 연결되는 산들이 잇달아 펼쳐져 있다.

톨스토이는 소설 '카자크 사람들' 전반부에 카자크인들의 사는 모습을 이렇게 설명한다.

"이 기름진 가지가지 식물로 풍만한 삼림 지대에는 까마득한 옛 시대부터 그레베니 카자크라고 불리고 있는 호전적이고 아름다운 용모를 가진 부유하며 가톨릭을 믿는 러시아의 이민이 살고 있는 것이다.

옛날하고도 그 옛날 그들의 조상인 가톨릭 교도들은 러시아에서 도망쳐 나와 테레크 강의 대안에서 숲으로 덮인 대 체첸 산의 첫 산등성이, 즉 그레베니의 체체인 틈에 섞여 정주했다.

체첸인 틈에 섞여 살고 있는 동안 카자크 사람들은 그들과 잡혼을 하고 산민의 풍속, 습관, 생활양식 등을 받아들였으나 그래도 러시아의 말과 가톨릭의 신앙만은 이전대로 순수하게 지키고 있었다."

여기에서 그들의 종교를 가톨릭이라고 한 것은 오류가 아닌가 생각한다. 카자크인들은 러시아 정교를 믿었으며 지금도 그들은 러시아 정교도들이다. 톨스토이가 왜 이들이 가톨릭을 믿는다고 했는지는 알 수 없다. 번역의 오류 같지는 않다.

2. 카자크의 특질은 자유, 나태, 호전

톨스토이는 카자크인의 특질을 이렇게 소개했다.

"(…) 카자크족은 체첸인하고 인척관계에 있으며 자유, 나태, 호전의 경향이 그들 민족성의 주된 특질을 이루고 있다. (…) 카자크인은 야릇한 감정에 사로잡혀 그들의 형제를 죽인 산민의 쥐기트(*카프카스에서 일컬어지고 있는 용사, 기수란 뜻)보다도 오히려 그들의 마을을 보호할 양으로 그들의 마을에 주둔하여 담배 연기로 오두막집을 그을게 하는 러시아 병사쪽을 더 미워하고 있다. 그들은 적인 산민을 존경하고 있으면서도 러시아 병사는 오히려 이방의 압제자로서 경멸하고 있다."

이 대목은 카자크인들이 러시아에 속해 러시아군과 함께 산민 즉 이 지역의 토착민인 체첸인 토벌작전에 나서고는 있지만, 마음 속으로는 러시아군을 미워하며 체첸인에게 연민을 느낀다는 이야기다. 카자크인의 남성과 여성의 생활 모습에 대해서 톨스토이는 또 이렇게 적었다.

"카자크인은 대부분의 시간을 초병선이나 행군이나 사냥이나 그렇지 않으면 고기잡이에 다 보내고 있다. 그래서 그들은 집에서 일을 하는 법이라고는 거의 없다. 사내가 마을에 남는다는 것은 특혜로 그런 때에는 취해 있다. (…) 카자크인은 여자를 자기의 행복을 위한 도구로 보고 처녀 시절만은 내버려 두기도 하

▲ 러시아 내전(1917~1922) 당시 백군 소속 돈 카자크 기병 (그림)

지만 여편네로 삼기만 하는 날에는 젊을 적부터 아주 늘그막까지 자기를 위해서 일을 시키고 언제나 복종과 노동의 동양적인 요구로 여자에 임한다.

(…)

(그럼에도 불구하고) 언제나 노비로 여기고 있는 여자 ―어머니나 아내는 자기가 늘 이용하고 있는 모든 것을 빼앗을 권리가 있다고 어렴풋이나마 의식하고 있다. 그뿐만 아니라, 끊임없는 심한 노동이나 사내한테서 떠맡겨진 살림살이에 대한 걱정은 그레베니의 여인들에게 특수한 남성적인 독립성을 부여하고 튼튼한 힘과 건전한 상식과 결단력과 백절불굴의 정신을 키워 주었던 것이다. 여인들은 대체로 사내들보다도 힘이 세고 총명하며 양식이 발달돼 있고 그리고 또 아름답다.

(…) 여인들의 미모는 옛날부터 카프카스 일원에 널리 알려져있다. 카자크 사람들의 생활 수단은 포도밭, 과수원, 수박이니 호박밭, 고기잡이, 사냥, 옥수수며 수수의 재배, 전리품 등으로 이뤄지고 있다.

(…) 카자크의 집은 모두 땅바닥에서 두 자 서너 치, 혹은 그 이상 높은 주추(*주춧돌)의 말뚝 위에 세워져 있고 높은 마룻대가 건너질린 지붕은 갈대로 말끔히 이어져 있다. 어느 집을 보아도 비록 새롭지는 않지만 조촐하고 반듯하였다."

톨스토이는 카자크 사회가 겉으로는 남성 위주의 사회로 보이지만 실제적으로는 남편들도 가정살림을 주도하는 아내들의 우월을 느끼지 않을 수 없다고 보았다.

카자크 여인과 결혼하고 싶다는 주인공

올레닌은 카프카스에 도착한 후 한 카자크 마을에 방을 하나 얻어서 머문다. 그 집은 마을에서는 제법 부자로 여겨지는, 현재는 교사 노릇을 하는 전직 카자크 소위의 집이다.

카프카스에서 지내면서 그는 이곳의 생활을 마음에 들어 했다. 사관후보생임에도 주변에서 그를 귀족으로 잘 예우했기 때문에 군 생활 자체는 어렵지 않았고 여유가 있었다.

올레닌은 자기가 이전의 생활을 내던져 버리고 자유로운 분위기의 카자크 촌에서 독자적인 생활을 쌓아 올린 것을 앞으로 후회한다거나 하는 일은 절대로 없을 것이라 확신하고 있었다. 그는 이곳에서 날이 갈수록 자기를 더욱더 자유롭고 사람다운 사람으로 느꼈기 때문이다.

그는 카자크인의 자유로움에 대해 이렇게 말했다.

"사람들은 자연이 생활하고 있는 것과 마찬가지로 생활하고 있다 - 죽고 태어나고 남녀가 하나로 맺어지고 또다시 태어나고 싸우고 마시고 먹고 즐기고 그리고 또다시 죽고, 그리고 자연이 태양이며 들판이며 짐승이며 나무에게 정해 준 온갖 불변의 법칙을 빼놓고는 달리 어떠한 조건도 없다. 그밖의 법칙은 그들에게 존재하지 않는 것이다……. 그리고 그렇기 때문에 그러한 사람들은 그 자신과 견주어 아름답고 힘차고 자유로운 것 같았다. 그들을 보고 있노라면 그는 자기가 부끄럽고 서글퍼지는 것이었다. 그리하여 자주자주 모든 것을 내팽개치고 카자크 사람으로 입적하여 오두막집과 가축을 사서 카자크 여인과 결혼하고 예로쉬카 아저씨(*이 마을의 나이 많은 홀아비 사냥꾼)와 함께 살며 그와 같이 사냥이나 고기잡이나 다니고 카자크 사람들에게 섞여 원정을 나가자—이같은 생각이 진지하게 머릿속에 떠오르는 것이었다."

카자크 처녀에게 끌리기 시작하는 주인공

올레닌이 방을 얻어 사는 전직 카자크 소위의 집에는 딸이 하나 있었다. 마리얀카라는 이름의 처녀는 마을에서 가장 아름다운 여인으로 알려져 있다. 이웃에 사는 루카쉬카라는 스무 살 된 젊은 청년의 어머니가 아들을 마리얀카와 결혼 시키고 싶어 한다.

그러나 마리얀카 집에서는 루카쉬카가 아버지도 없고, 집안 형편도 어려워 딸을 그 집에 시집보내기가 조금 꺼려지는데다 딸을 빨리 출가시키고 싶지 않아서 시간을 끌고 있다. 그러나 두 사람은 서로 마음이 끌려 이따금씩 몰래 만나며 마침내 양가 사이에 혼담이 이뤄진다.

마리얀카의 어머니는 사위될 루카쉬카에 대해, "약탈도 했것다. 말도 훔쳤것다. 아브레크도 죽였것다. 그만하면 얼마나 훌륭한 젊은이예요?" 라고 칭찬한다. 어이없는 말이지만 당시 카자흐 마을에서는 아마도 그런 것이 칭찬받을 일이었던 모양이다.

이집에 살고 있는 올레닌도 루카쉬카를 알게 된다. 잘 생기고 씩씩한 카자크다. 그는 야간 잠복근무를 나갔다가 새벽에 강을 건너오는 체첸인 아브레크 한 명을 사살하는 공을 세우기도 한다.

▲ 톨스토이가 수첩에 직접 그린 전형적인 카프카스인

올레닌은 루카쉬카에게 자신의 말 한 필을 선물한다. 50루블쯤 나가는 말이다. 올레닌의 방값 월세는 6루블. 이 마을에서는 2루블 정도면 비슷한 방을 얻을 수 있지만 주인의 요구대로 후하게 방값을 치르며 살고 있다. 그는 매달 1천 루블씩을 집으로부터 송금 받는다. 마을에도 올레닌이 대단한 부자라는 소문이 퍼졌다.

그런데 시간이 지나가면서 올레닌의 마음이 점점 미모의 마리얀카에게 끌리기 시작한다. 마리얀카가 루카쉬카와 결혼하기로 한 사이임을 알면서도 그는 주체하기 어려울만큼 마리얀카에게 빠져든다.

3. 꿈처럼 끝난 카자크 처녀에 대한 사랑

올레닌은 "나는 마치 산이며 하늘의 아름다움에 홀린 듯한 기분으로 그녀에게 홀려있었다. 또 홀리지 않을 수 없었다. 왜냐하면 그녀는 그러한 것들과 마찬가지로 아름다웠기 때문이다"라고 실토한다.

루카쉬카는 올레닌으로부터 말을 선물 받은 후 그와 가까이 지냈으나 올레닌이 마리얀카에게 접근하고 있다는 사실을 알고는 그와 거리를 두기 시작한다.

올레닌은 루카쉬카와 마리얀카가 결혼할 사이임을 알면서도 마리얀카의 부모에게 이야기해서 그녀에게 청혼할 마음까지 먹고 있었다.

그런데 실제로 그의 속마음은 복잡하다. 가족과 친지들로부터 온 편지에는 그가 카자크 여인에게 장가들 것을 걱정하는 내용도 있다. 올레닌은 마리얀카에 끌리고 자기의 생애에 처음이자 마지막으로 참다운 애정으로 사랑하고 있다고 생각하면서도 그녀와 정작 결혼할 수 있을 것인가에 대해서는 사실 확신이 없다.

그는 마리얀카를 정부로 삼는다는 것도 상상해 봤지만, 그것은 혐오스럽고 무서운 일이라고 생각했고, 아내로 삼는다는 것도 좋지 않다고 생각했다. 그러면서도 그녀에게 사랑을 고백하며,

"나에게 시집와 주겠지?"하고 묻는다.

마리얀카는,

▲ 카프카스의 아바르 여인들

"거짓말 마세요. 얻을 생각도 없으면서"하고 쾌활하고 침착한 어조로 답한다.

마리얀카는 돈 많은 러시아 귀족이 카프카스의 산 속에 사는 카자크 처녀와 결혼하자는 것이 진심일리 없다고 생각하는 것이다.

카프카스인들에게 연민을 느끼다

주인공 올레닌이 카자흐 마을에서 지내는 동안 가장 가깝게 지낸 사람은 예로쉬카 아저씨라고 불리는 사냥꾼 노인이었다.

노인은 언젠가 올레닌에게 타브라 지방의 카프카스 산민의 노래를 들려준 후 노래의 글귀를 풀이하여 주었다.

"젊은이는 마을에서 산으로 가축을 몰고 갔다. 그러자 러시아인들이 들이닥쳐 마을을 불사르고 사내를 죽인 뒤 여자들을 모조리 포로로 잡아갔다. 젊은이가 산에서 돌아와 보니 마을이 있던 데는 폐허가 되고, 어머니도 형제도 집도 없고 다만 나무 한 그루가 남아 있을 뿐, 젊은이는 나무 밑에 주저앉아 울기 시작하였다. 꼭 너와 마찬가지로 외로이 오직 혼자만 남았다. 그리하여 젊은이는 노래를 부르기 시작하였다— 아이! 다이! 달랄라이!"

노인은 이 신음하는 듯한 구곡간장을 녹여 대는 후렴을 몇 차례고 되풀이 했다. 카프카스인들의 러시아인들에 대한 깊은 원한을 담은 노래다. 톨스토이는 그러한 카프카스인들에게 깊은 연민을 갖게 되며 그러한 연민은 그의 카프카스와 관련한 소설들 여기저기에 나타난다.

다시 마리얀카의 이야기로 돌아간다. 올레닌이 마리얀카에게 애정을 구하면서 청혼 운운하는 사이에 일이 하나 터졌다. 루카쉬카가 마을의 카자크 병사들과 함께 마을 인근에 침투한 체첸인 아브레크들과 전투를 하러 갔다가 총상을 입고 사망한 것이다.

마리얀카로 볼 때는 얼마 후에 결혼하기로 한 약혼자를 잃은 것이다.

루카쉬카가 죽은 뒤 마리얀카는 올레닌에게 매우 냉담한 태도를 보였다.

올레닌이 말을 걸자 마리얀카는,

"난 이제 당신 같은 사람의 말은 듣지 않겠어요"라고 말한다.

그녀의 얼굴에는 격렬한 혐오와 경멸과 증오가 나타나 있었다. 그 순간 올레닌은 이제 조금의 가망도 없다고 느꼈다. 결혼이고 뭐고 이제 그녀에게서 사랑을 받을 수 없다는 것을 분명히 알게 되었다.

올레닌은 중대장에게 찾아가 근무지를 바꿔달라고 요청한다. 그리고 오직 한 사람 예로쉬카 아저씨의 배웅을 받으며 카자크 마을을 떠난다.

소설은 이렇게 마무리 된다.

"올레닌은 돌아보았다. 예로쉬카 아저씨는 마리얀카와 얘기를 나누고 있었는데 분명히 자기네끼리의 살림살이 이야기인양 늙은이도 아가씨도 그가 가는 것을 바라보려고도 하지 않았다."

▲ 톨스토이가 살았던 카프카스의 스타로그라돕스카야 마을 (소설의 삽화)

　한 여름밤의 꿈처럼 올레닌의 마리얀카에 대한 사랑은 그렇게 끝나고 말았다는 게 소설의 내용이다. 톨스토이는 카프카스에 있을 때 실제로 카프카스 처녀와 결혼해 살면 어떨까 하는 생각을 진지하게 했던 적이 있다. 그런 것이 소설에 반영된 것이다. 그런데 전체적으로 보면 이 소설은 사랑이 테마가 아니라 자유분방한 카자크인의 모습들이 그 주제로 보인다. 사랑은 소설을 끌고 가기 위한 것이고, 톨스토이는 카프카스 산속에서 자유롭게 사는 카자크인들을 그리고 싶었던 것 같다.

낭만적 모험의 땅 카프카스

　카프카스는 당시 많은 러시아 지식인들이 가보고 싶어하는 낭만적 모험의 땅이었다. 1920년대와 1930년대에 각각 그곳을 다녀와 작품을 남긴 시인 푸시킨과 레르몬토프가 카프카스를 그러한 동경과 모험의 땅으로 만든 것인지도 모른다. 톨스토이도 지식인 사회의 그러한 분위기를 잘 알고 있었다. 그래서 형을 따라 카프카스에 갔을 것이다.

그는 카프카스에 있는 동안 체첸 북쪽 테레크 강변의 카자크 마을 스타로그라돕스카야에서 살았다. 어려서부터 귀족적인 생활을 해왔음에도 톨스토이는 소박한 이곳에서의 생활을 사랑했다. 그것은 카프카스에 대한 사랑이었다.

소설 '카자크 사람들'은 그가 카프카스를 떠난 지 약 10년 후인 1863년(35세, 결혼 다음해)에 발표한 작품이다. 소설을 구상하고 쓰기 시작한 것은 그가 카프카스에 있을 때인 1853년부터라고 전해진다. 그러니 약 10년 만에 나온 작품이다. 오랫동안 다듬어서인지 그가 카프카스에서 또는 카프카스를 떠난 직후에 쓴 중·단편보다 훨씬 짜임새가 있다.

톨스토이는 '카자크 사람들'을 당초에는 3부작으로 만들 생각이었으나 결국 1부에 그치고 말았다. '카자크 사람들'은 보통 책 한 권 분량인 270쪽 가량이다. 카자크인들과 카프카스인들의 자유로운 삶과 카프카스에 대한 그리움이 담긴 이야기는 그 뒤에도 계속되어 '카프카스의 포로'와 '하지 무라트'로 이어진다.

세바스토폴 3부작 개략

1. '12월의 세바스토폴'

'12월의 세바스토폴'은 톨스토이가 크림반도의 전선에 부임한 다음 달의 이야기다. 크림전쟁 초기에 러시아군은 오스만 튀르키예군에 잇달아 승리를 거뒀으나, 개전 이듬해인 1854년 3월 영국과 프랑스가 러시아의 남하정책을 저지하기 위해 튀르키예와 동맹을 맺고 선전포고를 하면서 전세는 러시아에 불리하게 돌아갔다.

톨스토이가 세바스토폴에 갔을 때는 흑해로 들어온 영국과 프랑스 연합군의 세바스토폴 포위공격에 방어중인 러시아군이 고전을 하고 있을 때였다. 톨스토이는 12월의 세바스토폴에서 부임 후 한 달간 본 피비린내 나는 요새가 있는 군항 도시 세바스토폴의 모습을 세밀하게 그려냈다. 부두의 모습, 시체를 가득 실은 마차, 야전병원의 수술장면, 부상병들의 모습 등이 생생하게 담겨있다. 그리고 악조건 속에서도 전의를 불태우고 있는 러시아 병사들의 용맹함의 근원이 어디에 있는지도 관찰했다.

톨스토이는 전쟁터에 온 감상을 이렇게 다소 흥분조로 말한다.

"당신네가 세바스토폴에 와 있다는 생각만 하여도 혈관의 피가 더욱더 빨리 흐르지 않을 수 없고, 그 어떤 남성답고 자랑스러운 감정이 당신네의 마음을 꿰뚫지 않을 수 없다……." (세바스토폴 이야기, 인디북, 2004)

그가 처음 세바스토폴에 와서 본 비참한 광경들은 이러했다.

"어떤 곳에서는 보초의 교대병들이 소총을 찰가닥거리면서 지나가기도 하고, 어떤 곳에서는 의사가 벌써 병원으로 황급히 달려가기도 한다. (…) 또 어떤 곳에서는 낙타가 끄는 뚜껑이 달린 커다란 달구지가 삐거덕거리면서 피투성이가 된 시체를 거의 천장에 닿을 만큼 가득 싣고 묻으러 묘지로 향하고 있었다…….

　(…)

　당신네의 첫 인상은 틀림없이 아주 불쾌한 것들이다— 병영생활과 도시생활, 아름다운 도시와 더러운 노영(*천막생활), 이 두 가지가 이상하게 뒤범벅이 되어 아름답지 못할 뿐 아니라 추하고 무질서 하다는 느낌이 들 것이다.

　(…)

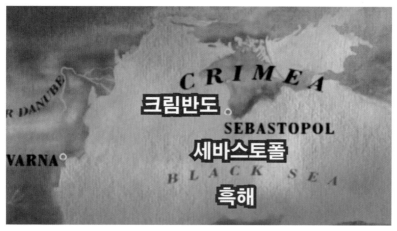

▲ 크림반도 세바스토폴의 위치

당신들은 회의장(*야전병원이 된 세바스토폴의 회의장 건물을 말함) 안에 있는 큰 홀로 들어간다. 당신네가 문을 열자 일부는 침대 위에, 그리고 대부분은 마룻바닥에 누워있는 사오십명의 손발이 잘린 자들과 중상자들의 상태와 그 냄새가 갑자기 당신네를 놀라게 할 것이다.

(…)

군의관들은 절단이라는 혐오할, 그러나 유익한 일에 종사하고 있다. 당신네는 날카로운 구부러진 칼이 희고 건강한 몸속으로 들어가는 것을 볼 것이다. 그리고 부상병이 갑자기 정신이 들어서 무서우리만큼 자지러지는 듯한 비명을 지르면서 악담을 퍼붓는 것을 볼 것이다. 조수가 절단한 팔을 한쪽 구석에 던지는 것도 볼 것이다.

전쟁 초기에만 해도 러시아인들은 세바스토폴은 난공불락일 것으로 믿었다. 그러나 전쟁이 길어지면서 세바스토폴은 무너질 수 없다는 그러한 신념은 흔들리기 시작했다. 그럼에도 불구하고 병사들은 포탄 아래에서 수백 번의 죽을 고비를 넘기면서도 침착하게 임무를 수행하고 있었다. 톨스토이는 이렇게 말한다.

"인간이란 십자 훈장이나 칭호나 위협 때문에 이같이 무서운 환경을 받아들일 수는 없는 것이다― 다른 고상한 유인(誘因)이 있어야 한다. 그 유인은 드물게 발현하며 러시아 사람들의 내면에 수줍게 숨어 있으나 누구나 넋 속에 깊이 간직하고 있는 감정― 조국에 대한 사랑이다."

톨스토이는 그 죽음의 전쟁터에서 목숨 바쳐 내 나라를 지키고자 하는 병사들의 숭고한 애국심을 보았다. 청년 장교 톨스토이 역시 그 당시 애국심으로 충만해 있었다. 12월의 세바스토폴의 대미를 장식하는 부분에서 톨스토이의 어조는 자못 웅변조다.

"고대 그리스에나 어울릴 그 영웅 코르닐로프(*1806~1854, 세바스토폴 방어를 지휘했던 러시아 해군중장)가 각 부대를 돌아다니면서 "제군들은 죽는 한이 있어도 세바스토폴을 적에게 넘겨주어서는 안 된다"라고 말하자 미사여구를 모르는 우리 러시아 병사들이 "죽읍시다! 만세"라고 대답했던 그때의 이야기 — 이제야 비로소 그 시대에 관한 이야기는 당신네에게 있어서 아름다운 역사적 전

▲ 세바스토폴의 톨스토이 기념비

설이기를 그치고 확실한 사실로 되었다. (…) 러시아 국민이 영웅이 된 세바스토폴의 이 서사시는 위대한 흔적을 오랫동안 러시아에 남길 것이다……"

'12월의 세바스토폴'과 관련해 전해오는 이야기가 있다. <현대인>에 실린 톨스토이의 글을 눈물을 흘리며 읽은 황후가 남편에게 그것을 읽도록 했다. 차르 역시 감동한 나머지 이 작품을 프랑스어로 번역할 것과 작가를 위험한 곳에 보내지 않도록 하라고 지시했다는 것이다.

'12월의 세바스토폴'은 <현대인> 1855년 6월호에 실렸다. 전쟁을 지휘하던 니콜라이 1세가 그해 3월에 죽었고 아들 알렉산드르 2세가 대를 이었으므로 알렉산드르 2세가 그렇게 명령했다는 이야기인데 사실 여부는 확인된 것이 없다.

2. '5월의 세바스토폴'

톨스토이가 크림전쟁 중 세바스토폴에서 쓴 두 번째의 전쟁 소설이다. 소설이라고는 해도 딱히 어떤 줄거리가 있다기보다는 전쟁터의 긴박하고 피비린내 나는 비참한 상황을 몇몇의 등장 인물과 더불어 묘사한 것이다. 르포는 아니지만 르포같은 요소가 다분한 기록물이라고 할 수 있다.

톨스토이는 이 작품에서, 전쟁터에서도 장교들의 허영심은 여전하며 공명심, 포상과 승진, 즉 논공행상에 대한 기대심리 속에 전투에 임하는 사람들이 많다는 이야기를 하고 있다.

그러한 모습들을 보여주는 몇몇 인물들이 나오는데, 미하일로프 이등 대위도 그중 하나다. 작품 속에 가장 많이 등장하므로 굳이 주인공을 대라면 그 사람이라고 할 수 있다. 톨스토이는 미하일로프를 여러 측면에서 이렇게 묘사하고 있다.

> "그는 기병대에서 보병으로 전보된 장교다. 키가 크고 허리가 구부정하며 얼굴 표정은 지적 능력이 둔해 보인다. 세심하고 정직하고 질서를 좋아하는 경향이 있으나 사려가 깊지 못하다. 그는 소심한데다 한정된 견해 밖에 가지고 있지 못하다. 자존심은 강하지 않다. 그러나 의무감은 있다."

대략 이같은 미하일로프 이등 대위에 대한 묘사는 작품 속에 한 번에 이어져 있는 게 아니라 여기저기에 흩어져 있다. 미하일로프는 어느 날 퇴역한 경기병 친구로부터 편지를 받는다. 편지에는 친구의 아내가 미하일로프 이등 대위는 틀림없이 게오르기 십자 훈장을 탈 것이라고 말했다는 이야기가 들어있다. 일종의 덕담이다. 그런데 미하일로프는 그 편지를 읽은 후 문득 공상에 잠긴다.

> "(내가 전공을 세워 훈장을 타면) 나는 고참이니까 일등 보병대위로 승진하는 것은 틀림없다. 그러면 올해 안에 소령으로 쉽게 진급할 수 있다. 왜냐하면 지금까지도 많은 사람을 죽였고, 또 앞으로도 전투에서 많은 우리들의 형제가 전사할 것이 틀림없을 것이기 때문이다. 이윽고 또다시 전투가 시작된다. 그러면 나에게는 유명한 인물로서 일개 연대가 맡겨진다……. 그러면 중령…… 안나 훈

장…… 대령……"

그리하여 그는 공상 속에서 벌써 장군이 되어 있었다. 어느 날 세바스토 폴 방어전이 벌어지고 있는 전선에서 미하일로프는 프랑스군이 쏜 유탄이 터지면서 날라온 돌멩이에 머리를 다쳐 쓰러졌다. 미하일로프는 콧등을 따라 피가 흘러내리고 있을 때 아픔을 느끼면서 자신의 넋이 육신을 떠나 고 있는 것이라고 생각했다. 그러나 다행히 상처는 가벼운 것이었다.

그는 살아있음에 무의식적인 기쁨을 느꼈고 또 두려움 속에 빨리 그곳 을 떠나고 싶다는 생각을 했다. 조금 전까지도 같이 있었던 프라스쿠힌 기 병 대위는 유탄 파편에 정통으로 가슴을 맞고 현장에서 죽었다.

▲ 세바스토폴 크림전쟁 침몰 군함 기념비

부하들은 미하일로프에게 빨리 붕대소에 가라고 했지만 처음에 그는 별것 아닌 상처를 입고 붕대소에 치료를 받으러 갔다가 군의관들로부터 조소의 대상이 될까 봐 가지 않으려고 했다. 그러나 생각을 바꿔 다음날 붕대소에 가서 부상자 명단에 등록을 하기로 했다. 미하일로프는 그것이 논공행상에 도움이 될 것이라고 생각했기 때문이다.

톨스토이는 그곳에는 훈장을 타거나 봉급의 삼분의 일을 더 타거나 할 수만 있다면 당장이라도 전쟁을 시작하고 몇백 명의 생명을 빼앗고 할 마음의 준비가 되어 있는 인물들이 있었다고 했다. 여기서 몇백 명의 생명이란 적군이 아니라 전쟁에서 희생될 아군 즉 러시아 병사들을 말하는 것이다.

귀족출신 일부 장교들이 많은 아군 희생자가 나오는 전투도 오로지 훈장을 받고 진급할 수 있는 출세의 기회로 여길 뿐이라고 비판하는 내용이다.

톨스토이는 치열한 전투가 끝난 후의 전장의 모습을 이렇게 그렸다.

"불과 두 시간 전까지만 해도 크고 작은 갖가지 희망과 소원에 가득 차 있던 사람들이 지금은 이렇게 사지가 굳어져 요새와 참호 사이의 이슬에 젖은, 꽃이 만발한 초원(골짜기)과 세바스토폴의 장례식이 치러지는 교회의 평평한 마루 위에 누워있었다."

이 작품은 1855년 현대인 9월호에 실렸다. '1855년 봄 세바스토폴에서의 밤'이라는 제목이었다. 하지만 작품은 너무 많이 수정돼 알아볼 수 없을 정도였다. 그 소식을 들은 톨스토이는 당시 그의 일기에 이렇게 썼다.

"나의 작품을 알아볼 수 없을 만큼 수정했다는 소식을 어제 접하였다. 나는 이미 요주의 인물이 된 듯하다. 하지만 러시아에 언제나 나와 같은 도덕적인 작가가 있기를 바랄 뿐이다."

내용적으로 보면 귀족 중심의 당시 러시아 체제에서 전쟁터에 나가 있는 귀족출신 장교들의 위선, 허영을 비판한 것이므로 검열을 쉽게 통과하기는 어려웠을 것이다. 그럼에도 이 작품 역시 사회적으로 매우 큰 반향을 불러 일으켰다.

톨스토이는 이어 전쟁터에서의 세 번째 작품인 '8월의 세바스토폴'을 쓴다.

3. '8월의 세바스토폴'

'8월의 세바스토폴'은 러시아의 패전으로 끝난 크림전쟁 막바지에 있었던 러시아군과 영국-프랑스 연합군과의 최후의 처참한 공방전을 그린 것이다.

작품 속에는 코젤리코프 형제가 등장한다. 형인 미하일 코젤리코프는 육군 중위이며 열 일곱 살의 동생 블리디미르 코젤리코프는 준위로 세바스토폴 방어전에 참전한다. 애칭 볼로디아로 불리는 동생은 견습사관학교에 다니던 중 담배를 피우다 들켜 군복무를 명령받았다. 그러자 크림반도 전선에 가겠다고 자원을 했다.

전선으로 가던 길에 어느 목로집에서 우연히 형을 만난다. 영웅으로 자랑스럽게 생각했던 형이다. 형은 전투 중 머리 부상을 입어 심페로폴 위수 병원에서 치료를 받고 원대복귀 중이었다. 형제는 함께 마차를 타고 세바스토폴로 간다.

형제가 세바스토폴로 가면서 산마루에서 내려다 보니 배의 돛대가 즐비하게 늘어서 있는 내만(內灣)이 보였고, 저 먼 바다에 적의 함대가 떠 있는 것이 보였다. 또 해안의 포대와 병영, 시가지의 건물들도 눈에 들어왔다.

세바스토폴에 도착해 형은 원래의 소속 부대로 복귀했고 동생은 배치된 다른 부대로 갔다. 형 미하일은 부하들로부터 존경받는 장교였다. 부대원들은 중대장의 복귀를 반겼다. 동생은 배치된 부대에서 선배 장교들의 귀염을 받았다.

미하일이 돌아온 날, 부대에서는 장교들이 여전히 트럼프 놀이를 하고 있었다. 돈 내기 노름이다. 노름 중에 시비가 붙어 큰 소리가 나기도 했다. 톨스토이는 그러나 작품 속에서 그러한 모습에 대해 비판하지 않는다. 그는 "이 심각하고 비참한 장

▲ 제대하던 해의 **톨스토이**(1856)

면은 얼른 막을 내리게 된다"며 이렇게 묘사하고 있다.

"내일 혹은 오늘 이 사람들은 기꺼이 죽음을 맞으러 떠날 것이다. 빠져나갈
희망이라고는 조금도 없는 상태에서 생활의 유일한 위안은 망각, 의식의 파괴
뿐이다. 각자의 넋의 밑바닥에는 각자를 영웅으로 만드는 고결한 불꽃이 숨겨
져 있다. 이 불꽃은 환히 타다가 지치지만, 그러나 운명의 순간이 닥치면 그것
은 불길이 되어 활활 타올라 위대한 사업을 비추는 것이다."

그후 러시아군과 연합군 사이에 치열한 전투가 벌어졌다. 거의 막바지
에 이른 공방전이었다. 마라호프 보루 공방전을 말하는 것 같다. 그런데 이
전투에서 불행하게도 코젤리코프 형제는 적과 용감하게 싸우다 둘 다 전
사하고 만다.
공방전이 끝난 전장의 참혹한 모습을 톨스토이는 이렇게 묘사했다.

"세바스폴 능보의 전선에는 이제 어디에도 사람의 그림자가 하나도 보이
지 않았다. 모든 것이 죽었고 모든 것이 기괴하고 처참했다— 그러나 잠잠하지
는 않았다. 아직도 여전히 파괴는 계속되고 있었다. (…) 지면에는 러시아군과
적군의 시체를 짓누르고 있는 부서진 포가, 영원히 침묵한 주철제의 중포, 무서
운 힘으로 구멍 속에 박혀 절반이 흙 속에 묻힌 포탄과 유탄, 또다시 첩첩이 겹
쳐진 시체, (…) 잿빛과 하늘빛의 외투를 입은 말 없는 시체들이 도처에 뒹굴고
있었다."

톨스토이는 1855년 8월 27일 세바스토폴의 마라호프 보루가 프랑스군에 의해 탈취 당하는 광경을 현장 인근에서 직접 보았다. 약 2주 후 그는 일기에 "거리가 화염에 휩싸이고 프랑스 국기와 프랑스의 한 장군이 아군의 보루 위에 서 있는 것을 보고 나는 울었다"고 썼다.

톨스토이는 당시 세바스토폴에서 8킬로미터 가량 떨어진 포병부대에서 임무를 맡고 있었으나 포위당한 세바스토폴 요새에 자주 가야 했다. 연합군에 패배한 러시아군은 결국 슬픔과 한숨을 토하며 세바스토폴에서 철수할 수 밖에 없었다.

세바스토폴 공방전은 1854년 10월부터 시작됐다. 영국과 프랑스 연합군은 흑해의 러시아 함대 거점인 세바스토폴을 함락시키기 위해 거의 1년간 총공세를 펼쳤다. 러시아군도 필사적으로 방어전을 벌였으나 1855년 9월 결국 세바스토폴을 포기했다. 이는 패전을 의미했다. 러시아의 남하정책 즉 영토확장정책이 영국과 프랑스에 의해 좌절된 것이다.

이듬해인 1856년 3월 파리강화조약 체결 결과 러시아는 영토의 일부를 튀르키예에 할양하고 흑해에서는 더이상 함대를 보유할 수 없게 되었으며 흑해의 중립화를 인정하는 굴욕을 겪는다. 튀르키예와의 갈등의 원인 중 하나였던 오스만 제국 내 정교도들에 대한 보호권 주장도 거둬들였음은 물론이다.

영국의 간호사 나이팅게일이 튀르키예의 이스탄불에 새로운 형태의 야전병원을 세우고 부상자 치료에 헌신한 것도 크림전쟁 때였다.

톨스토이의 세바스토폴 3부작은 모두 전쟁이 끝나기 전에 진중에서 완성된 것이다. 이 작품들은 톨스토이에게 국민적인 명성을 안겨주었다. 이 같은 카프카스와 크림전쟁 참전 경험은 그후에 쓴 장편 '전쟁과 평화'의 밑거름이 되었다.

신부의 재산을 보고 결혼한 투르게네프 아버지의 경우

우연한 일이지만, 톨스토이의 부모와 투르게네프(1818~1882) 부모의 결혼 사연은 놀랄만큼 비슷하다. 그 당시 러시아에서의 일반 관례와 달리 신부의 나이가 신랑보다 많은 것도 닮았고, 신랑은 인물이 좋고, 신부는 인물이 빠졌다는 점도 같다.

신랑이 나이도 자기보다 많고 인물도 없는 신부와 결혼한 것은 순전히 신부의 재산 때문이었다. 당시 귀족사회에서 결혼 상대방의 재산 정도는 결혼의 중요한 요소였던 모양이다.

톨스토이의 아버지는 기울어가는 집안을 구하기 위한 결혼이었는데, 투르게네프 아버지도 자세히는 알 수 없지만 유사한 케이스 아닐까.

투르게네프의 어머니 바르바라는 일찍 부모를 여의고 돈 많은 작은 아버지 집에서 자랐다. 그런데 자손이 없었던 작은 아버지가 어느 날 죽으면서 노처녀로 지내던 바르바라가 상속인이 됐다. 상속받은 영지의 농노만도 천 명이 넘었다. 당시 귀족 중에서도 큰 부호에 속하는 재산이었다.

바르바라가 갑자기 백만장자가 되자 청혼자들이 나타나기 시작했다. 바르바라는 그중 젊고 잘 생긴 세르게이 투르게네프를 고른다. 두 사람 사이에 태어난 아들이 소설가 이반 투르게네프다.

결혼할 때 아버지집의 농노는 130명에 불과했다. 재산 규모로 농노가 천 명이나 되는 어머니집과는 상대가 안 됐다. 어머니가 아버지보다 6살

위였다.

그렇게 결혼해서인지 부부
간에 정이 없었다. 투르게네프
의 아버지는 바깥으로 나돌며
다른 여성들과 많이 사귀었다.
모친은 질투로 괴로워했다.

톨스토이가 '전쟁과 평화'에
서 부모의 결혼 과정을 작품
속에 유사하게 그려냈듯이, 투
르게네프의 대표작 '짝사랑'
에도 투르게네프 부모의 상황

▲ 투르게네프

이 그대로 나온다. 연령차만 조금 다르다. 소설의 젊은 주인공은 부모에 대
해 이렇게 설명한다.

"아버지는 아직 젊고 빼어난 미남이었는데 어머니의 재산만 보고 결혼했다.
어머니는 아버지보다 열 살이나 나이가 많다. 어머니의 생활은 비참했다. 끊임
없이 걱정을 하고 질투를 하고 화를 냈다."

소설 '짝사랑'은 투르게네프 부모가 모두 세상을 떠난 한참 후인 1860년
에 나온 작품이다. 투르게네프 양친의 성격은 그의 다른 작품들에도 드
문드문 묘사되고 있다.

투르게네프가 평생 1천 명의 농노를 거느린 대지주로 러시아와 유럽을 오가며 부족한 것 없이 살아간 데는 이같은 집안의 내력이 있었던 것이다.

[작가노트2]

톨스토이의 행복, 도스토옙스키의 행복

행복의 사전적 의미는 "생활에서 충분한 만족과 기쁨을 느끼어 흐뭇함, 또는 그러한 상태"이다. 인간은 행복하기 위해 산다고 많은 이들이 믿고 있고 그것을 부정할 사람은 없다. 그러나 행복의 궁극적 실체는 개인의 처지에 따라 다 다른 형태로 보인다.

없는 사람은 부유해지는 것이 행복이라고 생각할 것이다. 가진 사람은 좀 더 갖고 더 많은 사람을 거느리며 명예를 얻고, 하고 싶은 것을 맘껏 하는 것이 행복이라고 여길지 모른다.

예술가들과 스포츠인들은 최고의 경지에 다다르는 것이 행복이라고 느끼지 않겠는가. 병약한 사람은 건강한 육체를 갖는 것이 행복일 것이다. 어려운 사람들을 돕는 일에서 행복을 느끼는 이들도 적지 않다. 가족과의 단란한 삶이 최고의 행복이라고 여기는 이들은 당연히 많다.

행복에 대한 사색을 많이 한 사람 중 하나가 러시아의 대문호 톨스토이다. 그는 "인간이 행복에 대한 욕망을 추구하는 것은 정당한 것이지만, 그것을 이기적으로 만족시키려고 들면 결코 채워질 수 없다"고 했다. 그는 "남을 위해 살거나 남의 행복을 원할 때 자신도 비로소 행복해질 수 있다"고 그의 여러 저작에서 설파하고 있다.

톨스토이가 젊은 시절 쓴 '카자크 사람들'(1863)에서 보면 주인공 올레닌이 행복에 대해 사색하는 장면이 많이 나온다. "무엇이 행복인가?"하는 것

▲ 영화 '전쟁과평화' 속 피에르 역 헨리 폰다

이다. 주인공 올레닌이 톨스토이의 분신이고 보면 그의 고민은 톨스토이의 고민이고 그의 사색은 톨스토이의 사색이다. 소설 속에서 올레닌은 행복에 대해 다음과 같은 정의를 내린다.

톨스토이, 행복이란 사랑과 자기희생

"행복이란 남을 위해 사는 것이다. 이건 명약관화하다. 인간에게는 행복에 대한 욕망이 주어져 있다. 그리고 보면 이 욕망은 정당한 것이다. 그것을 이기적으로 만족시키려 들면, 즉 자기 일신을 위해서 부(富)며 명예며 생활의 편의며 사랑들을 구하려고 들면, 여러 가지 사정이 겹치고 겹쳐서 이 욕망을 채울 수 없게 되는지도 모른다. 따라서 이러한 욕망은 부당하다. 그러나 행복에 대한 욕구는 부당하지 않다. 그렇다면 도대체 어떤 종류의 욕구가 외부조건에 아랑

곳하지 않고 언제나 채워질 수 있을까? 자, 도대체 어떤 욕구일까? 그것은 사랑과 자기 희생이다. 그는 새로운 발견이라고 여겨지는 이 진리를 찾아내자 기뻐 어찌할 바를 모르고 잔뜩 흥분하여 홀쩍 뛰어 일어났다." (카자크 사람들, 박형규 역, 인디북, 2004)

행복의 진리를 발견했다며 흐뭇해 하고 있는 올레닌은 체첸인 아브레크를 죽이고 기뻐하는 루카쉬카가 안타깝게 보였다. "정말 어리석고 기막힌 노릇이다. 사람이 사람을 죽이고도 무엇인가 훌륭한 공을 세운 것처럼 행복을 느끼고 있으니 말이야. 이따위 일에 하나도 기뻐할 이유는 없다. 행복이란 것은 사람을 죽이는 것이 아니라 자기를 희생하는 데 있다는 것을 그래 아무도 이 사내에게 얘기해 줄 사람이 없단 말인가?"라고 그는 혼잣말을 한다.

이 작품에는 "행복한 인간, 그것은 또 올바른 인간이기도 한 것이다"라는 대목도 나온다. 다시 말해 '올바른 인간이 행복한 인간'이라는 의미다. 이것 역시 새겨들을 만한 말이다.

'전쟁과 평화'(1869)에서도 행복에 대한 고민이 눈에 띈다. 서자임에도 아버지의 사망으로 갑자기 러시아 최고의 부호가 된 주인공 피에르가 "이 행복은 널 위해서가 아니다" "이 행복은 네가 가지고 있는 것을 가지고 있지 않은 사람들을 위해 있는 것이다"라고 생각하는 장면이 있다. "베푸는 것이 행복이 아닐까"하고 생각하는 것이다.

'전쟁과 평화' 속에는 "행복이란 사랑과 자기 희생으로 나 스스로 행복해지는 것"이란 발콘스키 공작의 딸 마리야의 독백도 등장한다. 마리야는 자기가 좋아하는 미남 아나톨리 공작을, 자기집에 들어와 아버지의 심부름을 하면서 살고 있는 프랑스 여인 아멜리도 내심 좋아하는 것을 알고 아멜리를 위해 자기가 뒤로 물러서기로 마음 먹는다. 마리야는 이렇게 말한다.

"그 불쌍한 아멜리를 행복하게 만들어 줘야 해. 아멜리는 그토록 열심히 사랑하고 있으니까."

마리야는 그것이 스스로 행복해지는 것이라고 믿고 있다. 얼마나 거룩한 마음씨인가. 그러나 그같은 상황이 현실적으로 보이지는 않는다. 이는 결국 '이타적 사랑과 희생이 행복'이라는 톨스토이의 행복관의 표현이다.

소설 속의 아나톨리는 이름난 바람둥이였다. 그 뒤 아나톨리는 소설의 여주인공 나타샤를 유혹하려 실패한 후 나폴레옹 전쟁에 나갔다가 다리가 절단되는 중상을 입고 사망한다.

톨스토이가 '카자크 사람들'과 '전쟁과 평화' 등에서 언급하는 행복에 대한 사색은 그후에 나온 '인생론'(1887)에서 좀 더 정리된 형태로 나타나지만 내용적으로 보면 젊은 날에 가졌던 그 개념을 조금 더 구체화 시켰을 뿐이다. 톨스토이가 젊은 시절 생각했던 행복의 개념이나 그보다 수십 년 후에 쓴 인생론에서의 그것이 결국 같은 이야기이고 보면, 사람은 나이가 들어도 젊은 시절 가졌던 근본적인 생각에서 크게 달라지지 않는다는 것을 알 수 있다. '인생론'에서 톨스토이는 행복에 대해 이렇게 말한다.

"모든 사람들이 자기보다 남을 더 사랑할 때 비로소 당신의 행복이 이루어질 수 있다면 하나의 생명을 지탱하고 있는 당신도 자기보다 남을 더 사랑하지 않으면 안 될 것이 아니겠는가?

단지 이러한 조건 밑에서만 인간의 행복과 생활은 가능한 것이다. 이때 비로소 인간의 생활을 해치고 있는 것이 근절된다. 즉, 생존 경쟁, 고통, 죽음의 공포 등이 뿌리째 뽑혀버리는 것이다.

실제에 있어서 무엇이 개인적 생존의 행복을 불가능하게 하는가? 첫째로, 그것은 개인의 행복을 갈구하고 있는 인간 상호간의 생존경쟁이다. 둘째로, 소모, 권태, 고통을 가져오는 외관상의 쾌락이다. 셋째로는 죽음이다. 그러나 인간이 자기의 행복을 갈구하지 않고 오직 남의 행복을 위해 노력하기만 하면, 행복을 불가능하게 하고 있는 요인은 소멸되어, 인간은 실제로 얻을 수 있는 유일한 행복을 곧 발견할 수 있다. 개인의 행복을 갈구하는 것이 인생이라는 견지에서 세계를 바라볼 때, 인간은 피차에 상대방을 멸망시키려는 비이성적인 투쟁을 목격할 뿐이었다. 하지만 남의 행복을 원하는 것이야말로 인생임을 안다면 전혀 다른 세계를 발견할 수 있을 것이다." (인생론, 황문수 옮김, 삼중당, 1984)

▲ 순례자 차림으로 도보여행에 나선 톨스토이

위에서 개인적 행복을 불가능하게 하는 세 번째 요인으로 든 죽음에 대해서도 톨스토이는 "죽음의 공포는 그 육체적 죽음과 더불어 인생의 행복을 상실한다는 두려움에서 비롯되는 것"이라면서 "각 개인이 동물적인 자아의 행복을 갈구하는 것이 아니라 남을 행복하게 하기 위해 노력하는 인생임을 알기만 한다면, 죽음이라는 괴물은 영원히 눈앞에서 사라지게 마련일 것이다"라고 말한다.

인간은 어차피 소멸될 존재인데, 자아에 집착하기보다 남을 위해 희생하는 삶을 살면 죽음의 공포에서도 벗어날 수 있을 것이라는 얘기인 것 같다. 쉽게 이해하고 선뜻 받아들일 수 있는 말은 아니다.

톨스토이의 행복에 대한 생각을 다시 나름대로 풀이해 보면, '행복은 자기 만족이 아니며 그러한 이기적 만족은 채워지기 어렵다. 그러므로 타인과 행복을 나누는 노력을 통해 자신도 행복할 수 있다"는 뜻으로 해석할 수도 있을 것 같다.

톨스토이는 평생을 부유한 귀족으로 산 사람이어서 행복을 자신이 타인에게 베푸는 관점에서 본, 즉 시혜자의 입장에서 본 것 같다는 인상도 있긴 하다.

톨스토이가 얼마나 남을 위해 살았는지는 알 수 없지만, 노년의 그가 저작권이며 토지 등을 모두 내놓으려고 한 것은 그러한 노력의 하나가 아니었을까 하는 생각도 든다.

도스토옙스키, '아이가 행복의 4분의 3'

한편, 톨스토이보다 일곱 살 위였던 도스토옙스키의 행복에 대한 언급은 방향이 전혀 다르다. 정치범으로 체포되어 사형 선고를 받고 사형장까지 갔다가 감형되어 시베리아 유형생활까지 했고, 그 뒤로도 별로 편안한 삶을 살아보지 못한 그는 행복에 대해 복잡하게 이야기하지 않는다.

감옥과 유형소에서는 풀려나는 것이 행복이라고 생각했을 것이다. 사형장에서 감형 되어 감방으로 돌아왔을 때 그는 감격에 겨워 큰 소리로 노래를 불렀다. 그는 후일 두 번째 아내 안나에게 "그렇게 행복했던 날은 다시 없었을 것"이라고 했다.

도스토옙스키는 유형에서 돌아온 후에도 늘 빚에 쪼들리는 생활을 한 탓인지 언제나 가진 자였던 톨스토이처럼 '베푸는 것이 행복'이라는 류의 이야기는 그의 저작에서 찾아보기가 어렵다.

도스토옙스키의 행복에 대한 생각은 소박 단순했다. 그는 유럽 체류 중, 1869년 완성된 톨스토이의 '전쟁과 평화'를 보내 준 총각 평론가 스트라호프에게 "빨리 결혼을 하라"며 이런 편지를 써보냈다.

"자네는 왜 결혼을 하지 않았나, 왜 아기가 없단 말인가. 자네에게 맹세컨대, 인생의 행복 중 4분의 3이 거기에 있다네. 나머지 다른 것들엔 겨우 4분의 1이 있을 뿐이지."

40대 후반 늘그막에 자녀를 얻은 도스토옙스키에게 아이들은 그의 최대의 행복이었다.

전혀 다른 경제적 환경 속에서 산 두 사람은 이처럼 행복에 대한 생각

도 많이 달랐다. 베푸는 것도 행복이고 사랑하는 자식을 갖는 것도 행복
이다. 행복은 결국 각자의 마음 속에 있는 것이다. 그것은 모든 삶의 원동
력이라고 할 수 있다. 크건 작건 죽을 때까지 행복을 포기하지 못하는 것
이 인간이다. 그래서 죽음으로 인한 행복의 상실이 섭섭하고 서운하고 두
려운 것이다. 그 역시 인간의 자연스런 모습이다.

막내인 톨스토이가
어떻게 집안의 핵심 영지를 차지하게 됐을까?

톨스토이의 야스나야 폴랴나 영지가 당초 외가 발콘스키 집안 땅에서 톨스토이 집안의 땅이 된 사연은 이미 말한 바 있다. 부모와 가족들이 살던 이 영지가 어떻게 형들이 셋이나 있는데도 불구하고 막내 아들의 소유가 됐을까 하는 것은 의문이 아닐 수 없었다.

그같은 의문에 대답이 될만한 자료를 아직 보지는 못했지만, 그것이 혹시 몽골의 관습과 관련이 있는 것은 아닐까. 왜냐하면 러시아가 13세기부터 몽골에 240년간 지배 당한 역사가 있기 때문이다.

몽골의 막내 상속 관습

모스크바를 비롯해 현재 러시아의 주요 지역은 칭기스칸의 손자 바쿠가 세운 킵차크 칸국의 지배하에 오랜 기간을 보냈다. 그러므로 러시아의 관습에는 이러저러한 몽골의 유산이 적지 않게 남아있다고 한다. 몽골의 관습 중에는 집안의 주요 재산을 막내 아들에게 상속하는 관습이 있다. 그 이유는 막내가 가장 오래 살며 집안의 재산을 지킬 것이기 때문이다. 그리고 막내는 부모를 모실 의무도 있었다. 역사에 보면, 칭기스칸 형제들 중에서는 막내 테무게가 홀로 된 어머니를 보살피며 살았다.

칭기스칸의 아들들 중 오논 강과 케룰겐 강 인근 아버지의 고향 땅을

▲ 몽골의 칭기스칸 동상

물려 받은 것도 막내 톨루이였다. 그래서 칭기스칸 사후 대칸에 오른 셋째 아들 오고타이는 고향 서쪽에 있는 자신의 영토에 수도를 건설했다. 그곳이 한 때 몽골 제국의 수도였던 오르콘 강변의 카라코룸이다. 카라코룸은 현재 몽골의 수도 울란바타르 서쪽에 위치해 있다.

몽골의 지배에서 벗어난 지 수백 년이 지난 19세기 러시아에 몽골의 막내 상속 관습이 남아있었는지는 알 수 없다. 막내였던 톨스토이에게 집안의 주요 영지를 상속한 것이 그러한 몽골의 관습과 관련된 것은 아닐까 하는 것은 순전히 나의 개인적인 추측일 뿐이다.

상속과 관련해 러시아에서는 17~18세기에 걸쳐 1725년까지 42년간 러시아를 다스렸던 표트르 대제(1672~1725) 때 귀족사회에 일자상속제(一子相續制)를 도입했었다는 기록이 있다. 이 제도는 귀족들이 나라에서 분배 받은 토지를 아들 중 한 명에게만 상속하도록 했고 나머지 자제들은 모두 국가에 봉사해 봉급을 받아 생계를 꾸려나가도록 하는 내용으로 되어있었다.

톨스토이 부모가 남긴 유산 중 부모가 살던 영지는 막내 레프의 몫이 됐지만, 나머지 형제들에게도 유산으로 남겨진 다른 소유지들이 분배되었다.

맏형 니콜라이에게는 집안의 소유지 중 니콜리스코예 마을이, 둘째 세르게이에게는 그가 말을 좋아했으므로 양마장(養馬場)이 있던 피로고보가 주어졌다. 셋째 드미트리에게는 또다른 소유지인 시체르바체프카가 돌아갔다.

러시아에서는 몽골에 지배당했던 기간을 타타르의 멍에라고 부른다. 몽골군은 칭기스칸이 살아있을 때인 1223년, 돈 강의 지류인 캉가 강변에서 병력이 네 배 이상 많은 러시아 공국들의 연합군에게 최초의 처참한 패배를 안겨주었다. 칭기스칸이 1227년에 죽은 후 대권을 이어 받은 셋째 아들 오고타이 칸은 1236년 조카 바투에게 명장 수부타이와 함께 15만 병사를 주어 본격적인 러시아 정벌에 나서게 했다.

바투는 랴잔 공국, 수즈달 공국, 블라디미르 공국을 차례로 무너뜨리고 1240년 러시아 공국들의 중심이자 대표격인 키예프(현재 우크라이나의 수도 키이우)를 점령함으로써 전 러시아를 손에 넣게 된다. 키예프 공국이 몽골군에 점령당한 이때부터 모스크바 공국이 킵차크 칸국으로부터 독립한 1480년까지의 240년 동안을 타타르의 멍에라고 하는 것이다.

체첸에 톨스토이 박물관이 있는 이유

러시아 변방 카프카스 지역인 체첸에는 톨스토이 박물관이 있다. 톨스토이는 1850년대 그의 나이 20대 중반에 이곳에서 사관후보생과 장교로 군 복무를 했다. 또한 이곳에서 마무리한 '유년시절'로 문단에 데뷔했고, 카프카스를 배경으로 여러 편의 중단편을 썼으며, 이곳에서 작가의 길을 가기로 결심했다.

톨스토이의 카프카스에 대한 애정은 각별했다. 마지막에 가출했을 때에도 그의 가방 속에는 카프카스를 배경으로 한 이슬람 전사의 이야기인 '하지 무라트'가 들어있었다. 톨스토이가 최후까지 매만졌던 '하지 무라트'는 그의 사후 세상에 나왔다.

그래도 톨스토이 박물관에 대해 체첸인들이 거부감을 갖지 않을까 하는 의문은 남는다. 당시 톨스토이는 체첸의 이슬람 저항세력을 진압하기 위해 진주한 러시아군의 장교였다. 체첸인들은 러시아의 지배를 피하기 위해 오랜 세월 치열한 항쟁을 벌였다. 따라서 당시 체첸인들 입장에서 보면 톨스토이는 적군의 장교다.

톨스토이가 체첸을 떠나고 몇 년 후인 1859년, 체첸 지역을 지배했던 이슬람 세력이 러시아에 항복함에 따라 체첸은 러시아 영토의 일부가 됐다. 그러나 널리 알려진 대로 지난 1994년과 1999년 두 차례에 걸쳐 체첸과 러시아 간에 벌어진 체첸전쟁으로 체첸은 쑥대밭이 되었고 수많은 체첸인들

▲ 러시아 체첸 공화국의 톨스토이 박물관

이 죽었다. 그후 러시아 내 연방의 하나가 되어 평온을 되찾았다고는 해도 러시아 내에서 체첸은 어느 지역보다 러시아에 대한 반감이 강한 지역이라고 할 수 있다.

그래서 오래전 일이기는 하지만 러시아군 장교였던 톨스토이에 대해서도 거부감이 있을 것 같은데 그렇지 않다고 한다. 체첸인들은 톨스토이가 체첸에 대해 나쁘게 쓴 것이 없고 체첸인들의 따뜻한 인정과 삶의 방식, 전통과 문화, 카프카스의 자연 등을 소설에서 긍정적으로 묘사했다며 오히려 그에 대해 호감을 갖고 있다. 톨스토이의 소설이 체첸 역사의 일부로 남았다고 보는 것이다. 실제로 그는 체첸과 관련한 소설인 '습격' '카자크 사람들' '카프카스의 포로' '하지 무라트' 등을 썼지만, 그 안에 체첸인을 비하하거나 공격하는 내용은 없다. 오히려 자국인 러시아의 무력 사용에 대해 회의적으로 보는 내용이 적지 않다.

톨스토이 박물관은 체첸의 수도 그로즈니에 있는 것이 아니고 그로즈니에서 동북쪽으로 약 80km 가량 떨어진 스타로그라돕스카야(старогадовская)라는 작은 마을에 있다. 이 마을은 톨스토이가 2년 7개월 가량의 카프카스 생활 중 1년 7개월을 지낸 곳이다. 현재의 인구는 약 1만 명 가량이다.

톨스토이는 이곳에서 13차례 작전에 참여했다고 한다. 스타로그라돕스카야 마을에는 당시 러시아군이 주둔하고 있었다. 이 마을은 체첸 지역의 북쪽으로 테레크 강 바로 위에 있다. 이 마을의 주민은 카자크(코사크)인이다. 카자크 족은 주로 우크라이나 지방에서 집단 생활을 하다가 제정 러시아 때 변방을 지키는 임무를 띄게 되어 여기저기에 카자크 족 집단촌을 이루게 되었는데, 당시 변방이었던 카프카스에서는 테레크 강 북쪽에 자리를 잡았다. 테레크 강을 경계로 남쪽에는 러시아에 투항하지 않은 체첸인들이 살고 있었다.

체첸의 톨스토이 박물관은 1965년에 한 역사 교사에 의해 스타로그라돕스카야 마을의 1914년에 지어진 오래 된 학교건물에 세워졌다가 2001년부터 야스나야 폴랴나 톨스토이 박물관의 지원을 받게 됐다. 같은 해에 체첸 공화국의 초대 대통령인 아흐마트 카디로프 대통령이 박물관을 두 차례 방문한 후 체첸정부는 위원회를 만들어 새 박물관 건물을 짓기로 결정했다. 새 박물관은 2009년 12월에 문을 열었다.

체첸에 톨스토이 박물관이 다시 개관했을 때 톨스토이의 고손자인 블

▲ 체첸의 톨스토이 박물관 위치도

라디미르 톨스토이 야스나야 폴랴나 박물관장이 참석했다. 그는 새 박물관에 톨스토이의 개인 무기와, 옷, 그 시대의 가구 등과 톨스토이 생전의 육성이 담긴 녹음 음반을 선물로 가져왔다. 20세기 초 새로 발명된 에디슨 축음기로 녹음된 것이다.

블라디미르 톨스토이 씨는 2021년 11월 서울 남산 문학의 집에서 있었던 톨스토이 동상 제막식 때 러시아 대통령 문화 특별보좌관 자격으로 우리나라에 왔었다. 그는 당시 <조선일보>와의 인터뷰에서 자기가 가장 좋아하는 톨스토이의 작품은 '카자크 사람들'이라고 말했다. "예술성이 강하고 남녀의 사랑이나 다른 인종·문화와의 관계에서 오는 기쁨에 대한 묘사가 뛰어나다"고 했다.

중편 '카자크 사람들'은 톨스토이가 스타로그라돕스카야 카자크 마을에서 살 때 보고 들은 이야기들을 소설화 한 것이다. 톨스토이는 농노제가 없는 이곳 카자크촌의 자유롭고 활달한 분위기를 좋아했다. 그는 러시아로부터 영토를 지키기 위해 목숨을 거는 체첸인 등 카프카스인들을 동정했다. 톨스토이는 카자크 촌에서 살 때 한 아름다운 카자크 처녀를 마음에 두기도 했다고 한다.

소설 '카자크 사람들'에서 주인공인 젊은 사관 올레닌은 이 마을의 아름다운 카자크 처녀 마리얀카를 사랑하지만, 처녀는 러시아의 부유한 귀족 장교가 자신을 사랑한다는 것은 진심이 아니라고 생각하며 끝내 주인공을 거부한다. 소설에는 카자크 마을을 약탈하기 위해 몰래 테레크 강을 건너오던 체첸인이 카자크 병사들에 의해 사살 당하는 장면도 나온다. 톨스토이는 체첸 근무를 마친 후 전쟁이 터진 크림반도로 전출되어 크림전쟁에 참전한다.

체첸에는 톨스토이 유르트라는 톨스토이 기념 마을도 있다. 그리고 카프카스를 배경으로 한 소설 '우리 시대의 영웅'을 쓴 미하일 레르몬토프 박물관도 있다.

제3부

톨스토이를 '전쟁과 평화'로 이끈 데카브리스트

영국인의 인색함을 기록한 '루체른'

문단의 선배들을 처음 만나다

크림전쟁에서 세바스토폴이 영불연합군에 점령당한 석 달 후인 1855년 11월부터 톨스토이는 연락장교로 수도 상트페테르부르크에 올라와 있었다. 아직 크림전쟁이 마무리되기 전이었다. 그는 이 때 상크페테르부르크에서 문단의 선배들을 처음 만났다. 선배들 가운데 열 살 위였던 투르게네프는 톨스토이가 그간 카프카스와 세바스토폴에서 문학잡지 '현대인'에 보낸 작품들을 보고 톨스토이의 작가로서의 재능을 인정하고 있던 터였다. 투르게네프는 톨스토이를 각별한 관심을 갖고 따뜻하게 맞아 주었다. 투르게네프의 영지가 톨스토이 여동생 마리야의 영지와 인접해 있다는 것도 두 사람 사이를 가깝게 만들어 주는 인연의 고리가 되었다.

▲ 스위스 루체른 (안경덕 사진작가 제공)

그런데 톨스토이가 당시 문단의 선배를 대하는 태도에는 문제가 있었다. 그는 어떤 논쟁이라도 벌어지면 상식밖의 독특한 의견을 제시해 주위 사람들을 당황스럽게 했다. 문단의 한 선배는 "톨스토이는 상대를 놀라게 하고 난처하게 하기 위해 일부러 기발한 의견을 내놓는다"고 말하기도 했다. 톨스토이의 그같은 태도는 상트페테르부르크에서 처음 만난 문단 선배들과의 관계를 차츰 소원하게 만들었다. 투르게네프는 톨스토이가 선배들을 예의없이 거칠게 대하고 술과 여자와 트럼프에 빠져 절도 없는 생활을 하는 것이 못마땅했지만 내색은 하지 않았다.

제대 후 떠난 첫 유럽 여행

톨스토이는 1856년 3월 제대를 신청했으나 제대는 그해 11월에야 이뤄졌다. 톨스토이는 제대 두 달 후인 1857년 1월 처음으로 유럽여행길에 올랐다. 29세 때다. 서유럽을 직접 보고 더 많은 것을 배우기 위해서였다. 특히 어려서부터 좋아했던 '에밀'과 '참회록'을 쓴 사상가이며 작가인 장 자크 루소(1712~1778)의 고향 제네바에도 가보고 싶었다. 톨스토이는 6개월간 프랑스, 스위스, 독일 등을 돌아보면서 각국의 사람들과 그 나라의 문화를 접하게 되었다.

그는 프랑스 혁명의 중심이었던 파리를 둘러보고 "프랑스 생활의 매력은 사회적 자유의 감각이다. 이 자유의 특색은 체험을 하지 않고는 이해하기 어려우며, 체험을 해 본 사람이면 그 영향을 받지 않을 수 없다"고 일기에 적었다.

그런가 하면 파리의 명물 구경거리라고 해서 공개적으로 단두대에서 살인범을 처형하는 장면을 목격한 후 자꾸 단두대가 떠올라 잠을 잘 수가 없었다. 그는 일기에 "이게 무슨 넌센스인가, 기분이 좋지 않아 빨리 파리를 떠나기로 했다"고 썼다. 파리의 자유로운 분위기와 단두대 위에서의 죄수 처형을 시민의 구경거리로 삼는 것은 어딘가 모순된 상황이라고 생각했다.

톨스토이는 두 달 가량 머물던 파리를 떠나 소년 시절부터 가장 좋아했던 루소의 고향 스위스의 제네바로 갔다.

루체른의 노래 잘 부르는 길거리 가수

제네바에서 약 두 달간 지낸 후 톨스토이는 스위스의 관광명소로 유명한 루체른으로 갔다. 도착한 날은 1857년 7월 19일이었다. 그는 비어발트슈타터 호숫가에 있는 가장 좋은 슈바이체호프 호텔에 묵었다.

그 호텔에는 돈 있는 관광객들이 많이 와 있었다. 대부분 영국인이다. 첫날 저녁을 먹고 산책을 하고 돌아오는데 호텔 쪽에서 남성의 아름다운 노래소리가 들렸다. 다가가보니 호텔 앞에서 한 자그만 사나이가 기타를 치며 노래를 부르고 있었다. 낡은 모자에 낡은 코트 차림이었다. 그러나 노래 솜씨는 보통이 아니었다. 산책 나온 관광객들은 그의 노래에 놀라움을 나타냈다. 호텔 발코니에 나와 그의 노래를 듣고 있는 투숙객들도 많이 보였다. 사나이는 한 시간 반쯤 노래를 불렀다. 그의 주위에는 100명 가량의 사람이 모여 있었다. 거의 그 호텔에 묵고 있는 영국인 관광객들이었다.

노래를 다 부르고 나서 길거리 가수는 사람들에게 무언가를 요청했다. 노래값을 좀 달라는 얘기였다. 그런데 아무도 그에게 동전 한 닢 주지 않았다. 그 썰렁한 광경을 보고 조금 떨어진 곳의 몇 명의 사내는 웃음을 터뜨렸다. 톨스토이는 가수에게 다가가 동전을 하나 꺼내 주었다. 그는 잽싸게 그 동전을 조끼 주머니에 넣었다. 그리고 모자를 고쳐 쓰고 다시 한 번 노래를 부르기 시작했다.

마지막 노래였는데 사방에서 몰려온 사람들의 입에서 좋다는 소리가 터져나왔다. 가수가 무언가를 요청하는 같은 말을 되풀이 했지만 그 자리에 있던 잘 차려입은 사람들은 누구도 그에게 동전 하나 던지지 않았다. 톨스토이는 그날의 이야기를 쓴 단편 '루체른'에서 마치 자기가 조롱거리가 되고 치욕을 당한 듯했다며,

"속이 뒤집혔다. 그 모든 것을 이해할 수 없었다. (…) 나는 고통과 비통함, 그리고 무엇보다도 나 자신이 동냥질을 했으나 한 푼도 받지 못한 듯이, 그리고 조롱거리가 된 듯이, 치욕스러움에 정신을 차릴 수 없었다"고 말했다.

톨스토이는, "이 세상에 살아 있는 것이 안락하고 편안하고 밝고 자유로운 듯한, 호텔 주변을 산책하는 멋진 옷을 차려 입은 사람들의 얼굴과 표정에는 다른 사람의 삶에 대해 전혀 무관심하다는 것이 쓰여 있었다"고 했다.

"나는 그들(부자들)과 초라하고 어쩌면 굶었을지도 모르는 그리고 수치

심으로 가득 차 비웃는 군중 앞에 서 있던 방랑하는 거리의 가수를 비교하지 않을 수 없었다. 그리고 무겁게 내 마음을 짓누르는 압박감이 무엇인지 갑자기 깨닫고 그들에게 형언할 수 없는 분노를 느꼈다"고 적었다.

톨스토이는 기타를 챙겨 돌아가는 그를 뒤따라 가서 나란히 걸으며, "어디 가서 포도주나 한잔 합시다"라고 했다. 그는 처음에는 시큰둥하게 톨스토이를 쳐다봤지만 "굳이 한 잔 사준다고 하는데, 거절할 이유가 없지요"라며 동의했다. 톨스토이는 그를 데리고 자기가 묵고 있던 호텔로 들어갔다. 포도주를 마시겠다고 하자 웨이터장이 한 웨이터에게 두 사람을 호텔의 작은 바(Bar)로 안내하도록 했다. 그러고부터 웨이터들이 불손한 태도를 보이기 시작했다. 자기들보다 열등하다고 생각하는 사람에 대한 멸시다.

웨이터들은 톨스토이는 자기들보다 신분이 높은 사람이라고 생각했지만, 길거리 가수는 자기들보다 격이 낮은 사람이라고 생각했다. 톨스토이가 그같은 길거리의 사람과 함께하자 톨스토이에게도 은연중 무시하는 태도를 보였던 것이다. 톨스토이는 서서히 화가 치밀어 올랐다.

길거리 노래를 금지했던 스위스

'루체른'은 이렇게 이어진다. 톨스토이가 호텔 바(Bar)로 데리고 들어온 길거리 가수의 복장은 매우 초라했다. 흔히 말하는 노동자의 모습 그것이었다. 예술가라기보다는 가난한 장사꾼처럼 보였다. 다만 습기가 촉촉이 배어있는 듯한 밝은 눈과 당찬 입이 천재임을 드러냈다.

아라구아 지방 출신인 그는 어린 시절 양친을 비롯한 일가친척을 잃어 천애 고아가 되었다. 그에겐 동전 한푼 없었다. 그는 일을 배우러 목수 밑으로 들어갔으나 스물두 살 때 한쪽 팔을 다쳐 더는 일을 하지 못하게 되었다.

어린 시절부터 노래를 좋아했던 그는 가수의 길을 걷기 시작했다. 가끔 처음 보는 사람들이 그에게 돈을 주었다. 그는 그 돈으로 노래를 배웠고 기타를 장만했다. 그리고 18년 동안 스위스와 이탈리아를 방랑하면서 호텔 앞에서 노래를 불렀다.

그런데 길거리에서 노래 부르는 것이 자유로웠던 이탈리아에서와 달리 당시 스위스에서는 그것이 법으로 금지되어 있었다. 거리에서 노래를 부르려면 허가를 받아야했다. 따라서 허가없이 노래를 부르는 것을 누가 경찰에 신고하면 그 사람은 감옥에 가게 된다. 그 가수도 길에서 노래를 부르다가 석 달간 감옥에 갔다 온 적이 있었다.

그는 "가난한 사람이 어떻게 해서든 먹고 살아야 하는 것을 정부에서는 모르거든요. (…) 부자는 원하는 대로 살아가고 저처럼 찢어지게 가난한 사람들은 살아갈 수 없잖아요. 그것(길에서 노래 못 부르게 하는 법)을 공화국에서는 왜 제정했죠? 만일 그렇게 계속 집행한다면 우리 같은 가난한 사람은 공화국을 원치 않아요"라고 말했다.

그에게 짐이라곤 달랑 기타와 현재는 1프랑 반밖에 들어있지 않은 지갑이 전부였다. 저녁과 하룻밤 숙박비였다. 그럼에도 그는 노래를 듣고 돈을 주지 않는 부자들을 크게 원망하지 않았다. "방랑 가수로 사는 자신의 삶

▲ 겨울의 루체른

에 만족하고 있음이 확실했다"고 톨스토이는 '루체른'에 적었다.

웨이터에게 분노를 터뜨린 톨스토이

두 사람은 "모든 예술가를 위하여"라고 건배를 하며 포도주를 마셨다. 웨이터들은 격식을 차리지 않고 톨스토이와 가수, 두 사람을 쳐다봤다. 빙그레 웃기도 했다. 그것은 마치 두 사람을 조롱하는 것 같았다. 톨스토이는 점점 더 강한 불쾌감에 휩싸였다.

그러던 중 웨이터 한 사람이 가까운 테이블에 팔꿈치를 기대고 앉았다. 톨스토이는 "내가 방랑하는 가난한 가수와 함께 앉아있다는 이유 하나로 내 가까이에서 이토록 무례하게 앉을 수 있단 말인가?"하고 생각했다. 톨스토이는 모욕당하고 있다는 생각에 완전히 분노하여 저녁 내내 끓었던 모든 분노를 발산시킬 기회를 얻게 되었다.

톨스토이는 웨이터에게 소리를 질렀다.

"무엇 때문에 우리를 조롱하는 거요?"

"조롱하지 않았는데요. 저는 그저…"

웨이터는 톨스토이로부터 떨어지면서 대답했다. 가까운 테이블에 앉았다가 멀리 갔다는 뜻이다.

"당신, 손님하고 앉아 있는데 불쑥 들어와 앉을 수가 있는 거요?"

화가 난 톨스토이가 계속해 이렇게 말한다.

"왜 식사시간에 나를 보고 웃는 거요? 이 사람이 초라한 옷차림에 길에서 노래를 불러서요? 그게 이유입니까? 그리고 내가 더 좋은 옷을 입어서? 이 사람은 가난하지만, 당신보다 천 배나 나아요. 그리고 확신해요. 왜냐하면 이 사람은 결코 다른 사람의 마음을 해치지 않기 때문이에요. 이 사람을 기분 나쁘게 한 사람은 바로 당신이오."

웨이터는 "여기 앉는다고 해서 제가 잘못한 건가요?"라고 대꾸하고는 무언가를 투덜거리더니 일어나 문으로 향했다.

톨스토이는 웨이터장에게 처음에 그들 두 사람을 작은 바로 가도록 한 데 대해서도 따졌다.

톨스토이의 화난 음성과 표정을 보고 웨이터장은 싸우기를 피하고 그들의 자리를 큰 방으로 옮겨주었다. 영국인들이 식사하는 식당이었다. 가수는 좌불안석이었다. 톨스토이는 큰 방으로 옮겨간 후 함께 남은 포도주를 모두 마신 후 정중한 태도로 가수와 작별했다.

기록으로 남은 영국인의 인색함

길거리 가수를 보내고 난 후 톨스토이는 그날의 일을 기록에 남겨야겠다고 생각했다. 그는 '루체른'에 여러 가지 감정을 적었는데, 그중 몇 가지 대목은 이렇다.

"그(가수)는 일했고 당신들(영국인 관광객)에게 기쁨을 주었다. 당신들을 유쾌하게 한 수고의 대가로 그는 당신들에게 가진 것 일부를 달라고 간청했다. 하지만, 당신들은 차가운 미소를 지으며 고결하고 해맑은 호기심 대상으로 그를 쳐다볼 뿐이었다. 그리고 당신 같은 사람들, 행복과 부를 즐기는 사람들은 누구에게도 땡전 한 푼 주지 않는다."

"왜 이들(부자들)은 영혼에서 인간적인 동정심이라는 단순하고도 원시적인 감정을 발견하지 못하는 것일까?"

"약 100명 가량의 사람이 이 노래를 들었다. 그 가수는 모두에게 무엇인가를 달라고 세 번이나 요청했다. 누구도 그에게 아무 것도 주지 않았고 그를 조롱했다. 이는 꾸며낸 것이 아니라 실제 벌어진 사실이다. 사실인지 아닌지 확인하고 싶다면 7월 19일 호텔 투숙객의 명단을 찾아볼 수 있다. 이는 우리 시대의 역사가 열과 성을 다해 기록해야만 하는 사건이다. 심지어 이는 신문이나 역사책에 기록된 사실보다 더 의미심장할 수도 있다."

그러면서 맨 마지막 대목에 "너는 웨이터에게 하찮은, 그리고 터무니없는 분노를 터뜨리지 않았는가"하며 자신에 대한 반성도 한다. 톨스토이는 자신이 부자이면서도 평생 부자를 미워했다. 그 출발이 루체른에서 본 영국인 부자들이었는지는 알 수 없다.

톨스토이에게 지대한 영향을 준 루소도 부자와 상류계급에 대한 감정이 좋지 않았다. 그는 자신의 '참회록' 속에서, 상류계급에서 본 것은 이기심과 허영심 뿐이었다면서 평민사회에서 보편적으로 느낄 수 있는 인정은 찾기 어려웠다고 했다.

'루체른'은 단편으로 취급되지만 소설도, 단순한 여행기도 아니고 톨스토이가 첫 번 서유럽 여행 중 겪었던 하나의 사건을 중심으로 자신의 격한 감상과 감정을 털어놓은 일종의 수필 성격의 글이다. 가난한 사람들에게 인색했던 부자 영국인들에게 비분강개하는 내용이 담긴 톨스토이의 '루체른'은 그 자체로 역사적 기록으로 남았다. '루체른'은 널리 읽힌 톨스토이의 작품은 아니지만, 작가의 젊은 시절의 순수한 감정을 잘 나타낸 가치있는 저작이라고 나는 생각한다.

눈물을 흘리며 '루체른'을 읽은 톨스토이

1857년 7월 말 유럽에서 러시아로 돌아온 톨스토이는 자신이 쓴 '루체른'을 선배 문인 네크라소프와 파나예프에게 읽어주었다. 톨스토이는 흥분하여 눈물까지 흘리며 그것을 읽었다고 한다. '루체른'은 그해 <현대인> 제9호에 실렸다. 그러나 투르게네프를 비롯해 가까운 문인들은 도덕적인 설교가 들어있는 이 작품을 높이 평가하지 않았다. 그러나 모스크바 독자들의 반응은 좋았다고 작가 그리고리예비치가 말한 기록이 남아있다.

여기서 내가 몇 년 전 히말라야 트레킹 중에 들은 이야기를 하나 덧붙여야겠다. 산중에서 나의 가이드를 포함해 한국말을 아는 네팔인 가이드들과 잠시 팁에 대한 이야기를 나누게 되었다. 어느 나라 사람들이 팁을 제일 후하게 주는가 하는 것이었다. 단연 일등은 한국인이라고 했다.

가이드와 포터 팁은 여행경비에 포함되어 있기 때문에 원칙적으로 별도의 팁을 더 줄 필요는 없다. 그러나 인정 많은 한국인들이 어디 그런가, 트레킹이 다 끝나면 일행이 으레 돈을 조금씩 갹출해 가이드와 포터에게 "그동안 고생했다"며 팁을 더 준다.

그러면 가장 인색한 이들은 어느 나라 사람일까? 이구동성으로 영국인이라고 했다. 한국인들처럼 팁을 별도로 더 주는 그런 일은 일체 없단다. 대체적으로 영국인들은 어디에서나 금전 문제에 대해 매우 철저하다는 인상을 주는 것 같다. 톨스토이가 일찍이 간파하지 않았는가!

(*글 중 작품 본문의 내용은 '리디' 전자책의 번역을 인용하였다.)

투르게네프에게 결투를 신청한 톨스토이

두 번째 유럽여행 중 맏형의 죽음을 지켜보다

1857년, 첫 번 유럽여행 후 야스나야 폴랴나로 돌아와 영지 경영과 농노 자녀들의 교육을 위한 작은 학교를 열었던 톨스토이는 1860년 6월부터 두 번째 유럽여행에 나선다. 이번에는 유럽 여러 나라의 교육현장을 둘러본 다는 구체적인 목적이 있었다. 또 유럽에서 요양 중인 맏형 니콜라이를 만 나보고 남편을 잃은 여동생 마리야를 만나 위로하기 위한 여행이기도 했다. 아홉 달이나 걸린 긴 여행이었다.

톨스토이는 상트페테르부르크에서 배를 타고 독일로 갔다. 독일에서 그는 학자들을 만나보고, 공장 노동자들을 위한 야간학교도 방문했다. 그는 독일에서 요양 중인 형 니콜라이 를 만났는데 정신은 맑았으나 기 운이 없어보였다. 톨스토이는 니 콜라이에게 독일보다는 지중해 연안이 좋을 것이라고 권해 니콜 라이는 요양장소를 프랑스의 이 엘로 옮겼으나 그해 9월 톨스토 이가 지켜보는 가운데 세상을 떠 나고 말았다. 톨스토이는 4년 전 인 1856년 3월 결핵을 앓던 한 살

▲ 톨스토이 초상화(크람스코이 작, 1873)

위의 셋째 형 드미트리를 잃은 데 이어 방황하던 자신을 카프카스에 데려 갔던 가장 의지해온 맏형 니콜라이의 죽음에 큰 충격을 받았다.

톨스토이의 소설 '안나 카레니나'에 보면 레빈의 형이 죽어가는 모습을 묘사한 장면이 있다. 그것은 자신이 목격한 맏형과 셋째 형의 최후 장면을 종합적으로 기록한 것이라고 할 수 있다.

톨스토이, 사생아 문제로 투르게네프와 언쟁 후 결투신청

톨스토이는 두 번째 유럽여행을 마치고 돌아왔을 때인 1861년 5월 25일 스파스코예에 있는 투르게네프의 영지를 방문했다. 이틀 후 두 사람은 근처에 있는 그들의 친구인 시인 페트(아파나시 페트, 1820~1892)를 만나러 갔다.

페트의 집에서 투르게네프는 그의 사생아 딸의 교육에 대해 말했다. 투르게네프는 딸의 가정교사인 영국 부인이 얼마나 선량한 사람인가에 대해서도 이야기했다. 당시 귀족사회에서 사생아는 흔했지만 사생아를 교육시키는 일은 흔치 않았다. 사생아들은 대개 아버지 집의 하인이 되었다. 톨스토이는 그 무렵 자신의 영지에 사는 농부의 아내인 악시냐와 불륜의 관계를 갖고 있었다. 톨스토이에게도 악시냐가 낳은 사생아 아들이 하나 있었다. 톨스토이는 사생아 아들을 교육시키지 않았다. 후일 사생아는 본처 둘째 아들의 마부가 되었다.

사생아 딸의 교육에 대해 이야기하는 투르게네프에 대해 톨스토이는 빈정되는 듯한 의견을 말했다. 투르게네프는 톨스토이보다 열 살이나 위고 예의바르고 점잖은 사람이었으나 톨스토이의 태도에 대해 격분했다.

투르게네프가 톨스토이를 때리려 들기까지 했을 정도로 분위기가 험악했다. 그러나 일은 여기에서 끝나지 않았다.

집으로 돌아온 톨스토이는 투르게네프에게 편지로 사과를 요구했다. 사과하지 않으려면 결투를 하자고 했다. 당시 결투는 법으로 불허되고 있었으나 그때까지도 결투가 아주 없어진 것은 아니었다.

유명한 시인 푸시킨이 1837년에, 장래가 촉망되던 20대 시인 레르몬토프가 1841년에 결투로 사망한 사실은 널리 알려져 있다.

상대가 결투를 신청해 왔을 때 결투를 하지 않으려면 사과하는 수 밖에 없다. 결국 투르게네프가 사과함으로써 사태는 마무리되었다. 그러나 그 후 두 사람의 관계는 오랫동안 단절되었다.

기록으로 남아있는 언쟁의 내용

톨스토이와 투르게네프가 결투 직전까지 가게 된 언쟁에 대해서는 집 주인인 시인 페트의 기록이 있다. 두 사람이 함께 시인 페트의 집을 방문했다가 벌어진 당시의 일을 페트는 이렇게 기록했다.

…… 손님들이 식당에 들어왔다. 나의 아내가 식탁 위에서 주전자에 물을 끓이고 있었다. 나는 커피를 기다리면서 따로 앉아 있었다. 투르게네프는 아내의 오른편에 앉고, 톨스토이는 왼편에 앉았다.

투르게네프가 딸의 교육에 대단히 힘을 쓰고 있는 것을 아는 나의 아내가 "따님의 가정교사인 영국부인은 어떻습니까?"하고 물었다. 투르게네

프는 그 영국부인 가정교사를 한참
칭찬한 끝에, 그 가정교사가 가난한
사람들의 헌 옷을 모아 해진 데를
기워서 임자에게 돌려주는 일을 시
키고 있다고 말했다.

그러자 톨스토이가 불쑥 물었다.

"그래 당신은 그게 좋은 일이라고
생각합니까?"

투르게네프가 대답했다.

"그야 좋은 일이지. 자선을 베푸

▲ 투르게네프

는 사람의 마음을 실제 고생하는 사람들의 결핍에 접촉시키는 것이니
까."

"접촉이라구요?" 톨스토이가 말했다. "호화로운 옷을 입은 따님이 가난
뱅이의 누더기를 무릎에 올려놓고 깁는다는 것은 진실이라기보다는 연극
— 장난으로 보이는데요."

투르게네프는 불끈 화가 났다.

"자네는 내 딸 교육에 간섭하지 말게."

톨스토이도 소리가 높아졌다.

"비단 따님을 가리켜서가 아니라, 평소에 그런 생각을 가지고 있습니다.
내가 내 생각을 말 못할 게 뭡니까," …… (똘스또이, 민병산 지음, 창작과 비평사,
1985)

페트의 이 기록이 전부는 아닐 것이다. 투르게네프가 톨스토이를 때리려고 했고, 그 뒤 톨스토이가 결투를 신청했을 정도면 더 심한 말들이 이어졌을 것으로 추측된다. 그 후 두 사람간의 관계는 완전히 단절됐다.

17년 후인 1878년, 쉰 살이 된 톨스토이는 그간 자신이 걸어 온 길에 대해 깊이 고민하던 끝에 참회록 집필을 마음 먹는다. 참회록에 당초 붙여진 제목은 '나는 누구인가?'였다. 톨스토이는 그러면서 과거 한순간의 불화로 사이가 멀어진 투르게네프와 화해를 해야겠다는 생각을 한다.

마침내 톨스토이는 투르게네프에게 화해를 청하는 편지를 썼다. 톨스토이는 편지에서 "우리 시대에 있는 단 한 가지 좋은 것이 있다면, 그것은 바로 사람들과 사랑하는 관계를 유지하는 것일 겁니다. 그래서 저는 당신과 저 사이에도 그런 관계가 형성되었으면 하는 바람이 간절합니다"라고 사과의 마음을 전했다.

끝까지 톨스토이의 역량을 높이 평가한 투르게네프

당시 파리에 머물고 있던 투르게네프는 톨스토이의 사과를 받아들였다. 투르게네프는 그 2년 후인 1880년 초 야스나야 폴랴나의 톨스토이 영지를 방문해 이틀간 묵기도 했다. 이 때 톨스토이는 새로운 종교를 창시하려는 의도였는지는 몰라도 문학적 활동을 일체 중단한 채 각종 신학 서적과 복음서를 잔뜩 쌓아 놓고 연구에 몰두하고 있었다. 톨스토이가 젊은 시절 종교를 새로 만들 생각을 갖고 있었다는 것은 몇 가지 기록이 남아있다. 톨스토이를 만나고 온 투르게네프는 그 뒤 한 편지에서 톨스토이의 그같은 모습에 다음과 같이 우려를 나타냈다.

"레프 톨스토이는 집필을 그만 둔 것입니다. …… 현대의 문학에 있어 그와 어깨를 겨룰만한 작가는 없습니다. 그가 무엇을 취급하든, 모든 것이 그의 펜에 걸리면 생기를 띠게 됩니다. 그의 창조력의 범위가 얼마나 넓은 것인지 — 전혀 믿을 수 없을 정도입니다. 그렇지만 그를 어떻게 하면 좋겠습니까. 그는 급전직하 다른 분야로 빠지고 말았습니다. 거의 모든 나라의 말로 쓰인 성서와 복음서에 둘러싸여서 산처럼 쌓인 종이를 글자로 메우고 있습니다."

톨스토이의 종교 연구가 어디까지 진행되었는지는 알 수 없으나 그의 손에서 새로운 종교는 태어나지 않았다. 투르게네프는 1883년 8월 65세로 세상을 떠났는데, 그 해 6월 그는 병상에서 톨스토이에게 편지를 보내 '문학의 세계로 돌아와 달라'고 이렇게 부탁했다.

"친애하는 레프 니콜라예비치!
오랫동안 당신에게 편지를 쓰지 못했군요. 그동안 몸이 많이 안 좋았습니다. 솔직히 이제는 죽을 때가 다 된 것 같군요.
내가 이렇게 펜을 든 이유는 당신과 같은 시대를 살았다는 것이 저에게 얼마나 큰 기쁨이었는지 당신께 말씀드리고 싶어서입니다. 그리고 한가지, 당신께 하고 싶은 진심에서 우러난 부탁의 말씀을 드리고 싶어서이기도 합니다.

레프 니콜라예비치! 이제는 문학활동으로 돌아오십시오. 당신은 이 러시아 땅의 위대한 작가입니다. 제발 제 부탁에 귀를 기울여 주시길 바랍니다."

그후 톨스토이는 투르게네프의 권유대로 문학의 길로 돌아왔으나 작품은 이전에 비해 종교적 색채를 한층 짙게 띠게 되었다.

톨스토이를 '전쟁과 평화'로 이끈 데카브리스트

나폴레옹 전쟁이 만든 러시아 혁명가 집단

앞에서 톨스토이의 카프카스와 세바스토폴에서의 전쟁 경험이 그 후에 쓴 '전쟁과 평화'의 밑거름이 됐다고 말한 바 있다. 불후의 명작 '전쟁과 평화'는 1812년의 나폴레옹 전쟁을 배경으로 한 방대한 소설이다. 러시아에서는 조국전쟁이라고 부른다.

크림전쟁이 공식적으로 끝난 해인 1856년, 톨스토이의 관심을 끈 최대의 사건은 새 황제 알렉산드르 2세의 데카브리스트들에 대한 30년 만의 대사면이었다.

'데카브리스트'란 '12월에 혁명을 한 사람들'이란 의미로 러시아어로 12월인 '데카브리(Декабрь)'에서 나온 말이다. 역사책에서는 흔히 '12월 당원'으로 표현하기도 한다. 영어로는 디셈버리스트(Decemberist)다. 1825년 12월 14일, 상트페테르부르크의 원로원 광장에서 있었던 새 차르 니콜라이 1세에 대한 군대의 충성서약식에서 차르 전제체제의 전복과 농노제도의 철폐 등을 통한 새로운 러시아의 건설을 기치로 혁명을 일으켰던 일단의 귀족과 청년 장교들을 지칭한다.

그러나 혁명은 당일 진압되어 가담자들은 사형 또는 시베리아 유형에 처해졌다. 실패했으므로 데카브리스트의 난(亂)으로도 불리지만 대체로 데카브리스트 혁명이라고 쓴다. 거의 백년 후 성공한 러시아 혁명의 뿌리로 보기 때문이다

▲ 상트페테르부르크 데카브리스트 광장의 표트르 대제 청동기마상

　데카브리스트 혁명의 주모자급 5명은 교수형에 처해졌으며 110여명은 족쇄를 찬 채 시베리아로 유형을 떠났다. 돌아올 수 없는 길이었다.

　데카브리스트 혁명에 가담했던 귀족과 청년 장교들 중 많은 이들은, 나폴레옹 전쟁에 참전했던 사람들이다. 이들은 모스크바까지 침공했다가 겨울 추위가 닥치자 철수를 시작한 나폴레옹군을 공격하며 추격했다. 러시아군은 후퇴하는 프랑스군을 뒤쫓아 독일을 거쳐 프랑스 파리까지 들어가 항복을 받아냈다. 전쟁 초기 러시아로 진군했던 60만명의 프랑스군 중 살아 돌아간 자는 3만명에 불과했다.

러시아의 미래를 고민한 젊은 귀족 장교들

파리에서 러시아 장병들은 프랑스 혁명 이후 프랑스와 서유럽에 불어닥친 자유주의의 흐름을 알게 되었다. 또한 프랑스와 독일의 농민들은 러시아처럼 농노제의 속박 없이 자유롭고 행복한 삶을 누리고 있음도 보았다.

러시아의 귀족들은 모두 농촌에 100명 내지 1천 명 이상의 농노가 딸린 영지를 가지고 있었다. 농노들은 귀족 지주의 재산의 일부, 즉 사적 소유물이었다. 영지를 영원히 벗어날 수 없는 농사 짓는 노예였던 것이다. 그러한 농노제는 러시아의 귀족계급을 지탱해 주는 기반이기도 했다.

그러나 서유럽에서 새로운 사상과 사조에 눈을 뜬 러시아의 젊은 귀족 장교들은 귀국 후 그들이 귀족의 자손들임에도 불구하고 러시아가 발전하기 위해서는 전제체제를 공화제나 입헌군주제로 바꾸고 동시에 농노제를 철폐해야 한다고 생각했다. 그리고 그러한 의식을 갖게 된 사람들이 서클을 만들어 러시아의 장래에 대한 논의를 하게 되었다.

그 서클은 크게 두 갈래로 하나는 수도 상트페테르부르크를 중심으로 한 북부동맹이고, 하나는 우크라이나의 툴친을 중심으로 하는 남부동맹이었다.

그 중에 북부동맹은 러시아의 정치체제는 영국식의 입헌군주제가 좋다는 입장이었고, 남부동맹은 프랑스가 혁명을 통해 부르봉 왕조의 루이 16세를 처형한 것처럼 로마노프 왕조를 없애고 공화제를 채택해야 한다는 입장이었다.

이들은 언젠가 거사를 일으켜 체제를 전복하고자 하였다. 당국에서도 어느 정도는 낌새를 채고 있었다. 남부동맹에서는 1826년 차르 알렉산드르 1세가 남부에서 관병식을 하는 날을 거사일로 잡기로 했다. 그러던 중 거사일을 갑자기 당겨야 하는 사태가 발생했다.

흑해 연안 타간로그 휴양지에 가 있던 알렉산드르 1세가 1825년 11월 19일 갑자기 사망한 것이다. 알렉산드르 1세는 후사가 없었으므로 동생들 중에서 후계자가 나와야 했다. 바로 아래 동생인 콘스탄틴이 1순위였다. 당시 그는 바르샤바에 있었다. 하지만 콘스탄틴은 황위에 욕심이 없었다. 왕족이 아닌 폴란드 평민과 결혼했던 그는 황위 계승을 거부했다.

▲ 러시아 군대의 파리 입성(1815년 작품)

그 다음 동생이 니콜라이였다. 니콜라이는 제위에 오를 것을 수락하고 12월 14일 상원광장에서 군대의 충성서약식을 갖기로 했다. 혁명 세력은 갑작스런 상황 변화로 준비 기간이 부족했음에도 이날을 거사일로 잡았다.

지휘관 없이 대기하던 혁명군

마침내 거사일인 12월 14일이 닥쳐왔고 혁명군 3천여 명은 이날 아침, 충성서약식이 열릴 예정인 상트페테르부르크 원로원 광장에 집결했다. 예카테리나 2세 때 세운 표트르 대제의 청동기마상이 서있는 광장이다. 지금은 데카브리스트 광장으로 이름이 바뀌었다.

원로원 광장에 혁명군 병력은 집결했으나 이들을 지휘하기로 했던 트루베츠코이 공작이 나타나지 않았다. 그렇게 시간이 흘러갔다. 그사이 혁명군의 해산을 종용하기 위해 말을 타고 다가왔던 나폴레옹 전쟁의 영웅 밀로라도비치 페테르부르크 총독이 혁명군 지도자 중 한 사람이었던 카코프스키가 쏜 총에 맞아 즉사하는 사태가 발생했다.

대치상황은 종일 계속됐다. 황실 호위 병력은 9천 명 가량 되었다. 니콜라이 1세 쪽에서는 이미 혁명세력의 움직임을 상당히 파악하고 있었다. 겨울의 해는 짧았다. 해가 질 무렵인 오후 3시쯤 황실 호위대가 혁명군 진압을 위해 대포를 발사했다.

최고 지휘관 없이 대기중이던 혁명군 병사들은 달아나기 시작했다. 이날 3천 명 중 1300명 가량이 진압군에 의해 사망하고 지휘관들을 포함해 6백여 명이 체포됐다. 이 가운데 289명이 재판에 넘겨졌다.

▲ 거사일에 현장에 나타나지 않은 트루베츠코이 공작의 노년 모습

트루베츠코이 공작은 오스트리아 대사의 집에 숨어있다가 니콜라이 1세의 명을 받은 네셀로드 백작의 설득으로 그곳에서 나와 페트로파블롭스크 요새 감옥에 수감되었다. 최고의 책임자였으므로 마땅히 사형에 처해졌어야 하나 어떤 이유로인지 사형을 면했다.

구체적 진상은 드러나지 않았으나 거사 당일 현장에 나타나지 않은 점, 차르가 자수를 권유하며 목숨을 살려줄 것이란 약속을 했을 것이라는 등의 추측이 널리 퍼져 있다.

이날 혁명은 북부동맹이 주도했으나 당국은 남부동맹에 대해서도 일제히 체포령을 내려 조직에 속해있던 귀족 장교들이 대거 체포돼 상트페테르부르크의 페트로파블롭스크 요새 감옥에 수감됐다. 반년 이상 조사가 진행됐다.

마침내 이듬해인 1826년 7월, 오랜 조사와 재판 끝에 앞서 말한대로 5명(파벨 파스텔, 미하일 류민, 무라비예프-아포스톨, 릴리예프, 카코프스키)은 교수형에 처해졌고 110여 명은 시베리아 등의 유형지로 보내졌다.

시베리아의 전설이 된 데카브리스트 부인들

남부동맹의 지도자 중 한 사람이었던 세르게이 발콘스키 공작의 경우 당초 사형 대상이었으나 그의 어머니가 가깝게 지냈던 니콜라이 1세의 모후에게 "아들의 목숨이라도 살려 달라"고 애원해 생명을 건진 것이라고 전해진다. 대표적인 데카브리스트라고 할 수 있는 광장에 나타나지 않은 혁명 지도자 트루베츠코이와 남부동맹의 발콘스키 공작은 모두 톨스토이 외가쪽 친척들이다.

유형지에 보내진 이들은 수년간 족쇄를 찬 채 네르친스크 광산 등에서 중노동을 했다. 중노동이 끝난 후에는 농민으로 신분이 바뀌어 시베리아에 정착했다. 당시 유형법에 따르면 유형자들은 중노동형이 끝나더라도 죽을 때까지 시베리아에 살도록 되어 있었다.

발콘스키 공작의 부인 마리야, 트루베츠코이 공작의 부인 예카테리나 등 11명의 부인들이 당국의 만류에도 불구하고 시베리아 유형지로 남편들을 찾아가 평생을 헌신한 이야기는 시베리아에 전설처럼 남아있다.

▲ 데카브리스트 발콘스키 공작 초상화 (1837)

새 차르의 데카브리스트 대사면

니콜라이 1세는 죽을 때까지 이들을 용서하지 않았다. 데카브리스트 혁명 실패 후 그렇게 30년의 세월이 흘렀다. 니콜라이 1세는 혁명 30년이 되던 해인 1855년 3월 크림전쟁이 한창이던 때에 죽었고, 아들 알렉산드르 2세가 황위를 계승했다.

알렉산드르 2세는 요즘 우리 식 표현대로 하면 국민화합차원에서 데카브리스트들에 대한 대사면을 단행했다. 살아남은 사람들은 시베리아로 유배간지 30년 만에 모스크바 등으로 돌아갈 수 있었다. 그런데 110여 명 중 실제 돌아간 사람은 15명에 불과하다는 기록이 있다.

데카브리스트 사면령이 내려진 1856년은 크림전쟁이 끝난 해다. 톨스토이는 그 전해인 1855년 11월부터 세바스토폴에서 수도 상트페테르부르크에 연락장교로 올라와 있었다.

'데카브리스트' 쓰려다가 '전쟁과 평화'로

톨스토이는 어려서부터 데카브리스트들의 이야기를 들으며 자랐기 때문에 데카브리스트에 대해 생소하지 않았다. 톨스토이의 어머니 마리야는 러시아의 유서 깊은 귀족 집안인 발콘스키 가문 출신이다. 발콘스키 가는 톨스토이 가보다 훨씬 유명한 가문이다. 톨스토이는 어려서부터 전쟁에서 무공을 세운 발콘스키 가문의 선조들과 데카브리스트들에 대해 많은 이야기를 듣고 자랐다.

톨스토이는 데카브리스트들에 대한 이야기를 쓰기 위해 자료를 수집

하기 시작했다. 그렇게 데카브리스트들을 쓰려고 시작했다가 오랜 작업의 결과로 완성한 작품이 '전쟁과 평화'다. 데카브리스트를 알기 위해서는 1812년 나폴레옹 전쟁을 연구해야 했고, 또 그 이전 러시아-오스트리아 연합군이 나폴레옹에게 패배한 1805년의 아우스터리츠 전장으로 거슬러 올라가지 않으면 안 되었다.

이렇게 역사의 폭이 넓어지면서 톨스토이는 소설을 세 부분으로 나누어 집필하려고 했다. 제1부는 1805년부터 1812년 나폴레옹 전쟁까지, 제2부는 실패로 끝난 1825년의 데카브리스트의 혁명까지 그리고 제3부는 데카브리스트들의 귀환에 대해 쓸 예정이었다.

제1부는 '1805년'이란 제목으로 시작했는데, 도중에 '전쟁과 평화'로 제목이 바뀌면서 완성되었다. 그러나 2, 3부는 미완에 그쳤다. 톨스토이가 제대하던 해인 1856년 쓰기 시작했던 3부에 해당되는 '데카브리스트들'은 3장까지만 쓴 채 중단됐다.

'전쟁과 평화'는 1865년~1866년 잡지 <러시아 통보>에 연재됐다. 이 잡지 1866년 1월호에는 도스토옙스키의 '죄와 벌'도 함께 실리기 시작했다. 두 개의 명작이 이렇게 함께 실렸으나 두 작가는 생전에 서로 만날 기회를 갖지 못했다.

미완성 '데카브리스트들' 속의 발콘스키 공작과 마리야

미완성 '데카브리스트들'의 도입부분은 크림전쟁이 끝나고 사면령이 내려진 1856년의 러시아 사회 분위기와 한 데카브리스트 가족의 모스크바

귀환 장면으로 시작한다.

"모든 도시에서는 세바스토폴 영웅들에게 연설을 곁들여 오찬을 대접하고 팔과 다리를 잃은 그들을 다리 위나 거리에서 마주치면 코페이카 은화를 주곤 하던 때였다"며 다양한 많은 잡지들이 쏟아져 나왔고 거장 작가들과 사상가들이 등장했다고 했다.

또 검열, 재정, 은행, 경찰, 농노해방 등의 많은 문제들이 쏟아져 나왔고 모두들 새로운 문제점들을 계속 찾아내려고 애를 썼으며 그것을 해결하려고 노력했다고 썼다.

톨스토이는 "모든 러시아인들이 마치 한 사람같이 형언하기 힘든 열광에 빠져 있었다"면서 그것은 1812년 나폴레옹 전쟁에서 이겼을 때 이후 두 번째로 러시아 국민들에게는 잊지 못할 위대한 부흥기였다고 표현했다.

▲ 시베리아 이르쿠츠크에 있는 데카브리스트 발콘스키의 집 박물관

소설에서 그는 "프랑스 대혁명을 겪지 않은 사람은 인생을 전혀 산 게 아니라고 어떤 프랑스인이 말한 것처럼, 나도 1856년에 러시아에서 살지 않은 사람은 인생이 무엇인지 모른다고 감히 말하겠다"며 톨스토이 자신의 이야기를 이렇게 이어간다.

"이 글을 쓰고 있는 필자는 그 시대에 살았을 뿐 아니라 당시의 활동가 중 하나였다. 그 자신이 몇 주 동안 세바스토폴의 한 엄폐부 속에 들어앉아 있었을 뿐만 아니라 크림전쟁에 대한 글을 쓰기도 했다. 그는 그 글에서 병사들이 능보에서 어떻게 소총을 쏘았는지, 야전 응급 치료소에서 어떻게 병사들에게 붕대를 감아주었는지, 묘지에서 어떻게 매장을 했는지 등을 분명하고도 자세히 묘사하여 대단한 영예를 얻었던 것이다.(…) 그러기 때문에 필자는 그 잊지 못할 위대한 시대를 평가할 수 있는 것이다"

그러면서 "바로 그 무렵, 고풍스런 마차 두 대와 썰매 한 대가 모스크바의 고급 호텔 현관 앞에 서 있었다"며 한 데카브리스트 가족의 모스크바 도착 장면을 시작한다.

톨스토이가 묘사하는 표트르 이바늬치 라바조프 가족은 바로 시베리아 이르쿠츠크에 살다가 30년만에 돌아온 데카브리스트 발콘스키 공작 가족이다. 주인공 라바조프는 데카브리스트 발콘스키 공작이며 라바조프의 부인 나탈리야는 공작부인 마리야다.

소설 속에 이들은 5천 베르스타나 이동해왔다고 되어 있는데, 5천 베르스타면 5천km가 조금 더 된다. 이르쿠츠크로부터 모스크바까지의 거리다. 마차를 타고 한 달 반 가량의 여행 끝에 도착했다고 설명하고 있다.

우스펜스키 성당

데카브리스트 라바조프가 부인과 아들 딸을 데리고 모스크바에 도착한 때는 토요일이었다. 부부와 딸은 주일인 다음날 우스펜스키 성당으로 예배를 드리러 간다. 아들은 함께 가지 않았다. 우스펜스키 성당은 크렘린궁 안에 있는 성당으로 황제의 대관식이 열리는 곳이다. 수도는 상트페테르부르크지만, 황제의 대관식은 모스크바 우스펜스키 성당에서 갖는 것이 제정러시아 로마노프 왕조의 전통이었다.

다음은 모스크바로 귀환한 라바조프 부부가 딸을 데리고 30년 만의 귀환에 대한 감사예배를 드리려 우스펜스키 성당으로 들어가는 장면이다.

"포트르 이바늬치는 나탈리야 니콜라예브나의 손을 잡고 고개를 뒤로 젖힌 채 성당의 문을 향해 걸어갔다. 상인들과 장교들, 그 외 많은 사람들은 그들이 누구인지 알지 못했다. 저 노인은 누구일까, 햇볕에 오래 그을렸으면서도 죽지 않고, 굵고 일자로 된 노동자 같은 특이한 주름살을 가진 저 노인은? 저런 주름살은 영국 클럽에서 얻어지는 주름살과는 종류가 다르다. 거기에 또 눈같이 흰 머리칼과 턱수염, 선량하면서도 위엄있는 시선에 기운차게 움직이는 저 노인은 누구일까? 저 당당한 걸음걸이와 피로한 듯 빼어나게 아름다운 크고 진한 눈을 가진 키가 큰 귀부인은 누구일까? 그리고 저 발랄하고 날씬하며 기운찬, 유행을 좇지 않고 수줍음 없는 아가씨는 누구일까? (…) 표트르 이바늬치는 들어올 때처럼 위엄 있게 행동하면서 조용하고 절도 있게, 끊지 않고 기도를 올렸다. 나탈리야 니콜라예브나는 유연하게 무릎을 꿇었고 〈헤루빔의 노래〉(러시아 정교회 성가)가 울리는 동안 손수건을 꺼내어 많이 울었다."

소설은 나탈리야를 이렇게 설명한다.

"그녀는 남편을 사랑했기 때문에 그를 따라 시베리아로 갔고, 그를 위해 무엇을 할 수 있을까를 생각하지 않고 본능적으로 모든 일을 했다. 침구를 깔아주었고 물건을 정리했고 식사와 차를 준비했다. 하지만 중요한 것은 남편이 있는 곳에 언제나 그녀가 있었고, 어떤 여자고 자기 남편에게 그보다 더 큰 행복을 줄 수 없었을 것이었다." "일년 후에 그녀가 그를 따라 시베리아로 가버릴 거라고 우리 중 그 누가 상상이나 했겠어요! 그녀는 외동딸에 대단한 부자였고 그 당시 가장 아름다운 여자였지요."

▲ 발콘스키 공작 부인 마리야

부모와 주위의 만류를 뿌리치고 시베리아 유형지의 남편을 찾아간 소설 속 마리야의 실제 모델인 발콘스키 공작 부인 마리야에 대한 서술이다. 사실 그대로이다.

　톨스토이의 '데카브리스트들'에 대한 집착은 오래 계속되었다. 그는 1869년 '전쟁과 평화'를 마무리한 후 '데카브리스트들'을 다시 쓰려고 했다. 그러나 여러 가지 사정으로 결국 재집필을 포기한 채 또 하나의 대작 '안나 카레니나'로 넘어간다.

　(* 미완성 '데카브리스트들'은 우리나라에서는 출판사 '작가정신'에서 펴낸 '톨스토이 중단편선1, 김성일 번역, 2010'에 실려있다. 여기의 소설 본문은 이 번역을 인용한 것이다. 시베리아의 천사들로 불린 마리야를 비롯한 11명의 데카브리스트 부인들 이야기는 이정식의 '시베리아 문학기행'에 보다 상세히 실려있다.)

제4부

톨스토이의 결혼과 사생아,
소설 '악마' '크로이체르 소나타'

톨스토이의 결혼과 사생아

궁중 의사의 둘째 딸에게 청혼

1862년 5월, 34세의 톨스토이는 건강이 좋지 않아 초원지대인 볼가강 인근 사마라로 쿠미스 치료를 받기 위해 야스나야 폴랴나를 떠났다. 쿠미스는 말젖을 발효시켜 만든 낮은 도수의 알콜이 들어있는 음료다. 약간 시큼한 맛이 나는 유목민들의 독특한 우유빛 음료인 이것을 몽골에서는 아이락이라고 부른다. 우리에게는 마유주로 잘 알려져 있다. 얼핏 보기에는 우리나라의 막걸리 같다. 당시 러시아에서는 쿠미스를 이용한 건강 요법이 행해졌던 모양이다.

사마라로 가던 도중 톨스토이는 모스크바에서 잘 알고 지내던 궁중 의사 안드레이 베르스의 집을 방문했다. 의사 베르스는 독일 출신으로 그의

▲ 결혼하던 해 1862년의 톨스토이(34세)와 소피야(18세)

아내 류보피는 톨스토이가 사는 야스나야 폴랴나 인근 마을 지주의 딸이었다. 두 사람은 어렸을 적부터 잘 아는 사이다.

베르스의 집에는 딸이 셋 있었다. 리쟈, 소피야, 타치야나였는데, 세 딸은 모두 톨스토이 작품의 애독자였다. 그래서 톨스토이의 방문은 딸들을 기쁘게 했다. 가족들은 톨스토이가 큰 딸 리쟈에게 청혼하리라고 기대하고 있었다.

그런데 톨스토이의 마음은 둘째 딸 소피야에게 가 있었다. 톨스토이가 사마라에서 쿠미스 치료를 마치고 야스나야 폴랴나 영지로 돌아와 있을 때인 그해 1862년 8월, 베르스의 부인 류보피와 세 딸이 그들의 이스레니에프에 있는 농장으로 가던 도중 톨스토이 영지를 방문했다. 즐겁게 지냈고 함께 산책을 자주 나갔다는 것으로 보아 하루 이틀 이상 머물렀던 것 같다.

베르스 가족이 영지를 떠난 후, 톨스토이는 베르스의 농장으로 말을 달렸다. 여기에서 톨스토이는 기묘한 방법으로 소피야에게 사랑을 고백했다. 톨스토이는 그가 소피야에게 하고자 하는 문장의 단어의 첫 자들을 탁자 위에 백묵으로 썼다.

이같은 고백의 방식은 훗날 그의 명작 '안나 카레니나'에서 레빈이 키티에게 사랑을 고백하는 장면에 그대로 묘사되어 있다. 당시 소피야는 한 사관생도와 반 약혼상태였으나 톨스토이의 청혼을 주저없이 받아들였다. 톨스토이 작품의 열렬한 독자이기도 했거니와 백작 부인이 된다는 기대가 결혼을 일사천리로 진행되도록 했을 것으로 추측된다.

톨스토이는 9월 16일 소피야에게 정식으로 청혼했다. 그러고는 일주일 후인 9월 23일 저녁 8시 크렘린 궁 안의 교회에서 결혼식을 올렸다. 톨스토이는 34세 소피야는 18세, 열여섯 살 차이였다. 톨스토이는 이미 그 나이에 이빨이 빠져있어 중늙은이처럼 보였다. 하지만 당시 러시아에서 그정도 나이 차이는 별 문제가 되지 않았다. 소피야의 아버지 베르스와 어머니 류보피는 열여덟 살이나 차이가 났다.

결혼 전 신부에게 보여준 충격적 일기

청혼을 9월 16일에 했다고는 하나 두 사람의 결혼은 이미 기정사실로 되어있었다. 그럼에도 여러 자료에 그날 청혼을 했다는 것은 그날이 톨스토이가 정식으로 청혼하는 편지를 소피야에게 준 날이기 때문인 것으로 보인다. 편지는 9월 14일에 쓴 것인데 이런 내용이다.

"이미 삼주 째 당신에게 모든 것을 말하고, 이 슬픔과 절망 그리고 마음 속의 두려움과 행복으로부터 벗어나야겠다고 생각해 왔습니다. (…) 한 달 전만 해도 지금처럼 제가 괴로워하리라고는 상상조차 못했습니다. 제발 솔직히 대답해 주세요. 저의 아내가 되어 주시겠습니까? 만일 조금이라도 의구심이 든다면 거절하세요. 스스로 잘 생각해 보세요. 당신이 제 청혼을 거절하는 것은 두렵지만, 저는 이미 각오를 하고 있으니, 당신께서 거절한다고 해도 견뎌낼 수 있을 겁니다. 하지만 지금처럼 사랑을 받을 수 있는 남편이 될 수 없다면 그것은 더욱 끔찍한 일입니다." (톨스토이, 인디북, 2004)

이 편지의 앞부분에 '모든 것을 말하고~' 는 대체 무슨 이야기를 했다는 것일까. 짐작컨대 그것은 결혼을 앞두고 톨스토이가 자신의 일기를 소피야에게 읽도록 한 일일 것이다. 그가 일기를 신부가 될 소피야에게 보여준 이유는 부부 사이에 숨기는 게 있어서는 안 된다는 신념에서였다.

소피야는 온갖 방탕한 사생활까지를 다 기록해 놓은 톨스토이의 일기를 읽고 충격에 휩싸였다. 며칠간 눈물을 쏟고 밤잠을 설쳤다. 그러나 마음을 다잡고 톨스토이의 청혼을 받아들였지만 그 일기는 두고두고 소피야를 괴롭힌다.

톨스토이의 1858년 5월의 일기에는 그가 영지 농노의 아내인 악시냐와 관계를 갖고 있으며 그녀와 사랑에 빠져있다고 쓴 내용이 있다. 1858년 7월에는 톨스토이와 악시냐 사이에 사생아 아들 티모페이가 태어난다. 1858년 5월의 일기를 보자.

▲ 톨스토이 야스나야 폴랴나 영지의 입구

"그녀(악시냐)가 나에게 얼마나 친근한 존재인가를 생각하면, 그순간 나는 공포 때문에 몸이 떨린다. …… 나는 자신이 이미 수사슴 같다고는 생각하지 않는다. 마치 그녀의 남편인 것처럼 느낀다. 기묘한 일이다."

소피야가 남편 될 사람의 과거를 모두 알게 된 상황에서 두 사람은 9월 23일 결혼식을 올렸다. 두 사람은 결혼식 직후 6마리의 말이 끄는 마차를 타고 모스크바를 출발해 다음날 야스나야 폴랴나에 도착했다.

행복한 결혼처럼 보였으나 신부의 마음 속은 편치 않았다. 톨스토이의 사생아를 낳은 악시냐는 톨스토이가 결혼한 이후에도 저택에서 여전히 일을 하고 있었던 것이다. 어린 티모페이를 틈틈이 돌보기 위해 가끔 저택에 데려오는 때도 있었다.

소피야, "나는 불행을 예상하고 있다"

신부에게 일기를 보여준 후유증은 컸다. 결혼한 지 두 달 반쯤 된 1862년 12월 6일의 소피야의 일기에는 악시냐를 총으로 쏘아 죽이고 싶다는 이야기도 쓰여있다.

"(악시냐는) 기름진 계집의 고깃덩어리 이외의 아무 것도 아니다. 그리고 그녀가 여기에 있다. 나에게 몇 미터 떨어진 곳에 말이다. 그것을 생각하면 미칠 것만 같다. 내 쪽에서 나가야 한다. 당장이라도 그녀와 마주칠지도 모른다. 이렇게까지 남편은 그녀를 사랑했던 것이다. 그의 일기와 그의 전 과거를 불태워 버릴 수만 있다면 좋겠는데…"

"나는 언젠가 질투심 때문에 자살하고 말 거야. 다른 사람 아닌 바로 그 뚱보 여자(악시냐)가 무섭다. 나는 가까이 놓여있는 남편의 칼과 총들을 바라보며 희열을 느꼈다. 한 번만 당기면 아주 그녀를 없앨 수 있는데…"

소피야는 톨스토이와 악시냐와의 관계를 끊임없이 의심했다. 소피야는 결혼 다음해인 1863년 6월 첫 아들 세르게이를 낳았다. 그 후에도 부부관계는 편안치 않았던 것 같다. 그해 9월 22일의 일기에서 소피야는, "내일이면 우리가 결혼한 지 1년, 그때 나는 행복을 기대했지만 지금 나는 불행을 예상하고 있다"고 썼다.

'안나 카레니나'에 나오는 일기 보여주기

톨스토이가 결혼 전에 소피야에게 일기를 보여준 것은 결벽증 때문이었을까. 톨스토이는 10여 년 후에 쓴 '안나 카레니나'에서 소피야와의 결혼 당시의 일을 레빈과 키티의 결혼 상황에 그대로 묘사해 넣었다. 얼마간의 후회도 섞여 있다. 일기를 보여주는 대목이다.

─ 레빈은 자신의 마음을 괴롭히는 것들이 적혀있는 일기를 키티한테 건넸다. 그는 당시 이 일기를 미래의 아내를 염두에 두고 쓴 것이었다. 그를 괴롭히는 것은 두 가지 일이었다. 자기가 순결하지 않다는 것과 신앙을 갖고 있지 않다는 것이었다. 신앙을 갖고 있지 않다는 고백은 전혀 문제없이 지나갔다. 그녀

는 신앙심 깊은 여자로 아직 한 번도 교리의 진위를 의심한 적은 없었지만, 표면상으로 나타난 그의 무신앙은 조금도 그녀의 마음을 움직이지 않았다. 그녀는 사랑에 의해 그의 온 정신을 속속들이 알았고, 또 그의 마음 속에 자기가 바라는 것이 있음을 알고 있었으므로, 그런 정신 상태가 무신앙으로 불린다 할지라도 아무 상관이 없었던 것이다. 그러나 또 하나의 고백은 그녀를 몹시 슬프게 했다.

레빈도 전혀 마음의 갈등 없이 자신의 일기를 그녀에게 건넨 것은 아니었다. 그는 자기와 그녀 사이에 비밀은 있을 수 없으며 있어서도 안 된다고 생각했으므로 어찌 되었든 보여주지 않으면 안 된다고 결심한 것이었다. 그러나 그는 그것이 그녀에게 어떤 영향을 미칠 지에 대해서는 잘 생각해보지 않았다. 말하자면 상대의 입장에서 생각해보지 않았던 것이다. 그는 그날 저녁 극장에

▲ 비비안 리가 안나로 나왔던 영화 '안나 카레니나' 포스터

가기 전에 그녀의 집에 들렀다가, 그가 초래한 만회할 수 없는 슬픔 때문에 눈이 부어오르도록 운 그녀의 얼굴을 보았다. 그 가련하고 사랑스러운 얼굴을 보고서야 비로소 그는 자신의 욕된 과거와 그녀의 비둘기 같은 순결을 갈라놓는 심연을 깨닫고, 자기가 한 짓에 놀랐다.

"가져가세요, 이 끔찍한 것들을 가져가세요!" 그녀는 자기 앞의 탁자 위

에 놓여 있던 노트를 밀치면서 말했다. "어쩌자고 당신은 이런 걸 나한테 보여주셨죠? — 아녜요, 그래도 역시 이러는 것이 좋았어요." 그녀는 그의 절망한 듯한 낯빛에 안타까운 생각이 들어 이렇게 덧붙였다.

"그래도 이건 끔찍해요, 끔찍해요!"

그는 고개를 떨어뜨린 채 잠자코 있었다. 그는 아무 말도 할 수가 없었다.

"당신은 나를 용서해 주지 않겠죠." 레빈은 속삭이듯이 말했다.

"아뇨, 나는 용서했어요, 그렇지만 이건 끔찍해요!"

그러나 그의 행복은 이 고백에도 깨지지 않고 오히려 새로운 무늬를 더했을 만큼, 그만큼 위대한 것이었다. 그녀는 그를 용서했다. 그러나 이후로 그는 그녀 앞에서 한층 더 자기를 무가치하게 느꼈고, 그녀에 대해 도덕적으로 더욱 굴복하고 자신의 분에 넘치는 행복을 더욱더 높이 평가하게 되었다. (안나 카레니나, 박형규 역, 문학동네, 2009)

'안나 카레니나' 속의 이같은 내용은 톨스토이 자신의 심리를 그대로 표현한 것이라고 할 수 있다. 소피야는 결혼 초의 그런 갈등에도 불구하고 남편 원고의 정서, 열세 번에 걸친 출산, 육아, 영지의 관리 등으로 젊은 시절을 정신없이 보냈다.

'크로이체르 소나타'에 다시 등장하는 일기 보여주기

톨스토이는 61세 때인 1889년에 쓴 중편 '크로이체르 소나타'에 '신부에게 일기 보여주기'를 다시 한번 등장시킨다. 주인공이 타인에게 이야기하는 형식으로 전개되는 중편 '크로이체르 소나타'에서 주인공 포드즈니셰프는 이렇게 말한다.

"제가 그녀의 약혼자였을 때 저는 그녀에게 아주 일부분이지만 제 과거를 알 수 있는 일기장을 보여주었습니다. 주된 내용은 제 지나간 여자관계에 대한 것이었습니다. 제 과거를 알고 난 그녀의 공포, 절망, 그리고 당혹한 모습이 기억나는군요. 그때 저는 그녀가 저와 헤어지고 싶어 한다는 것을 느꼈습니다. 그런데 왜 그때 저를 버리지 않았는지!"

'크로이체르 소나타'는 주인공이 어느 날 결혼 내내 갈등을 빚어 온 아내를, 불륜을 의심해 칼로 살해하는 끔찍한 결말의 스토리다.

장편 '안나 카레니나'는 소피야가 정서를 한 것이 분명하지만, '크로이체르 소나타'는 소피야가 정서를 했는지 딸들 중 하나가 했는지 정확하게 알 수 없다. 이 시기도 부부간 불화는 진행형이었다.

톨스토이는 '크로이체르 소나타'를 쓴 그해, 자신의 사생아를 낳은 집안의 하녀 악시냐 바지키나와의 관계를 연상케 하는 소설도 한 편

▲ 젊은 시절의 소피야

썼다. 제목은 '악마'다. 이 작품을 톨스토이는 죽을 때까지 소피야에게 보여주지 않았다.

아버지의 사생아 - 톨스토이의 배다른 형제

톨스토이는 자신의 사생아에 대해서는 직접 쓴 것이 없지만, 자기 아버지 니콜라이의 사생아에 대해서는 기록을 남겼다. 노년에 쓴 '어린 시절의 추억'에 이렇게 들어있다.

> 아버지는 군대에 들어가기 전 열여섯 살 적에 그의 건강을 위해서라는 (이유로), 그 무렵 양친의 동의하에 집에서 일하는 농노의 딸과 남녀의 관계가 맺어졌다. 그 관계에서 생긴 것이 미쉐니카라는 아들이었다. 미쉐니카는 그 뒤 우체부가 되어 아버지가 살아계셨을 때는 괜찮게 살고 있었으나 그 뒤 인생의 길에서 벗어나 영락하였으며 이미 성년이 된 형제들인 우리들에게 자주 도움을 청하러 찾아오곤 했다. 이 거지로 전락한 형, 우리들 가운데 누구보다도 아버지를 가장 많이 닮은 내 형이 우리들에게 도움을 청하고 그에게 주어진 10루블 또는 15루블에 대하여 굽신거리며 감사해할 때 늘 경험하곤 했던 -그 이상야릇한 당혹감을 나는 지금도 기억하고 있다.(어린 시절의 추억, 박형규 역, 인디북, 2004)

톨스토이는 당시 러시아에서는 아버지 집의 하인 취급을 받았던 사생아인 배다른 형에 대한 연민의 정과 당혹스러워했던 당시를 그렇게 기록했다. 그런데 왜 늘그막에 오래된 선친의 사생아 이야기를 꺼냈을까. 톨스토이 자신에게 사생아가 있는 것이 이상한 것이 아니고 과거부터 으레 있어온 일이라는 것을 말하기 위해서였을까. 아니면 그것도 가족사에 대한 일종의 톨스토이식 참회였을까.

톨스토이의 결혼 전 고백이 담긴 '악마'

자전적 소설

'악마'는 톨스토이의 자전적 소설의 하나로 여겨지는 작품이다. 소설은 톨스토이의 사생아를 낳은 하녀 악시냐와의 관계를 연상시키며 그 속에 사생아를 떠올리게 하는 이야기도 나온다.

주인공 예브게니가 자신과 관계했던 농노의 아내 스테파니다가 어느 날 어린아이를 안고 가는 것을 보고 자신의 아이가 아닐까 하고 생각하는 장면이다. 여러 정황으로 보아 주인공 예브게니의 아이다. 소설은 이렇게 시작한다.

전도 양양한 청년 예브게니는 아버지가 죽은 후 아버지의 소유지를 물려받아 농장관리를 시작한다. 그러는 동안 그는 건강을 위해 본의 아닌 금욕에서 벗어나야겠다는 생각을 하게 된다. 마침 그 동네 산림 파수꾼의 소개로 남편이 도시에 나가 있는 건강하고 인물도 좋은 스테파니다를 소개받는다. 예브게니는 이후 스테파니다와 숲속 헛간 등에서 관계를 갖는다.

그러던 중 예브게니는 양가집 처녀와 정식으로 결혼을 해야겠다고 생각하고, 기술여학교를 갓 졸업한 예쁘지도 밉지도 않은 용모가 길쭉한 리자를 아내로 맞는다.

여기까지 보면 톨스토이가 소피야와 결혼하기 전의 상황과 여러모로 유사하다고 할 수 있다.

주인공 예브게니는 결혼 전 스테파니다와의 관계를 정리했지만, 결혼 후에도 그녀를 보면 참기 어려운 욕정이 생기는 것이 크나큰 고민이었다. 스테파니다를 가족들과 함께 멀리 보내려고 해도 그들의 생활 터전이 예브게니의 영지였으므로 그것 역시 쉽지 않았다. 예브게니는 그녀에 대한 관심을 끊으려고 했지만 그게 마음대로 되지 않는 게 문제였다.

소설 속에서 예브게니는 자기 집에 와 있던 집안 아저씨에게 다음과 같이 고민을 털어놓는다.

"저는 관계를 끊으면, 그것으로 끝날 것으로 생각했지요. 그래서 결혼하기 전에 관계를 끊고, 그 후로 거의 1년 동안 그 여자의 얼굴도 보지 않았고, 또 생각하지도 않았어요.

(…)

▲ 남쪽에서 본 아스나야 폴랴나 톨스토이 영지의 저택

그런데 갑자기 왜 그런지 저도 모르겠어요. 정말로 이따금, 이건 마술에 걸리지 않았나 하고 생각할 만큼입니다만, 어느 날 우연히 그녀를 보았는데, 그때부터 정욕의 벌레가 마음속에 기어 들어가 저를 괴롭히고 있어요. 저는 자신의 행동, 즉 언제든지 저지를 수 있는 저의 행동의 무서움을 잘 알고 자신을 욕하면서도 그리로 나아가고 있어요."(악마, 박형규 옮김, 인디북, 2004)

아저씨가 "너 정말 그렇게 홀딱 반한 거냐?"하고 물으니 예브게니는 전연 그런 것이 아니라면서 "그 어떤 힘이 저를 움켜잡고 꼼짝도 못 하게 해요"라고 답한다.

예브게니는 이 아저씨의 권유에 따라 아내와 두 달간 크림반도 여행을 하고 돌아온다. 그러나 스테파니다를 잊을 수가 없었다. 예브게니는 "나는 내가 그녀를 점령했다고 생각했지만, 반대로 그녀가 나를 점령했던 것이다. 그리고 놓지 않았다"고 말한다. 그러면서 그는 이런 상상을 한다.

"그렇다, 나에게 있어서는 두 가지 생활이 가능하다. 하나는 리자와 같이 시작한 것이다. — 의무와 농장, 어린애, 그리고 사람들의 존경을 받는 생활이다. 이 생활을 하려면 스테파니다가 없어야 한다. 내가 전에도 말한 것처럼 그녀를 어디론가 보내 버리든지, 그렇지 않으면 그녀를 없애버려야 한다.

또 하나의 생활은 여기서 함께 사는 것이다. 그녀를 남편에게서 빼앗고, 남편에게는 돈을 주고, 수치도 악평도 잊어버리고 그녀와 사는 것이다. (…) 그러나 리자는 없어야 한다. 떠나야 한다. 그녀가 이 일을 알고 저주하며 떠나야 한다. 내가 그녀를 농부의 여편네와 바꿨고, 내가 거짓말쟁이며, 비열한 자라는 것을 알게 되는 것이다. 아니다. 그것은 너무나 무서운 일이다! 그것은 할 수 없다. 그렇다. 그러나 그렇게 될 수도 있다. 그는 계속 생각했다. 그렇게 되는지도 모른다. 리자가 병을 앓아 죽어 버린다. 죽어 버리면 그때에는 모든 것이 잘 될 것이다."

예브게니는 또 이렇게 독백한다. "그녀(스테파니다)는 악마이지 않은가. 틀림없는 악마다. 그녀는 나의 의사와는 반대로 나를 사로잡았지 않은가. 죽일까? 그렇다 길은 둘 밖에 없다— 아내를 죽이든가, 그녀를 죽이든가. 이대로는 살아갈 수 없기 때문이다.

그러다가 그는 자살이라는 세 번째 길이 있다는 데에 생각이 미쳤다. 그

▲ 톨스토이 영지의 헛간들

는 자기 방으로 돌아와 권총을 넣어 둔 장을 열었다. 그는 권총을 관자놀이에 대고 방아쇠를 당겼다. 아무도 그의 자살의 원인을 이해하지 못했다. 의사들이 예브게니가 정신병자였다고 말했으나 리자와 가족들은 믿지 않았다.

이상이 악마의 대체적인 줄거리다. 주인공 예브게니는 스테파니다에 대한 미련과 욕정을 견뎌내지 못하는 자신을 파멸한 인간이라고 규정하고 스스로에게 징벌을 내린 것이다. 그런데 톨스토이는 여기에 또 다른 결말을 하나 더 써 놓았다.

두 개의 결말

그것은 스테파니다를 죽이는 것이었다. 예브게니는 자신이 그녀의 수중에 있다고 느꼈지만, 굴복하고 싶지 않았다.

스테파니다가 다른 사람들과 일하고 있는 현장에 있을 때였다. 주변 사람들이 눈치채지 못하도록 밀회의 때와 장소를 어떻게 스테파니다에게 알릴 것인가를 생각하다가 그는 갑자기 그녀에게 다가가 등에 총을 쏘고 만다. 예브게니가 스테파니다를 죽이는 장면은 이렇게 묘사되어 있다.

"자신도 모르는 사이에 그의 걸음은 정원을 지나 들판길을 따라서 농장으로 향하고 있었다. (…)

그는 곳간으로 들어갔다. 스테파니다가 거기 있었다. 그는 당장 그녀를 알아보았다. 그녀는 보리이삭을 긁어모으고 있었다. 그를 알아보자 그녀는 눈웃음을 치면서, 활기 있고, 명랑하게. 널브러져 있는 보리이삭 위로 재게 뛰어다니면서, 날쌔게 그것을 그러모았다. 예브게니는 무심히 그녀의 얼굴을 바라보지 않을 수 없었다.

(…) '아아, 과연 나는 자신을 제어할 수 있을까?' 하고 그는 생각했다. '과연 나는 파멸한 것일까? 아아 주여! 아니다. 그 어떤 신도 없다. 악마가 있을 뿐이다. 그 악마가 바로 저 여자다. 그것이 나를 사로잡아 버린 것이다. 하지만 싫다. 나는 싫다. 악마, 그렇다, 악마다.

그는 그녀에게로 바싹 다가가 호주머니에서 권총을 꺼내 한 발, 두 발, 세 발을 그녀의 등에 발사했다. 그녀는 달아나다가 보리이삭 더미 위에 쓰러졌다.

"어머나! 큰일났다! 어찌 된 일이야?"하고 아낙네들이 소리를 질렀다.

"아니야, 과실이 아니야. 내가 일부러 죽인 거야"하고 예브게니는 외쳤다. "경관을 부르러 사람을 보내!"

경관과 예심판사가 다음 날 아침에 와 예브게니는 감옥으로 끌려갔다. 그후 재판이 열렸으나 그는 일시적 정신착란으로 인정되어 교회에서 회개하도록 하라는 선고를 받았을 뿐이었다. 그는 감옥에서 9개월, 수도원에서 1개월을 지냈다.

당시 러시아 사회에서 귀족이 자신의 영지에 딸린 농민을 죽이는 일은 커다란 범죄로 여겨지지 않았던 것 같다. 대개 일시적 정신착란으로 판정하여 귀족의 형을 경감해 주는 일이 다반사였기 때문에 톨스토이도 그같이 마무리를 했을 것이다.

그러나 톨스토이는 그대로 쉽게 끝내지 않았다. 살인자가 된 주인공에 대해 또다른 형벌을 예비했다. "그는 옥중에 있을 때부터 술을 마시기 시작하여 수도원에서도 계속 하였으며 쇠약하고 책임 능력이 없는 알콜 중독자가 되어 집으로 돌아왔다." 이렇게 끝맺음을 했다.

'안나 카레니나'에서 안나가 열차에 몸을 던져 삶을 끝내는 것처럼 그렇게 가혹하게 인생을 마감하도록 하지는 않았지만, 예브게니도 자신의 죄에 대한 그만한 벌(알콜 중독자)은 받아야 한다고 작가가 생각했던 것은 아닌지.

'악마' 뒷이야기

'악마'는 당연히 톨스토이의 과거를 연상시키는 작품이지만, 당시에 실제로 발생한 살인 사건이 집필의 동기가 되었다. 톨스토이가 살고 있던 툴라주에 예심판사 N.N.프리데리흐스라는 사람이 있었다. 그는 귀족 처녀와 결혼을 한 지 석 달 뒤에 혼전에 관계를 가졌던 여자 농노 스테파니다 무니치나를 찾아가 헛간에서 곡식을 타작하고 있는 그녀를 권총으로 쏘아 죽였다. 그리고 나서 두 달 뒤 그 자신은 기차에 치여 숨진 채 발견됐다. 그가 자살한 것인지는 분명치 않다고 한다.

톨스토이는 일기에 이 소설에 대해 '프리데리흐스 사건'이라고 메모를 해 놓았다. '악마'라는 제목은 1889년 그가 소설을 다 쓰고 정서를 한 후 붙인 것이다. 소설 속 농노 아내의 이름 스테파니다도 실제 사건 피해자의 이름을 그대로 썼다.

방탕한 젊은 시절을 보낸 톨스토이는 여성들과의 부적절한 관계에 대해 자책을 하면서도 한편으로는 여성이 자신을 유혹에 빠뜨린다는 생각도 했던 것 같다. 그는 여성은 필요악이라고 일기에 적기도 했었다. 어찌 되었던 이 소설은 톨스토이의 혼란스러웠던 과거에 대한 고백이라고 볼 수 있다.

'악마'는 결말 부분을 제외하고는 주요 줄거리가 톨스토이 자신의 과거 사와 비슷하기 때문에 그는 원고를 다 써놓고도 생전에 발표하지 못하고 서재의 안락의자 속에 숨겨 놓았다. 아내 소피야가 어떤 반응을 보일지, 우려되었기 때문이라고 본다. '악마'는 톨스토이가 세상을 떠난 다음 해인 1911년, 22년만에 비로소 공개됐다.

거대한 숲으로 둘러싸인 야스나야 폴랴나의 톨스토이 영지에 가보면 '악마'를 쓸 당시의 풍경이 그려진다. 농노들의 낡은 초가집은 볼 수 없으나 소설 속에 나오는 통나무로 지은 헛간 같은 영지의 부속 건물들은 그대로 남아있다.

실제 상황과 똑같지는 않지만, '악마'도 톨스토이가 남기고 싶은 인간적 고백의 하나가 아니었을까 하는 생각이 든다.

아내를 죽이는 '크로이체르 소나타'

부부 갈등이 빚은 참극

베토벤의 연주곡 작품명을 그대로 따온 톨스토이의 중편 '크로이체르 소나타'는 부부간의 갈등과 질투, 오해가 빚은 참극을 그린 작품이다. 61세 때인 1889년 12월 완성됐다. 불륜 끝에 주인공이 자살하거나 상대 여자를 죽이는 두 개의 결말을 갖고 있는 중편 '악마'를 쓴 같은 해이다. 왜 같은 해에 그 같은 처참한 결말의 소설들을 썼을까?

두 작품은 애매하거나 지극히 불편한 부부관계를 배경으로 하고 있다. 톨스토이가 당시 그같은 소설을 잇달아 쓴 것은 아내 소피야와의 오랜 갈등 상황과 무관치 않아 보인다.

톨스토이 부부간 갈등의 출발은 톨스토이가 결혼 전 자신의 방탕했던 과거사가 적나라하게 적혀있는 일기를 신부가 될 소피야에게 읽도록 한 일이라고 본다. 그 때문에 소피야는 남편의 일기를 통한 고백에도 불구하고 결혼 초부터 남편의 외도를 계속 의심했다. 그런 중에도 젊은 시절에는 다소간의 의견충돌은 있었지만 비교적 원만한 결혼생활을 유지했다.

두 사람간의 심각한 갈등은 '안나 카레니나'를 탈고한 후 '참회록'을 쓰기 시작하면서 본격적으로 시작됐다. 톨스토이가 50세를 막 넘긴 무렵부터다. 톨스토이는 극도로 검소한 삶을 살아야 한다고 주장하기 시작했고, 자신의 작품에 대한 저작권을 포기하겠다, 토지를 농민들에게 나눠주겠다고 해 소피야와 충돌했다.

소피야는 그같은 톨스토이의 생각을 도저히 받아들일 수 없었다. 톨스토이가 소설 '악마'와 '크로이체르 소나타'를 쓸 때는 부부간의 갈등이 깊어지고 있던 시기였다. 부부의 갈등은 톨스토이가 가출해 죽을 때까지 계속됐으니 어림잡아도 30년은 지속됐다고 할 수 있다.

다시 등장한 '일기장 보여주기'

'크로이체르 소나타'는 이른 봄날 기차 안에서 여행자들 사이에 오가는 사랑과 결혼에 대한 이야기에서 시작된다. 이야기 중 한 남자가 끼어드는데 소설 앞부분에서는 반백의 신사로 표현된다.

이 신사는 나중에 여행객 중 한 사람이며 서술자인 '나'에게 자신이 아내를 죽인 사건을 저질렀던 포즈드니셰프라고 밝힌다. 그 사건이 신문에 대서특필 돼 많은 사람이 알고 있음을 암시하는 것이다. 포즈드니셰프는 '나'에게 자신이 아내를 죽이기까지의 결혼생활에 대해 자세히 이야기 한다. 당사자의 말을 요약하면 이렇다.

그는 30세까지 방탕한 시절을 보내면서도 결혼을 해서 고상하고 순수한 가정을 이루겠다는 생각을 잊지 않았다. 그가 방탕한 생활을 하게 된 것은 당시 의사들이 건강을 위해 여성과의 성적 관계가 유익하다는 이야기를 흔히 했고 많은 귀족 청년들이 그것을 필요한 부분으로 받아들였기 때문이다.

그러다가 파산한 지주의 딸 리자를 만나게 됐다. 그는 리자가 인물도 괜찮고 도덕적으로 완벽한 여인이기 때문에 아내로서 손색이 없다는 결

▲ 피아노 앞의 나데즈다 즈다노비치의 초상화(1850) ,
파벨 페도토프

정을 내리고 그녀에게 청혼을
한다.

그러고는 톨스토이 자신이
1862년 결혼을 앞두고 소피야에
게 직접 그랬고, 소설 '안나 카
레니나'에서도 써먹었던 '일기장
보여주기' 장면이 여기에서도
등장한다는 것은 앞에서 말한
바 있다.

주인공은 "친구들은 결혼 전
에 했던 대로 많은 여자들과 계
속 만나겠다는 생각을 하고 결혼을 하지만, 저는 결혼 후에는 다른 여자에
게 눈을 돌리지 않음으로써 제 자존심을 지키겠다는 결심을 했다는 겁니
다"라고 말하기도 했다.

당시의 귀족 남성들은 결혼 후에도 혼전에 알았던 다른 여자들과의 관
계를 계속하곤 했던 모양이다. 그러면서도 아내들에게는 정숙과 복종, 가
정에서의 의무를 요구하는 남성 위주의 일방적 결혼관을 갖고 있었다. 그
점에서는 톨스토이도 마찬가지였다.

소설에 나타난 부부간의 증오

두 사람의 관계는 결혼 초기부터 원만하지 않았다. 리자는 남편이 돈에

관한 독점권을 쥐고서 돈으로 자신을 지배하려 한다고 우겼다. 남편은 돈이 있고 리자는 가난한 파산 지주의 딸이었기 때문에 돈 문제에도 갈등이 있었다는 이야기다.

남편은 아내의 말과 표정에서 차갑고 적의가 넘치는 모습을 보았다고 했다. 결혼 초기부터 이러한 불화는 그 후에도 계속됐고 점점 악화됐다. 싸움이 끝났을 때 도대체 왜 싸웠는지 기억이 안 날 정도의 사소한 문제가 늘 싸움의 발단이었다.

남편은 아내가 아이를 낳은 후 의사가 수유를 금지시켰을 때도 불만이었다. 의사의 말에 따르는 것이긴 하지만 아내가 쉽게 어머니로서의 의무를 저버리는 것으로 생각했다. 그렇다면 리자는 아내로서의 의무도 쉽게 저버릴 것이다라는 생각을 남편은 무의식 중에 갖게 되었다. 아이를 다섯이나 낳아 길렀는데도 남편은 아이를 키우면서 아내가 하는 말이나 행동이 모두 가식적으로 보였다.

▲ 노년의 톨스토이 (그림)

부부간의 적대감은 날로 커졌다. 의견의 불일치가 적대감을 만드는 것이 아니라 적대감이 의견을 달리하게 만드는 지경에까지 이르렀다. 증오가 서로의 삶을 피폐하게 만들었던 것이다.

그의 아내는 서른 살이 되었을 때 손을 놓았던 피아노에 다시 빠져들었다. 이것이 사건의 발단이 됐다고 그는 말했다. 그 무렵 그의 집에 트루하쳅스키라는 바이올리니스트가 한 사람 나타났다. 과거에 포즈드니셰프의 아버지가 알고 지내던 이웃의 파산한 지주의 아들이었다.

남편은 그 바이올리니스트를 아내에게 소개시켜 주었다. 아내가 바이올린과 협주하는 것을 좋아해서 극장에서 바이올린 연주자를 불러와 함께 연주하곤 했기 때문이다. 그런데 아내에게 바이올리니스트를 소개한 것이 화근이었다.

아내에 대해 끓어 오른 증오심

포즈드니셰프는 자신이 바이올리니스트 트루하쳅스키를 집에 불러들였음에도 불구하고 그가 아내와 연주하는 모습을 보면서 내내 질투심으로 괴로워했다. 그러면서도 다음 주 일요일에 음악을 좋아하는 지인들 몇 명을 부를테니 아내와 함께 연주해 달라고 부탁을 한다.

연주회를 며칠 앞두고 포즈드니셰프는 집에서 두 사람이 연습을 하고 있는 모습을 보게 되었는데, 뭔가 울컥 치밀어 올라왔다. 두 사람 사이에 실제 아무 일도 없었지만 남편의 질투심은 온갖 상상을 불러일으켰다. 이날 트루하쳅스키는 오는 일요일에 바이올린과 함께 연주하기는 좀 어려운 클래식인 베토벤의 소나타를 연주할지 아니면 소품을 연주할지 고민 중이라고 했다.

마침내 일요일에 초대 받은 손님들이 왔고 두 사람은 그들 앞에서 베토벤의 피아노-바이올린 이중주곡인 '크로이체르 소나타'를 연주한다. 음악회는 만족스러웠고 남편은 트루하쳅스키에게 좋은 연주에 대한 감사를 표했다. 남편은 이틀 후 지방으로 출장을 떠날 예정이었는데 그 사실을 알고 있는 트루하쳅스키는 남편에게 "다음 번에 이곳에 들를 때 혹시 기회가 되면 오늘 저녁처럼 만족스러운 연주회를 갖고 싶다"고 말했다. 이 말을 남편은 자기가 없는 동안에는 그가 자기 집에 올 생각을 하지 않는다는 것으로 이해하고 좋은 기분이 되었다.

그리고 이틀 후 출장을 떠났다. 출장 3일째 아내가 보낸 편지를 받았는데 트루하쳅스키가 약속했던 악보를 가져왔고 연주를 한 번 더 하고 싶다고 했지만 거절했다는 내용이었다. 그런데 왠지 느낌이 이상했다. 남편은 트루하쳅스키가 자기가 출장에서 돌아올 때까지는 자기 집에 다시 오지 않을 것으로 생각했는데, 이미 다녀갔다는 것 아닌가.

그는 일정을 도중에 중단하고 기차를 타고 모스크바의 집으로 향한다. 집에 자정 넘어 새

▲ 톨스토이 부부(1903)

벽 한 시 조금 못 되어 도착했다. 아내가 조용히 자고 있는 모습을 기대했지만, 집에 도착하니 아니나 다를까 그자가 와 있었다. 그자의 외투가 현관 쪽 옷걸이에 걸려있었던 것이다. 자신이 상상했던 것이 현실로 나타났다. 그는 하마터면 통곡을 할 뻔 했다. 그 때 악마가 그에게 속삭였다.

"그래 울어라. 감상에 젖은 바보처럼. 그동안 저들은 침착하게 떨어져 있을 테니까. 증거는 사라지고, 너는 영원히 의심하며 괴로워할 거야."

아내에 대한 무시무시한 증오심이 끓어올랐다.

부부간의 묵은 불화는 우발적 사고의 원인

그는 방으로 가 날카롭고 휘어진 다마스커스제 단검을 집어들었다. 그리곤 두 사람이 있는 방으로 살며시 다가가 문을 확 열어젖혔다. 단검을 등에 숨긴 채였다. 트루하쳅스키는 식탁에 앉아있다가 벌떡 일어났다. 그의 표정은 공포로 뒤덮여 있었다. 아내의 표정에도 공포가 서려있었다.

잠시 후 바이올리니스트는 태연한 말투로 "우리는 음악을 좀 연습했습니다."라고 말했다. 그가 아내에게 달려들어 칼로 옆구리를 찌르려하자 트루하쳅스키가 순간적으로 그의 팔을 잡고 제지했다.

"정신차리세요. 왜 이러십니까!"

포즈드니셰프가 팔을 빼내고 그에게 달려들자 그는 문쪽으로 달아났다. 포즈드니셰프는 아내에게로 돌아섰다.

아내는 "도대체 왜 그래요? 아무 일도 없었어요, 아무 일도요……, 맹세해요!"라고 말했지만, 그는 그 말을 믿을 수 없었다.

"거짓말 하지 마 더러운 년!" 하면서 아내를 붙잡고 단검으로 왼쪽 갈비뼈 아래 옆구리를 힘을 다해 찔렀다.

그리고는 방에서 나와 마당지기에게 경찰에 알리라고 했다. 그는 일을 저지르고 나서야 하찮은 질투심 때문에 너무나 엄청난 일을 저질렀다는 것을 깨달았다.

아내는 금방 숨을 거두지 않았다. 정신을 차린 그는 아직 죽기 직전의 아내에게 다가가 "나를 용서해 줘"라고 말했다. 아내는 "용서라고요? 모두 쓸데없는 소리야! ……죽지만 않을 수 있다면 ……!" 하고 소리쳤다. "그래 당신은 목적을 달성했어! ……당신을 증오해!"

그녀는 그날 정오 무렵에 죽었다.

남편은 그녀가 죽기 전 경찰서로 이송된 후 감옥으로 보내졌다. 그는 재판을 기다리며 11개월을 보냈다고 되어있다. 그리고 멀쩡히 나와서 기차여행을 하고 있으니 그도 '악마'의 주인공 예브게니처럼 질투에 의한 일시적 정신착란으로 여겨져 가벼운 형벌을 받은 모양이다. 소설에 형량에 대한 이야기는 없다.

이것이 '크로이체르 소나타'의 대체적인 줄거리다. 부부간의 오래된 불화가 빚어낸 참사라고 할 수 있다. 부부간에 일시적으로 품었던 증오심을 풀지 못하고 오래 가면 어느 순간에 우발적 비극이 벌어지는 수가 있다. 이것은 소설이지만, 현대에서도 이와 비슷한 사건이 적지 않게 벌어지고 있음을 우리는 뉴스를 통해서 이따금씩 접하고 있다.

'크로이체르 소나타'는 검열을 거쳐 이듬해인 1890년 발표될 예정이었다.

그러나 내용상 성(性)적 문제에 대한 언급이 노골적이라는 이유로 검열에서 발매금지가 됐다. 그러나 발매금지 다음해인 1891년 부인 소피야가 상트페테르부르크로 올라가 직접 황제 알렉산드르 3세를 만나 발표를 허가받았다. 소피야의 당찬 성격을 말해주는 사례다.

질투 때문에 아내와 이혼하려고 했던 톨스토이

톨스토이 가정에서 벌어진 비슷한 일

우연이지만 톨스토이는 '크로이체르 소나타'를 발표한 몇 년 후 소설의 내용과 비슷한 문제를 가정에서 만난다.

피아노를 잘 쳤던 부인 소피야가 당대의 유명 피아니스트 타나예프(세르게이 이바노비치 타나예프, 1856~1915)에게 개인 레슨을 받으면서 생긴 일이다. 때는 톨스토이가 68세 때인 1896년경으로 알려져 있다. 소피야의 나이 52세 때다.

소피야는 어느 날 딸 타냐와 키예프에 갔다가 우연히 타나예프의 콘서트에 가게 됐다. 소피야는 그의 연주에 큰 감명을 받았다. 공연 후 소피야는 타나예프를 만났고 그를 자신의 마차에 태워 그가 묵고 있던 호텔까지 데려다주었다. 그 사이에 자신도 피아노를 친다는 얘기를 했다. 타나예프는 관심이 있으면 레슨을 해 줄 수 있다고 제안했다.

타나예프는 열 살 때 니콜라이 루빈스타인에게 발탁된 피아노의 천재이며 차이코프스키의 후원을 받고 있는 인물이었다. 스크랴빈의 선생이기도 했다. 스크랴빈은 후일 '닥터 지바고'의 작가가 된 보리스 파스테르나크의 10대 때 그에게 피아노를 지도했던 인물이다.

소피야는 타나예프의 레슨 제의에 무척 흥분했다. 그런 유명한 사람에게 배우게 됐다는 것이 기뻤기 때문이다. 타나예프는 그 후 가끔 야스나

▲ 중년의 소피야 (1885)

야 폴랴나 저택으로 레슨을 하러 왔지만 톨스토이로부터는 환영을 받지 못했다. 톨스토이는 소피야가 피아노 레슨을 받는 것을 못마땅해 했다. 뿐만 아니라 타나예프에게 질투의 감정을 갖고 있었다.

톨스토이는 모스크바에도 저택이 있었는데, 소피야가 모스크바 집에 가는 것도 타나예프를 만나기 위해 가는 것으로 생각했다. 소피야는 타나예프와의 만남을 좋아했다. 소피야는 그해 가을 내내 모스크바에 머물면서 타나예프에게 레슨을 받았고, 그의 콘서트에도 빠짐없이 참석했다.

그러던 어느 날 둘째 형 집에 가 있던 톨스토이가 소피야에게 편지를 한 통 보내왔다. 톨스토이는 편지에 "이런 식으로 타나예프와의 관계를 보는 것이 역겹다"면서 "솔직히 이런 상황이라면 나는 당신과 계속 살 수가 없소…… 끝장을 내지 않으려거든 헤어집시다"라고 썼다.

그렇지 않아도 부부간의 불화가 오래 계속되던 상황에서 톨스토이는 이 일을 계기로 소피야와 이혼할 생각까지 했던 모양이다. 그러면서 당장 타나예프와 모든 관계를 청산하라고 했다. 그렇지 않으면 자신이 외국에 가거나 둘 다 외국으로 가는 방법도 있다고 편지에 적었다.

톨스토이는 소피야가 타나예프를 만나 기쁨을 느낀다면 그것은 이미 친구의 선을 넘어선 관계임을 입증하는 것이라고 주장했다. 결국 소피야는 타나예프의 레슨을 끝내기로 했다.

이야기가 '크로이체르 소나타'와 유사하지 않은가. '크로이체르 소나타'가 이 일이 있기 5~6년 전에 쓴 것이기에 망정이지, 이 일이 있은 후에 쓰여졌더라면 톨스토이는 이 소설 역시 '악마'처럼 소피야의 눈치를 보느라 생전에 출판하지 못했을지 모른다.

톨스토이의 결혼관 - 결혼하지 말라

톨스토이는 34세 때인 1862년, 열여섯 살 아래인 18세의 소피야 베르스와 결혼했다. 10년 전인 1852년 카프카스에서 군 복무를 할 때부터 소설을 쓰기 시작했고 어느 정도 명성도 얻었으나 본격적인 장편에 착수한 것은 결혼한 후부터였다고 할 수 있다. 첫 장편 '전쟁과 평화'의 집필 시기를 1863년부터 1869년까지 6년이라고 하는데 1863년이면 결혼 다음 해다.

총각 시절, 자기 영지의 하녀를 건드려 아들까지 낳았던 톨스토이는 소피야와 결혼을 함으로써 정신적인 방황을 끝내고 비로소 대작의 집필에 착수할 수 있었다.

푸시킨의 어린 신부 나탈리야가 남편의 작품활동에는 관심이 없고 무도회 등에만 관심이 있었던 것과는 달리 톨스토이의 어린 신부는 톨스토이의 작품활동에 관심이 많았고, 그녀 자신도 글쓰기에 취미를 갖고 있었다.

소피야가 방대한 '전쟁과 평화'를 일곱 번이나 정서했다는 것은 널리 알려진 사실이지만, '안나 카레니나' 등 다른 작품들의 정서 과정 또한 비슷했을 것이다. 소피야는 톨스토이가 원고를 책상 위에 올려놓으면 그것을 자기 방으로 가지고 가 새벽까지 정서를 했다. 톨스토이가 결혼 후 쓴 원고의 엄청난 분량으로 보아 소피야는 수많은 날들을 정서하는데 보냈을 것이다. 매우 충실한 조력자였다.

소피야가 톨스토이의 원고를 정서한 것은 속기사였던 도스토옙스키의 두 번째 부인 안나가 남편의 원고를 정서한 것과 종종 함께 이야기된다. 두 사람 다 천재 소설가였지만, 아내들의 조력이 없었더라면 그같은 방대한 양의 소설을 생산해 내기 어려웠을 것이란 점에서는 대부분의 분석가들의 의견이 일치한다.

작품에 나타난 부정적 결혼관

소피야는 남편의 원고를 정서하는 것 말고도 영지의 관리와 가정 살림을 전적으로 책임지고 있었다. 게다가 결혼 후 1~2년 간격으로 아기를 낳았다. 16번의 임신을 하고 모두 13명을 낳았다. 다섯은 어려서 죽고 여덟이 성장했다.

그만하면 결혼에 대해 부정적인 이야기를 하기 어려울 것 같은데 톨스토이는 작품에서 시종일관 부정적 결혼관을 보인다.

결혼 후에 쓴 첫 장편 소설 '전쟁과 평화'를 보면 안드레이 공작이 친구 피에르에게 결혼하지 말라고 충고하는 장면이 나온다. 소설의 두 주인공인 안드레이와 피에르는 모두 톨스토이의 분신으로 여겨지는 작중인물이다.

▲ 장남 세르게이와 장녀 타냐를 안고 있는 소피야(1866)

안드레이는 피에르에게 이렇게 말한다. 피에르가 엘렌과 결혼하기 전의 이야기다.

"여보게, 절대로 결혼 같은 건 하지 말게. 이건 자네에게 주는 나의 충고일 세. 결혼을 해서는 안 돼. 자네가 할 수 있는 일은 다 했다고 자신에게 말할 수 있을 때까지는. 더욱이 자네가 선택한 여자를 사랑하지 않게 되어 그 여자를 분명히 들여다볼 수 있을 때까지는 말이야. 그렇잖으면 자네는 비참한, 되찾을 수 없는 과오를 저지르게 될 걸세. 결혼은 늙어서, 아무 쓸모가 없어졌을 때 하게……. 그렇잖으면 자네가 지니고 있는 좋은 것과 훌륭한 것이 모두 못 쓰게 된다네. 모두 보잘 것 없는 일에 소모되고 말지." (전쟁과 평화, 맹은빈 옮김, 동서문화사, 2013)

이처럼 안드레이가 피에르에게 결혼을 하지 말라고 충고하는 것은 결혼 얼마 후부터 톨스토이가 결혼에 대해 후회했기 때문이라고 분석되기도 한다.

결혼하지 않는 사람은 지극히 행복하다

톨스토이는 사망하던 해인 1910년 펴낸 '인생의 길'에서 결혼에 대해 이렇게 말한다.

"올바른 결혼 생활을 하는 것은 좋다. 그러나 그보다 더 좋은 것은 결혼하지 않는 것이다. 그렇게 할 수 있는 사람은 극히 드물다. 그러나 그렇게 할 수 있는 사람은 지극히 행복하다." (인생의 길, 동완 옮김, 신원문화사, 2007)

안드레이가 피에르에게 한 이야기나 같은 맥락이다. 결혼하지 말라는 것이다. 그러면 톨스토이의 그러한 결혼관은 자녀들에게 어떠한 영향을 미쳤을까? 아버지의 뜻에 따른 것인지는 알 수 없지만 여덟 자녀 중 결혼하지 않은 자녀는 끝까지 유일한 아버지 편이었던 막내딸 사샤 뿐이었다.

톨스토이는 이미 결혼한 남녀라면 육욕으로부터 벗어나도록 힘을 합쳐 노력해야 한다며 순결한 생활을 강조하기도 했다. 또한 결혼은 자녀의 출생으로 시인되고 축복을 받는 것이라면서 "부부 사이에 자식을 바라지 않는 결혼은 간음보다도, 모든 방탕보다도 더 나쁜 것"이라고 지적했다. 나중 이야기는 아이 갖기를 피하는 요즘의 일부 젊은 부부들에게 들려줄 만한 것 같다.

톨스토이는 타고난 건강체질이어서 정력도 강했다. 육욕을 절제하지 못하는 데 대해 종종 후회했다. 결혼하지 말라고 작품 속에서 설교하면서 자녀는 부지런히 늘렸다. 가난하게 살아 보는 것은 소원했으면서도 평생 실천하지 못했다. 몸과 마음이 따로따로였다는 얘기다. 톨스토이 역시 하늘에서 떨어진 인간이 아니기 때문이다.

톨스토이의 가출 소설 '코르네이 바실리예프'

부부간의 불화, 남편의 가출과 사망

톨스토이가 말년에 쓴 '인생독본' 속에 '코르네이 바실리예프'란 짧은 소설이 하나 들어있다. '인생독본'은 톨스토이가 죽기 4년 전인 1906년 처음 출판된 후 고치고 더하기를 계속한 책이다. 성현들의 사상과 작품들에서 격언, 금언 등 인생의 도움이 될만한 것들을 추려서 1월 1일부터 12월 31일까지 일년 365일 매일 조금씩 읽을 수 있도록 편찬한 독특한 형식의 교양서적이라고 할 수 있다. 그 안에는 주제에 따라 톨스토이 자신의 생각도 적어 놓았고, 단편이라고 볼 수 있는 짧은 분량의 소설도 실려있다.

'코르네이 바실리예프'도 '인생독본' 속 내용의 하나다. 코르네이 바실리예프는 소설 주인공의 이름. 그는 가축장사 등을 해서 돈을 꽤 많이 번 시골 마을에 사는 쉰네 살의 가장이었다.

그날도 코르네이는 가축장사를 하기 위해 지방과 모스크바 등 외지에 가서 한동안 지내다가 오랜만에 집으로 돌아가는 길이었다. 그는 마을에서 가장 가까운 기차역에서 내려 쿠지마란 늙은 고향사람의 마차를 타고 가다가 중간에 주막에 들러 둘이 함께 술을 한 잔하게 된다. 마부 쿠지마는 부자를 싫어했는데, 특히 코르네이를 싫어했다.

술이 한잔 들어가자 쿠지마는 코르네이에게 그의 아내 마르파가 친정 마을에서 옛날 애인 엡스티그네이를 하인으로 데려와 같이 살고 있다는 소문이 나돈다는 얘기를 해 준다. 엡스티그네이는 마르파와 혼담이 오고 갈 때 코르네이도 들어본 이름이었다.

마부 쿠지마는 그런 이야기를 하면 그 뒤 어떤 결과가 있으리라는 것을 뻔히 알면서도 술김에 내뱉어 버린 것이다. "나는 상관없는 일이지만 자네가 불쌍해" 하면서… 코르네이는 잠자코 쿠지마의 말을 들었다. 늙은이가 술김에 하는 말에 대해 캐물을 수도 없었다.

코르네이가 집으로 돌아오니 쿠지마가 얘기했던 엡스티그네이가 맨 먼저 코르네이를 맞았다.

코르네이는 기분 나쁜 상태로 저녁을 먹고 난 후 아내가 어린 딸 아가시카를 안고 방으로 들어오자 "엡스티그네이가 온 지 오래 됐나?"하고 물은 뒤 아내가 "이삼 주 됐을 것"이라고 대답하자, "당신 그놈하고 좋아지내고 있지?"하고 다짜고짜 추궁한다.

아내는 펄쩍 뛰며 "누가 그런 당치도 않은 말을 하느냐"고 반발하지만, 코르네이는 아내의 머리채를 덥석 움켜쥐고는 머리며 옆구리며 가슴팍을 마구 때렸다.

딸이 잠에서 깨어 어머니에게 매달렸는데 이때 코르네이가 딸을 움켜잡아 어머니에게서 떼어내 한쪽 구석으로 내동댕이 쳤다. 코르네이의 노모가 달려와 울어대는 손녀를 안아 올렸으나 딸은 그날의 사건으로 팔뼈가 두 군데나 부러져 불구자가 된다.

코르네이는 그날 밤 피투성이가 된 아내와 딸을 내버려두고 말 썰매로 다시 정거장으로 가 기차를 타고 마을을 떠난다. 그에게는 딸 위로 아들도

▲ 모스크바 트레티아코프 미술관의 톨스토이 초상화 옆에서 (2019년 4월)

하나 있었다.

그후 십칠 년이 흘렀다. 누더기가 된 외투를 입은 한 노인이 인근 마을로 찾아왔다. 마을 어귀에서 양과 돼지 등 가축떼를 몰던 한 젊은 여인을 우연히 만나 인정있는 그 집에 가서 하룻밤을 묵게 된다. 노인은 코르네이였고, 젊은 여인은 십칠 년 전 그가 팔을 부러뜨렸던 그의 딸 아가시카였다. 아가시카는 이웃 마을의 부잣집으로 시집 온 새색씨였다.

코르네이는 십칠 년 전 가출 때 가지고 나간 돈을 그 뒤 잘못된 거래로 모두 잃고 여기저기서 남의 밑에서 일하는 신세가 됐다. 그러면서 술에 빠져 지내다가 결국은 쫓겨나서 오갈 데 없는 부랑자가 된 데다가 병까지 걸렸다. 그래서 그는 마누라도 지금쯤은 죽었겠지 하고 생각하며 마지막으로 고향에 있는 아들을 찾아가는 길이었다. 가다가 딸을 만난 것이다. 그러나 자신이 누구라고는 밝히지 않았다.

이튿날 코르네이는 자기 집을 찾아간다. 집으로 들어서자 "누군데 남의 집에 함부로 들어와"하며 여자가 꽥 소리를 쳤다. 마르고 주름투성이가 된 아내였다. 아내는 사실 그를 알아보았으나 모르는 체 하며 "썩 가"라고 다시 소리친다.

"할 말이 그것 뿐인가"라고 코르네이가 말하자, 아내 마르파는 "제발 가, 가, 가라고. 당신처럼 어정대는 비렁뱅이는 천지에 널렸어"하며 그를 쫓아낸다. 코르네이는 쫓겨나오다가 아들을 만났으나 아들은 아버지를 알아보지 못한다.

코르네이는 다시 자기를 알아보지 못하는 이웃 마을 딸의 집으로 갔고 밤사이 열병에 시달렸다. 코르네이는 다음날 딸에게 모친을 만나면 용서를 빌러 찾아갔었다는 이야기를 전해달라고 말했다. 딸은 그때까지도 무슨 영문인지 알지 못했다. 코르네이는 그날 숨을 거두었다.

한편, 아내 마르파는 코르네이가 다녀간 다음 날 남편을 용서하기로 마음을 바꿔 먹었다. 그리하여 남편을 찾아 나섰다. 이웃 마을 딸네 집 마당에 가깝게 갔을 때 인근사람들이 몰려들고 있었다.

이전에 이 근방에서 알아주는 부자로 살았던 코르네이가 집도 절도 없이 떠돌다 딸네 집에 와서 죽었다는 것을 알고 몰려든 사람들이었다. 마지막 문단은 이렇게 끝난다.

"이제는 용서할 수도, 용서를 빌 수도 없었다. 코르네이의 엄숙하고 평화로운 늙은 얼굴에서는 그가 모든 것을 용서했는지, 아니면 아직도 화를 내고 있는지 알 수 없었다." (인생독본, 박형규 역, 문학동네, 2020)

단편 '코르네이 바실리예프'의 간략한 줄거리다. 아내와의 불화와 가출,

사망, 이것이 주요 내용인데, 이 인생독본이 나온지 4년 후 톨스토이는 아내와의 불화로 가출했다가 사망했다.

부부간의 불화와 남편의 가출과 사망은 톨스토이 숭배자였던 춘원 이광수의 소설 '유정' 속에도 그려져 있다. '유정'의 주인공 최석은 서울에서 멀리 시베리아로 가출해 거기서 사망한다. 톨스토이의 영향이 아닐까 하는 생각이 든다.

제5부

파스테르나크 '닥터 지바고'의
빛과 그림자

1. '닥터 지바고' -소설과 영화, 얼마나 다른가?

동생을 형으로 바꾸고, 사망 장면도 완전 각색

보리스 파스테르나크(1890~1960)의 '닥터 지바고'는 소설을 읽고 아는 사람보다는 영화를 통해 더 널리 알려져 있다. 그러나 이 영화는 원작 소설의 내용을 이곳 저곳 많이 뒤바꾸어 놓아서 소설을 충실하게 영화화 했다고 보기에는 무리가 있다. 그렇다고 영화가 소설의 전체 줄거리 자체를 크게 왜곡했다는 얘기는 아니다. 얼마나 소설 속 내용을 영화 속에 이리저리 잘 꿰어 맞췄는지, 영화를 만든 데이비드 린 감독의 장인다운 솜씨를 다시금 느끼게 하는 면도 있다.

영화 첫머리에 나오는 지바고의 형 예브그라프 장군도 소설 속에는 지바고의 이복 동생이다. 동생이 형으로 바뀐 것이다. 라라의 남편 파샤도 소설에서는 라라보다 나이가 약간 아래라고 되어있지만, 영화 속에서는 열 살쯤 위의 오빠뻘로 나온다.

영화 마지막 부분에 모스크바에서 전차를 타고 가던 지바고가 그 옆으로 지나가는 라라를 보고 전차에서 내리려고 애를 쓰다가 가까스로 내린 직후 심장마비로 쓰러져 숨을 거두는 장면이 나온다. 그런데 소설에서는 그 여자가 라라가 아니라 그저 지나가는 노부인이고 전차가 고장으로 자주 멈추는 바람에 그 부인과 전차가 앞서거니 뒤서거니 했다고 서술되어 있다. 그런데 감독은 그 장면의 노파를 라라로 둔갑시켰다. 상상력과 창의력을 동원해 영화를 그럴듯하게 마무리 한 것이다.

▲ 보리스 파스테르나크

소설 속 지바고가 죽은 때는 1929년으로, 그가 우랄지방에서 모스크바로 돌아와 어렵게 지내다가 동생 예브그라프의 도움으로 모스크바의 한 병원에 첫 출근하던 길에서였다. 고장난 만원 전차 속에서 갑자기 지병인 심장병이 도져 가슴이 답답했다. 신선한 공기를 마시기 위해 전차에서 간신히 빠져나오자마자 사망하는 것으로 되어있다. 라라를 만나기 위해 전차에서 급히 내린 것이 아니다.

'닥터 지바고'는 우연의 연속이 특징

그리고 소설 속에서 라라는 우연히 관 속에 누워있는 지바고를 보게 되고 그의 장례식에 참석하지만 그후 홀연히 사라진다. 아마도 어느 수용소로 끌려가 죽었을 것이라고 이렇게 그녀의 최후를 암시하고 있다.

"어느 날 라리사 표도로브나(라라)는 외출했다가 돌아오지 않았다. 분명히 그녀는 그날 가두에서 체포되어 어딘가로, 아마 북부 지방의 헤아릴 수 없이 많은, 남녀 혼용, 혹은 여자만의 수용소 중의 하나에 들어가서, 나중에는 찾을 수조차 없게 된 명단의 이름 없는 한 번호로 잊혀진 채 자취도 없이 사라져 버

렸을 것이다." (닥터 지바고, 박형규 옮김, 열린책들, 1990)

라라가 수용소에 끌려간 것은 죽은 남편 파샤 때문인 것으로 보인다. 파샤는 열렬한 혁명가였으나 내전이 끝날 무렵 반 혁명분자로 몰려 쫓기고 있었다. 그러다 라라가 바리키노에 있다는 것을 알고 그녀를 찾아왔으나 라라는 변호사 코마로프스키를 따라 이미 극동으로 떠난 후였고 바리키노에는 지바고 혼자 뿐이었다. 냉혹한 혁명군 지휘관 스트렐리니코프로 불리던 파샤는 지바고를 만난 다음 날 자살한다. 이 대목은 영화 속에는 생략되어 있다.

영화에는 안 나오는 지바고의 세 번째 부인

소설 '닥터 지바고'에는 지바고의 세 여인이 등장한다. 그러나 영화 속에는 마지막 세 번째 여인은 아예 나오지 않는다. 작품 속에서의 역할이 중요하지 않다고 본 것이다. 그녀는 소설의 맨 마지막 장에 나오는데 이름은 마리나다. 소설에서는 마리나를 지바고의 세 번째 부인이라고 지칭하고 있다.

지바고의 본처 토냐는 어려서 부모를 잃은 지바고를 키워준 화학 전공 그로메코 교수의 딸이다. 지바고가 바리키노에서 멀지 않은 유리아틴의 도서관에 드나들다가 다시 만나 애인이 되고 후에 한동안 같이 살기도 하는, —모스크바에서부터 수 차례 우연히 조우하게 되는 여주인공 라라는 소설의 셈법으로 보면 두 번째 부인이 된다.

▲ 영화 '닥터 지바고' 포스터

라라와의 불륜에 양심의 가책을 느낀 후 라라를 만나 결별을 선언하고 집으로 돌아오다가 빨치산 군대에 납치되어 1년 반을 끌려다니는 사이에 지바고의 가족에게는 추방령이 내려진다. 본처 토냐는 친정아버지, 두 자녀와 함께 러시아에서 추방되어 프랑스 파리에서 살게 된다. 지바고는 토냐와 두 자녀를 영영 만나지 못한 채 죽는다.

라라와는 빨치산 부대에서 탈출한 후 유리아틴에서 다시 만나 가족들이 떠난 바리키노로 옮겨가 동거한다. 그러던 어느 추운 날 라라가 남편 파샤 때문에 위험하다면서 바리키노를 찾아온 극중의 악역 변호사 코마로프스키에게 임신 상태의 그녀를 극동으로 딸려 보낸 후 역시 다시 만나지 못한다.

라라와 헤어진 후 바리키노에서 거지꼴로 모스크바로 돌아온 지바고는 과거 처갓집 문지기였던 마르켈이 관리하는 지역에 방을 하나 얻어 살다가 그의 시중을 들어주던 마르켈의 딸 마리나와 동거하게 되고, 딸도 둘을 두게 된다. 소설은 이렇게 설명한다.

"그때부터 마리나는 호적에는 오르지 않았지만 유리 안드레예비치 지바고의 세 번째 아내가 되었다. 지바고는 그때까지 첫 부인과 이혼을 하지 않은 상태였던 것이다. 그들 사이에 아이들이 생겨났다. 장인장모 내외는 딸이 의사의 아내가 되었다고 자랑스러워했다. 장인 마르켈은 지바고가 마리나와 결혼식도 올리지 않고 혼인 신고도 하지 않았다고 불만을 토로했으나, 그의 아내는 '프랑스에 있지만, 토냐가 아직 살아있는데 중혼을 하란 말이냐'고 반박을 한다."

지바고의 자녀는 모두 다섯이다. 본처에게 남매가 있고, 바리키노에서 헤어진 라라는 그 후 지바고의 딸을 낳는다. 또 세 번째 부인 마리나에게서 난 딸 둘이 있으니 지바고의 자녀는 아들 하나에 딸이 넷이다. 그러나 라라가 낳은 딸은 극동에서 난리통에 잃어버리고 만다.

소설에서는 맨 뒤 에필로그에 잃어버린 딸에 대한 이야기가 나온다. 영화는 지바고의 의붓형 예브그라프가 조카 딸을 찾는 장면으로 시작하고 또 같은 장면으로 마무리를 한다.

2 '닥터 지바고' 속 여주인공 라라의 모델이었던 작가의 애인

러시아 땅에 허위가 찾아왔다

'닥터 지바고'는 20세기 초반 러시아 혁명과 세계대전, 또 내란의 소용돌이 속에서 피비린내 나는 동족간의 살육과 변화되고 파괴되어 가는 인간과 사회의 모습, 그리고 마침내 와해되고 만 한 가정의 비극을 그린 소설이

다. 작가가 의도했건 안 했건, 소설 속 남녀 주인공 지바고와 라라의 최후
는 러시아 혁명의 씁쓸한 최후를 예고한 것이라고 할 수 있다.

소설 속에서 빨치산에서 탈출해 유리아틴으로 돌아온 지바고와 다시
만난 라라는 그와 대화 중 이렇게 말한다.

> "우리의 땅 러시아에 허위가 찾아온 거예요. 주된 불행은 그러니까 그 후에
> 일어난 모든 악의 근원이 된 것은, 개인 의견의 가치를 믿지 않게 되어 버렸다
> 는 거예요. 이제 스스로의 도덕 감각에 쫓아 행동하는 시대는 지나가 버렸어
> 요. 지금은 모든 사람이 목소리를 맞추어 함께 노래를 불러야 한다는 거죠. 외
> 부에서 억지로 떠맡긴 관념으로 살아가야 한다는 생각이 번진 거예요. 알맹이
> 가 없는 상투적인 글귀, 처음에는 제정 시대의 상투적인 글귀가, 그 다음에는
> 혁명의 글귀가 맹위를 떨치기 시작한 거예요."

혁명으로 무엇이 달라졌느냐는 반문이다. 혁명 이후 세워진 소련 체제
에 대한 사실상의 비판인 것이다.

지바고의 뮤즈였던 올가 이빈스카야

라라는 소설 속 가공의 인물이지만 현실 세계의 파스테르나크에게는
라라와 같은 연인이 있었다. 이름은 올가 이빈스카야(1912~1995). 소설 속 라
라를 만들어낸, 지바고의 뮤즈로 일컬어지기도 한다. 뮤즈란 예술적 영감
을 불러일으키는 인물이다. 올가 이빈스카야가 작가 파스테르나크의 후반

▲ 파스테르나크와 올가 이빈스카야(왼쪽)

인생에 그 역할을 했다는 것이다.

파스테르나크는 32세 때인 1922년 미술을 전공한 예브게니야와 첫 결혼
을 하지만 1931년 9년 만에 이혼한다. 둘 사이에는 1923년에 낳은 아들 예
브게니가 있다. 파스테르나크는 1934년 지나이다라는 여성과 두 번째 결
혼을 하고 1937년 아들 레오니드를 얻는다. 화가인 파스테르나크 아버지의
이름을 그대로 붙인 두 번째 아들이다.

두 번째 부인인 지나이다도 파스테르나크와의 결혼이 재혼이었다. 전
남편 사이에서 얻은 병약한 아들도 데려왔다. 그러나 두 사람의 결혼 생활
은 비교적 원만했던 것으로 전해진다.

파스테르나크가 애인이 된 올가 이빈스카야를 만난 것은 그의 나이 56
세 때인 1946년이었다. 올가는 '노비 미르'(New World)라는 잡지의 편집자였

는데, 잡지사의 일로 파스테르나크와 만나게 되었다. 그녀는 어려서부터 파스테르나크 시의 애독자였다. 그의 문학 모임에 참석해 그의 시를 듣기도 했다. 두 사람은 빨리 가까워졌다.

두 사람의 관계가 알려지면서 올가는 잡지사에서 계속 일을 할 수가 없었다. 1948년 그녀는 잡지사를 떠나 파스테르나크의 비서가 되었다. 하지만 그러한 관계는 오래 가지 못했다. 올가가 갑자기 스파이 혐의로 체포되어 수용소에 가게 되었기 때문이다. 그녀는 사실상 수용소에 갈 이유가 전혀 없었다. 파스테르나크의 애인이 된 것이 죄였다.

파스테르나크가 숙청되지 않은 이유

파스테르나크는 평소 소련체제에 대해 비판적 생각을 가지고 있었고, 당국도 그것을 잘 알고 있었다. 1930년 스탈린의 대숙청 때 마땅히 숙청대상이 되어 총살 당했거나 시베리아 수용소로 갔어야 할 대상이었다. 대숙청 당시 체제에 비우호적이었거나 그런 의심을 받았던 수많은 문화 예술계 인사들이 목숨을 잃었다. 그같은 살벌한 상황이었음에도 파스테르나크는 스탈린의 특별 지시로 체포 명단에서 빠졌다.

스탈린이 파스테르나크를 특별히 봐 준 것은 파스테르나크가 스탈린의 고향인 카프카스 지역 그루지아(지금은 독립국 조지아)의 시와 문학 작품을 많이 번역했기 때문이었다. 스탈린은 독재자였으나 혁명가가 되기 전에 시인이었다고 한다. 그리고 고향인 그루지아의 작품을 러시아어로 번역한 파스테르나크에게 호감을 갖고 있었기 때문에 숙청 리스트에서 그의 이름을 지워버리고 체포하지 말라고 지시했다고 알려져 있다.

스탈린은 파스테르나크를 직접 만난 일이 있었다. 그를 만난 후 스탈린은 그가 너무 자기 세계에 빠져서 혁명이 뭔지도 모르는 인물이라며, "구름 속에 사는 이 사람을 건드리지 말 것"이라고 메모했다는 기록이 있다.

올가의 기구한 운명

올가는 두 번 결혼해 두 번 과부가 된 여자였다. 첫 남편은 자살했고, 두 번째 남편은 제2차 세계대전 때 사망했다. 첫 남편과의 사이에는 딸이 하나, 두 번째 남편 사이에서는 아들이 하나 있었다.

올가는 파스테르나크의 비서로 일하던 1949년 10월 어느 날, 스파이 혐의로 체포되어 강제 수용소로 보내졌다. 수용소에는 1950년 7월부터 1953년 중반까지 있었지만 체포되었을 때부터 치면 4년간 구금 생활을 한 것이다. 그녀는 체포 당시 파스테르나크의 아이를 임신하고 있었는데, 체포된 후 고문을 당하면서 유산을 하고 말았다.

올가의 체포는 소련 체제에 비판적인 파스테르나크에게 경고를 주기 위한 것이었다. 스탈린의 특별 지시로 파스테르나크를 건드릴 수 없었으므로 대신 그의 비서를 체포한 것이다. 파스테르나크

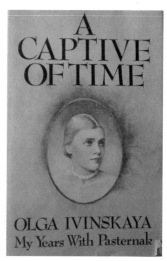

▲ 올가의 회고록 '시간의 포로'

가 그녀를 석방시키기 위해 여러 차례 당국을 찾아갔으나 허사였다. 올가
는 1953년 3월에 스탈린이 사망한 후 얼마 되지 않아 석방됐다. 형기를 절
반쯤 지냈을 때였다. 스탈린이 죽지 않았더라면 그녀는 더 오래 수용소 생
활을 했을 것이다.

파스테르나크 사망 후 또다시 수용소로

그녀는 4년 만에 파스테르나크에게로 돌아왔다. 그녀는 파스테르나크
가 세상을 떠날 때까지 그를 가까이서 도왔으며 두 사람의 사랑은 변함 없
이 계속되었다. 낮에는 애인과, 밤에는 부인과 함께 사는 작가의 생활이 이
어졌다. 그사이 '닥터 지바고'가 완성되어 1957년 이탈리아에서 출판되었
다. '닥터 지바고' 원고의 국외 반출과 출판 등에 그녀가 관여했으리라는
것은 추측하기 어렵지 않다.

그러한 이유 때문에 올가는 1960년 파스테르나크가 사망한 후 다시 체
포되었다. '닥터 지바고'의 해외 출판에 관여하고, 불법으로 해외 인세를
받은 혐의였다. 그녀는 다시 4년의 수용소 생활을 해야했다. 그녀의 딸 이
리나도 모친의 일에 연루되었다고 해서 2년동안 투옥되었다. 이리나는
1985년 프랑스로 이주해 어머니 올가와 파스테르나크와의 관계에 대한 회
고록을 출판했다.

올가 이빈스카야가 사망한 두 해 뒤인 1997년, 그녀가 수용소에 갇혀있
던 1961년에 당시 최고지도자 니키타 흐루쇼프 서기장에게 보낸, 자신의
석방을 탄원하는 편지가 모스크바의 한 신문에 공개된 적이 있다. 편지는

정부의 기록 보관소에 있던 것이다. 이 편지에서 올가는 그녀가 파스테르나크의 외국인과의 만남을 어떻게 취소시키려고 했는지, '닥터 지바고'의 서방 출판을 지연시키려고 어떤 노력을 했는지 등을 적었다.

이 편지와 관련해 일부에서는 그녀가 KGB에 협력한 증거라고 비판하기도 했으나, 당시 소련인들이 강요 당했던 타협과 배신을 잘 알고 있는 많은 사람들은, 절망 속에 갇힌 여성이 자신을 구하기 위해 취했던 최후의 노력이었을 것이라며 동정적인 입장을 보였다.

닥터 지바고는 1945년부터 1955년까지 약 10년간 쓰여진 것으로 알려져 있다. 작가가 올가를 만난 때는 1946년이었으므로 올가는 작가에게 영감을 불어 넣은 뮤즈가 아니라고 말하는 이들도 있다. 올가를 만나기 전에 이미 작품 속의 라라를 작가가 구상하고 있었다는 주장이다. 별로 의미있는 논쟁거리는 아니라고 본다. 작가가 장기간 집필하는 동안 라라의 이미지 속에 올가가 어느 정도 투영되었을 것임은 짐작하기 어렵지 않기 때문이다.

올가가 아니었으면 '닥터 지바고'는 완성되지 못했을 것

올가는 파스테르나크로 인해 도합 8년간이나 모진 수용소 생활을 했다. 그러나 파스테르나크 가족은 거의가 올가에 대해 매우 나쁜 감정을 갖고 있었다. 가족들은 올가가 파스테르나크를 유혹해 그의 저작물 등에서 이익을 취하려 했다고 생각한다. 파스테르나크 사후 아버지의 노벨문학상을 대리 수상한 예브게니도 마찬가지였다. 그러나 모든 가족이 똑같았던 것은 아니다.

파스테르나크의 증손녀로서 영국에서 작가로 활동하고 있는 안나 파스테르나크는 저서를 통해 "올가 이빈스카야가 아니었다면 '닥터 지바고'가 완성되지 못했을 뿐만 아니라 출판되지도 않았을 것"이라는 주장을 펼쳤다. 그녀가 쓴 책의 제목은 '라라: 닥터 지바고의 탄생에 영감을 준 알려지지 않은 사랑 이야기'. 이 책에서 안나 파스테르나크는 "올가에 대해 더 많이 생각하고 조사할수록 그녀가 보리스 파스테르나크의 삶에서 중추적인 역할을 했다는 것을 알 수 있었다"고 했다. 올가 이빈스카야는 1978년 '시간의 포로'(A Captive of Time)라는 제목의 회고록을 파리에서 러시아어로 출판했고, 책은 곧 영어로 번역되었다. 그녀는 1995년 암으로 83세를 일기로 세상을 떠났다.

3. 작가의 명(命)을 재촉한 노벨문학상

노벨상 수상을 거부할 수 밖에 없었던 이유

살다 보면 전화위복(轉禍爲福)이니 새옹지마(塞翁之馬) 같은 옛말을 자주 들먹이게 된다. 좋은 게 좋은 게 아니고 나쁜 게 나쁜 게 아니라는 얘기다.

보리스 파스테르나크에게 1958년 10월 어느 날 전해진 노벨문학상 수상 소식은 한순간 그에게 큰 놀라움과 기쁨을 주었다. 그가 노벨상 수상을 결정한 스웨덴 한림원으로부터 전화를 받고 했다는 말을 보면 분명 그렇다.

세계 언론에 보도된 파스테르나크의 첫 소감은 "매우 고맙고 감동스럽고 자랑스러우며 놀랍고 부끄럽다"는 것이었다. 하지만 그 얼마 후, 그는 다음과 같이 수상거부 입장을 발표한다.

"이 상이 수여된 의미를, 제가 속해 있는 사회에서 심사숙고해 볼 적에, 저는 제게 수여된 이 상을 거부함이 마땅합니다. 부디 저의 이 자발적인 거부 의사를 불쾌하게 받아들이지 마시길 빕니다."

스웨덴 한림원에 보낸 파스테르나크의 이 수상거부 성명은 왠지 자연스럽게 들리지 않는다. 진심이 아니기 때문이다. 짧은 기간 동안 그는 수상거부를 발표하지 않으면 안 될 만큼 엄청난 비판과 압박을 받았다.

▲ 모스크바 인근 페레델키노 작가촌의 파스테르나크의 집.

노벨문학상은 작품이 아닌 작가에게 수여하는 것이라곤 하지만, 파스테르나크에 대한 수상은 '닥터 지바고'에 대한 수상이나 다름없었다. 소련 체제를 비판한 작품에 대한 노벨상 수상 발표에 소련 정부는 당황했다. 소련작가동맹은 즉각 파스테르나크를 제명했고 이어 그를 국외로 추방해야 한다고 결의했다. 파스테르나크를 그가 바라는 자본주의 천국으로 내쫓자는 것이었다. 당시는 스탈린 격하운동을 벌이던 흐루쇼프 치하였지만, 파스테르나크에 대한 노벨상 수상은 용납할 수 없는 분위기였다.

　위기에 몰린 파스테르나크는 최고 지도자 흐루쇼프에게 "조국을 떠난다는 것은 저에게 죽음을 의미합니다"라는 청원서를 보냈다. 파스테르나크의 노벨상 거부 발표는 그같은 감당할 수 없는 국내의 압력 속에서 나온 비자발적인 것이었다.

▲ 미국의 타임지 표지 얼굴로 나온 파스테르나크

　그런 난리 속에서 그는 2년 후인 1960년 8월 폐암과 심장병으로 페레델키노의 집에서 세상을 떠났다. 병사라고는 하지만 노벨상 수상 발표 후 그에게 가해진 각종 비난, 위협, 압박에 따른 극심한 심적 고통이 그의 명을 단축시켰다고 할 수 있다.

　파스테르나크에게는 첫 부인과 두 번째 부인에게서 얻은 아들이 각

각 하나씩 있었다. 그는 임종 전 아들들에게, 자신이 죽으면 가장 고통받을 사람은 올리샤 즉 올가 이빈스카야라고 말했다고 전해진다. 올가가 파스테르나크 사후 다시 강제수용소로 끌려갔으니 그의 예언은 적중했던 셈이다.

파스테르나크의 노벨상은 구 소련 와해 두 해 전, 작가 사후 29년 만인 1989년에 아들 예브게니가 대리 수상했다.

소설을 집필한 페레델키노 작가촌

나는 파스테르나크가 '닥터 지바고'를 집필한 모스크바 근교 페레델키노 작가촌을 두 차례 방문했다.

파스테르나크 기념박물관이 되어있는 그의 2층집은 별장으로 불리기도 할 만큼 아담하면서 아름다운 외관을 갖고 있다. 부지는 작지 않았다. 집 앞에는 작은 과수밭이 있고, 하늘로 곧게 뻗은 전나무 등 높은 키의 나무들이 집 주위를 감싸고 있었다. 세계 최대의 면적을 가진 나라답게 작가들에게 땅을 여

▲ 작가의 애인 올가 이빈스카야

유있게 나눠준 것 같았다.

파스테르나크가 숨을 거둔 1층의 작은 방에는 그가 임종한 회색 소파가 그대로 있고, 벽에는 데드 마스크가 걸려있다. 푸시킨, 도스토옙스키도 소파에서 임종했다. 과거 러시아에서는 소파를 침대 겸용으로 사용하는 것이 보통이었다고 한다.

집안 벽면에는 많은 삽화들이 걸려있었다. 톨스토이의 작품 '부활'의 삽화를 그린 것으로 유명한 작가의 아버지 레오니드 파스테르나크의 작품들이다. 레오니드는 당대의 유명 화가 중 한 사람이었다. 1층의 그랜드 피아노가 있는 방에는 파스테르나크의 집에 드나들던 유명 작곡가 겸 피아니스트인 라흐마니노프의 초상화가 세워져 있었다. 어릴 적 작가의 장래 희망은 피아니스트였다. 유명 피아니스트 스크랴빈의 지도도 받았다. 그러다 음악에 자신감을 잃고 문학으로 방향을 바꿨다.

소련에서는 30년간 금서

파스테르나크가 처음부터 소설을 해외에서 출판하려고 했던 것은 아니었다. 작품 탈고 후인 1956년 그는 이 소설을 모스크바의 월간지 '노비 미르'에 처음 보냈다. 그러나 잡지사측은 소설이 10월 혁명과 소련 인민정부의 사회주의 건설을 모독한 내용이라며 게재를 거절했다고 한다. '노비 미르'는 올가가 편집자로 일하던 그 잡지사다.

국내 발표와 출판의 길이 막히자 해외 출판이 모색됐고 원고는 이탈리아로 빠져나갔다. 1957년 이탈리아의 펠트리넬리 출판사가 저작권을 사들여 곧바로 이탈리아어 번역본을 내놓았다.

파스테르나크는 저작권을 펠트리넬리 출판사에 넘긴 직후, 이전에 소련의 한 작가가 작품을 국외에서 출판했다는 이유로 처형된 사실을 떠올렸다. 파스테르나크와 앞 이름이 같은 보리스 필냐크가 베를린의 출판사에서 작품을 출간했다가 처형당한 일을 말한다.

파스테르나크는 처음엔, 펠트리넬리 출판사의 사장 지안야코모 펠트리넬리가 이탈리아 공산당원이기 때문에 그 출판사에서 출판했다면 장차 소련 국내에서도 출판이 가능할 것으로 생각했으나 과거의 사례 때문에 불안감도 없지 않았다.

그래서 그는 출판사에, 계약을 해지하고 원고를 되돌려 달라고 요청했다. 그러나 출판사측으로부터 거절당했다. 소련 당국의 압력 때문에 출판사측과 짜고 계약 해지 제스처를 취했던 것이란 얘기도 있다. 소설은 노벨상 수상이 발표된 1958년 세계 18개국 언어로 번역되어 나왔다. 소련에서는 당연히 금서가 되었다.

'닥터 지바고'는 전 세계 독자들에게 엄청난 열광을 불러일으키며 불후의 명작이 되었지만, 정작 작가 본인은 푸시킨 등 러시아의 몇몇 유명 작가들이 자신의 소설 속 인물처럼 불행한 죽음을 맞이했듯이 그렇게 노벨상 수상을 거부하고 고통과 충격 속에 세상과 작별했다.

4. '닥터 지바고'의 라라 역에 소피아 로렌이 캐스팅 됐다면…

소피아 로렌을 염두에 두었던 제작자

영화 '닥터 지바고'의 라라 역에 이탈리아의 유명 여배우 소피아 로렌 (1934~)이 캐스팅 됐다면 어땠을까?

파스테르나크로부터 소설 출판의 권리를 사들인 이탈리아의 펠트리넬리 출판사는 1957년 '닥터 지바고'를 첫 출판한 후 영화제작에 대한 권리를 판다. 국내 출판의 길이 막혀 해외 출판을 시도했던 파스테르나크는 출판은 물론 영화제작 등 그 외의 모든 권리를 펠트리넬리사에 넘겼던 모양이다. 비밀리에 원고를 해외로 보낸 긴박한 상황에서 이것저것 생각할 여지가 있었을리 없다.

▲ 소피아 로렌

영화제작권을 사들인 곳은 이탈리아의 카를로 폰티 프로덕션이었다. 이 회사 사주 카를로 폰티(1912~2007)는 '닥터 지바고'의 라라 역으로 아내인 소피아 로렌을 생각하고 영화제작권을 사들인 것으로 알려져 있다.

소피아 로렌은 카를로 폰티의 두 번째 아내다. 나이 차이가 22살이나 된다. 카를로 폰티는 그녀와 결혼하기 위해 첫 부인과 이혼했다. 소피아 로렌이 유명 배우가 된 배경에는 당대 영화계의 거물 카를로 폰티가 있었다. 카를로 폰티와 소피아 로렌의 결혼은 1957년에 이뤄졌다. 폰티는 갓 결혼한 젊은 아내에게 라라 역을 맡기고 싶었을 것이다. 그런데 그게 마음대로 안 됐다.

그가 고용한 영국 감독 데이비드 린(1908~1991)은 소피아 로렌이 그 역에 적당하지 않다고 생각했다. 소피아 로렌의 강한 인상이 라라 역에 어울리지 않는다고 보았는지 모른다. 그는 미모의 영국 배우 줄리 크리스티(1940~)를 택했다. 데이비드 린은 '콰이강의 다리'(1957), '아라비아의 로렌스'(1962) 등을 제작한, 당시 가장 존경 받는 영화 감독 중 한 명이었다. 폰티도 어쩔 수 없었다.

린 감독은 지바고 역으로는 자신이 감독한 '아라비아의 로렌스'에 출연했던 이집트 출신의 오마 샤리

▲ 데이비드 린 감독

프(1932~2015)를 캐스팅했다. 지바고의 본처인 순종적인 여성 토냐 역은 영국 태생의 헐리우드의 유명한 코미디언이자 영화감독인 찰리 채플린의 딸 제랄딘 채플린에게 맡겼다.

이탈리아-영국 합작으로 만들어진 영화는 파스테르나크 사후 5년 되던 1965년 개봉됐다. 영화의 흐름에 맞추어 여러 곳이 소설과는 다소 다르게 각색 됐지만 '닥터 지바고'는 영상미가 출중한 아름다운 영화로 재탄생했다. 5개 부문의 아카데미상을 수상했고 흥행에도 크게 성공했다.

소피아 로렌이 라라 역을 맡았다고 해도 영화의 맛이 크게 떨어졌을 것 같지는 않다. 그러나 관객들은 줄리 크리스티가 라라의 이미지에 맞고 역할도 잘 소화해 냈다고 평가했다.

영화에서 주인공 지바고의 웃는 얼굴을 좀처럼 보기 어려운데, 린 감독이 오마 샤리프에게 그렇게 주문했다고 한다. 시종일관 심각한 지바고의 표정이 관객들에게 잔상으로 오래 남을 것이라고 말한 것으로 전해진다.

러시아에서 못 찍은 러시아 영화

영화를 당연히 러시아에서 찍었을 것으로 생각하지만, 당시 냉전 상황에서 러시아에 들어 갈 수 없었다. 그래서 주로 스페인, 캐나다, 핀란드에서 찍었다.

캐나다에서는 로키산맥 밴프 인근의 레이크 루이스 기차역과 산맥 위의 빙하지대에서 촬영했고, 고드름이 주렁주렁 달린 소설 속 우랄산맥 근처 바르키노의 얼음집은 스페인의 소리아라는 곳에서 눈 대신 대리석 가

▲ 영화 '닥터 지바고' 속의 지바고와 라라

루와 인공 눈을 뿌리면서 찍었다. 눈 덮인 벌판에서 열차가 달리는 장면 등은 핀란드에서 찍었다.

'닥터 지바고'는 소련에서 한 장면도 찍지 못했지만, 그후 우연하게도 소련 현지에서 촬영된 최초의 서양 영화는 소피아 로렌 주연의 '해바라기'(1970)였다. 남자 주인공 역은 같은 이탈리아 배우 마르첼로 마스트로야니가 맡았다.

프랑스 출신 작곡가 겸 지휘자인 모리스 자르가 작곡한, 발랄라이카 선율이 가슴을 울리는 '닥터 지바고'의 배경 음악인 '라라의 테마'도 유명하다. 'Somewhere My Love'란 제목의 노래로도 유행했다. 앤디 윌리엄스, 프랭크 시나트라 등 유명 가수들에 의해 널리 불렸다. 영화 '아라비아의 로렌스' '사랑과 영혼'의 OST도 모리스 자르의 작품이다.

미 CIA 공작설

파스테르나크의 노벨상 수상과 관련해 꾸준히 나돌고 있는 미 CIA 공작설을 이야기하지 않을 수 없다.

미국 CIA에 이 소설에 대해 알려준 것은 영국의 대외정보기관 MI-6였다고 한다. 당시는 냉전시대여서 체제의 우월성을 경쟁하던 미국과 소련으로 대표되는 양 진영에서는 문화·예술 분야에서도 보이지 않는 전쟁을 치열하게 벌였다. 각국의 공식적인 기관에서 뿐만 아니라 정보기관에서도 그 역할을 수행했다.

아마 영국의 MI-6가 소설의 내용에 먼저 주목했던 것 같다. MI-6는 펠트리넬리 출판사가 원고의 저작권을 사들일 무렵 '닥터 지바고' 원고 전체를 찍은 롤 필름을 미 CIA에 보냈고, 소설의 내용을 검토한 CIA는 이를 소형 문고판으로 만들어 배포하기로 결정했다. 책을 소형 문고판으로 만들기로 한 것은 운반하고 감추기 쉽도록 하기 위해서였다. CIA는 네덜란드의 헤이그에서 유령출판사 이름으로 러시아어 문고판을 은밀히 제작했다. 첫 배포 대상은 1958년 브뤼셀 만국 박람회장을 찾은 소련 방문객들이었다. 박람회가 끝날 때까지 소형 책자 355부가 그들에게 전달되었다고 한다.

이밖에도 책자는 여러 경로로 소련 안으로 흘러들어갔다. 문학 작품에 체제 비판적 내용이 담겨있다고 해서 자기 나라에서 출판되지 못하고 해외에서 출판됐다는 사실은 소련이 문화적으로도 얼마나 억압된 사회인가를 증명하는 것이 되기 때문에 CIA의 작업은 나름의 성과가 있었다.

이같은 소설 배포 작업과 함께 미 CIA가 파스테르나크의 노벨상 수상에도 관여했다는 주장이 지난 수십 년간 제기되어 온 것이 사실이다. 또 노벨문학상을 받기 위해서는 자국어로도 출판이 되어야 하는데 CIA가 만든 러시아어 문고판이 그 역할을 했다는 것이다. 그러나 그러한 주장을 뒷받침할만한 증거는 아직까지 나타난 것이 없다고 한다.

파스테르나크는 '닥터 지바고' 출판으로 갑자기 노벨문학상 수상 대상이 된 것이 아니었다. 그는 1946년부터 시인으로서의 그의 업적으로 두 차례 노벨문학상 수상 후보에 올랐던 인물이다.

스웨덴 한림원은 파스테르나크를 노벨문학상 수상자로 선정한 이유를 이렇게 밝혔다.

"현대의 서정시와 위대한 러시아의 서사시적 전통에 관한 중요한 공적에 대해 이 상을 수여한다."

주로 그의 시 분야의 성취에 대해 말하고 있다. 그만큼 시 분야에서 파스테르나크의 명성이 높았다는 이야기다. 일부러 소설 '닥터 지바고'에 대해 어떠한 간접적 언급도 하지 않았는지 그건 알 수 없다.

5. 톨스토이 소설의 삽화를 그린 파스테르나크의 아버지

예술가 부모의 DNA

어느 한미한 집안에서 이름을 날리는 인물이 나오면 '개천에서 용(龍) 났다'는 말을 하곤 한다. 요즘엔 유전자란 말 대신 DNA(세포핵 속에 들어있는 유전자)란 약어를 많이 쓰지만, 개천에서 난 그 용은 좋은 DNA를 물려받은 운 좋은 후손이다. 우습게 보였던 그 개천이 실은 우수한 DNA를 품고 있었다는 이야기다. 그냥 개천이 아니었던 것이다. 지금부터 하려는 파스테르나크 부자 이야기는 '개천에서 용 났다'는 그런 얘기는 아니다.

'닥터 지바고'를 쓴 노벨문학상 수상 작가 보리스 파스테르나크의 양친

▲ 화가 레오니드 파스테르나크의 자화상 (1916년 이전)

은 모두 유대인이다. 그는 2남 2녀 4남매 중 맏이였다. 아버지 레오니드 파스테르나크(1862~1945)는 당대 러시아의 이름있는 후기 인상파 화가 중 한 사람이었고 어머니 로잘리아 카우프만은 재능있는 콘서트 피아니스트였다. 아버지 레오니드가 '렘브란트와 그의 작품 속의 유대인'이라는 유명한 책을 썼고, 만년에 회고록을 집필했다는 것을 보면 문학적 재능도 그의 DNA 속에 있었던 것이다. 파스테

르나크는 유대인 부모에게서 태어났지만, 아버지가 러시아 정교회로 개종을 했고 그도 어려서 정교회의 세례를 받았다고 스스로 주장함으로써 유대인으로 불리지는 않는다.

파스테르나크의 집은 경제적으로 여유가 있었다. 모스크바에 있던 그의 집에는 저명한 예술인들이 자주 드나들었다. 작곡가 겸 피아니스트인 세르게이 라흐마니노프, 역시 유명한 작곡가이자 피아니스트인 알렉산드르 스크랴빈, 독일 시인 라이너 마리아 릴케, 그리고 당대의 가장 유명한 작가 레프 톨스토이도 방문했다.

기차로 날랐던 '부활'의 삽화

아버지 레오니드는 톨스토이 소설의 삽화를 그린 것으로 유명하다. 레오니드는 톨스토이가 '부활'(1899)을 '니바'(Niva) 잡지에 연재할 때 소설에 들어갈 삽화 30여 장을 그렸다. 모스크바의 화가 집에서 잡지사가 있는 상트페테르부르크까지 그림을 나르기 위해 당시 가장 빠른 교통수단인 기차가 이용되었다. 기차의 차장이 열차에서 근무하듯 정복 차림으로 그의 집 부엌문 옆에 서서 그림을 기다렸다가 가져가곤 했다. 파스테르나크는 그 무렵 만 10살이 채 안됐었지만, 후일 자신의 기억 속에 남아있던 그때의 모습을 자전적 산문집 '사람들과 상황'(1957)에 이렇게 기록했다.

"아버지가 그리신 톨스토이 소설 '부활'의 뛰어난 삽화들은 바로 우리 집 부엌을 통해 페테르부르크로 발송되었다. 소설의 각 장은 완결될 때마다 페테르

▲ 파스테르나크의 아버지 레오니드가 그린 톨스토이 소설 '부활'의 삽화 중 하나

부르크의 출판업자 마르크스가 발행하는 잡지 '니바'에 실렸다. 삽화 작업은 정신없이 진행됐다. 나는 바삐 일하시던 아버지의 모습을 기억한다. 잡지의 각 권이 지체되는 일 없이 정기적으로 출간됐다. 아버지는 매번 기한을 맞추셔야 했던 것이다.

톨스토이는 교정 일을 오랫동안 붙들고 있다가 대폭 수정하곤 했다. 그래서 초기 본에 맞춰 그린 삽화들이 그 이후의 변경본과 맞지 않을 위험이 발생하였다. 하지만 아버지는 톨스토이가 견문을 얻는 장소 — 법정, 호송 중인 죄인의 임시 감옥, 시골, 철도 — 에 대한 스케치를 하셨다. 아버지는 생생한 세부 장면들의 축적, 그리고 톨스토이와 공유하신 현실감 덕분에 그러한 이탈의 위험에서 벗어나셨던 것이다.

서둘러야 하는 상황이었으므로 삽화들은 기회가 생길 때마다 발송되었다. 니콜라옙스카야 철도 급행열차의 차장단이 이 일에 투입되었다. 철도원 외투를 입은 차장이 출발하려는 기차 승강문 옆 플랫폼에서처럼, 부엌 문간에서 기다리며 서 있던 모습은 어린아이였던 나의 상상력을 자극했다. (…) 삽화들은 재빨리 포장된 다음 끈으로 묶였다. 준비가 다 된 꾸러미는 밀랍으로 봉해져 차장에게 건네졌다." (사람들과 상황, 임혜영 옮김, 을유문화사, 2015)

레오니드 파스테르나크는 1862년 생으로 부활의 삽화를 그릴 때의 나이는 37세였다. 그의 그림은 데뷔 시절부터 당대의 유명한 미술품 수집가인 파벨 트레티야코프가 사 줄 정도로 인정을 받고 있었다.

부자(父子) 박물관 같은 페레델키노 작가촌의 집

레오니드가 그린 삽화의 일부가 현재 모스크바 인근 페레델키노 작가촌의 파스테르나크 집 박물관에 걸려있다. 이 박물관은 '닥터 지바고'의 작가 보리스 파스테르나크를 기리기 위한 곳이지만 아버지 레오니드가 그린 부활의 삽화와 그밖의 작품들이 많이 전시되어 있어서 마치 부자 박물관 같은 느낌을 준다. 아버지 레오니드와 가족 사진도 전시되어 있다.

화가는 그의 집에 찾아온 라흐마니노프, 릴케 등 예술인들의 초상화를

▲ 레오니드 작품 '창작의 고통' (19세기)

남겨 놓았다. 릴케는 톨스토이를 만나러 가는 길에 파스테르나크 집에 들렀다. 후에 유럽에 있을 때는 아인슈타인의 초상화도 그렸다.

레오니드는 톨스토이의 영지인 야스나야 폴랴나에 오랫동안 머물면서 톨스토이와 가족들의 모습을 화폭에 담았다. 초상화 뿐 아니라 집필에 열중하는 모습, 가족과 함께 쉬고 있는 장면 등 여러 장의 그림이 남아있다. 톨스토이의 사후 모습도 사망 현장인 아스타포보로 달려가 그렸다. 레오니드 자신의 자화상도 있다. 그는 '부활' 외에 톨스토이의 '전쟁과 평화'의 삽화도 일부 그렸다.

레오니드의 작품 가운데 '창작의 고통'이라는 유명한 그림이 있다. 작가가 하나의 작품을 쓰기까지 어떠한 고뇌의 시간을 거치는지를 화폭에 잘 담았다는 평을 받고 있다. 집필 중 눈을 감고 왼손으로 이마를 짚고 있는 어느 작가의 모습이다. 뭔가를 골똘히 생각하는 듯한 모습과 책상 좌우에 쌓여있는 책들, 재떨이에 잔뜩 들어있는 담배꽁초 등이 작가가 얼마나 작업에 고심하고 있는지를 말해준다.

혼돈 속의 고독한 말년

레오니드는 러시아 혁명 4년 후인 1921년 눈 수술을 받는다며 아내와 두 딸을 데리고 독일의 베를린으로 갔다가 소련으로 체제가 바뀐 러시아로 다시 돌아가지 않았다. 두 아들 보리스와 알렉산드르는 러시아에 남았다. 살다보니 독일도 안전하지 않았다. 레오니드는 1938년 언제 위험이 덮칠지 모르는 나치 치하의 독일을 떠나 딸이 살고 있는 영국으로 건너갔다.

볼셰비키 혁명 후 사회주의 사회로 변한 러시아를 떠나 독일로 갔는데, 독일이 반유대주의이자 전체주의인 나치의 손아귀에 들어가자 영국으로 몸을 피했던 것이다. 그는 영국으로 이주한 이듬해인 1939년 8월, 아내와 사별하는 슬픔을 겪는다. 그뒤 영국도 제2차 세계대전의 전화에 휩쓸렸다. 레오

▲ 레오니드가 그린 톨스토이의 초상화(1908)

니드는 옥스퍼드의 딸 집에서 전쟁을 겪으며 고독한 말년을 보내다 1945년 5월 83세로 사망했다. 아들 보리스 파스테르나크는 부친 사망 이듬해인 1946년 노벨문학상 후보로 처음 거론됐다.

6. 나는 덫에 갇힌 짐승처럼 끝장났다
– 파스테르나크 시 '노벨상' 중에서

음악가의 길을 포기한 이유

파스테르나크는 12살 때부터 유명 피아니스트이자 작곡가인 알렉산드르 스크랴빈(1872~1915)을 흠모하여 음악가가 되기 위한 배움의 길로 들어

선다. 6년간의 김나지움 시절에 그는 이름 있는 음악가들로부터 작곡, 이론 등을 공부했다. 그러나 그는 점점 음악에 자신감을 잃었다. 음악을 벗어난 삶은 상상할 수 없었지만, 마침내 음악가의 길을 포기한다.

파스테르나크는 자전적 산문집 '안전통행증'(1931)에서 음악의 길을 포기하게 된 이유를 이렇게 설명했다.

"내게는 절대 음감이 없었다. 이 말은 무작위로 취한 음의 높이를 알아내는 능력을 일컫는 말이다. 내게 없는 그것은 일반적인 음악 소질과는 아무 관련이 없는 것이었지만, 어머니는 그것을 완벽하게 갖추고 계셨기에 나는 마음이 편치 않았다. 주위 사람들이 생각하고 있었듯이 음악이 나의 전문 영역이었다면, 나는 절대 음감에 신경 쓰지 않았을 것이다. 나는 오늘날의 뛰어난 작곡가들도 절대 음감을 갖고 있지 않다는 것, 또 그것이 바그너와 차이콥스키에게도 없었던 걸로 추정된다는 것을 알고 있었다. 그러나 내게 음악이란 하나의 숭배 대상, 즉 내 안에 있는 가장 미신적이고 희생적인 모든 요소가 집중되어 있는 하나의 극한점이었다. (…) 나는 내게 절대 음감이 없다는 사실을 거듭 떠올리면서 서둘러 나의 의지를 꺾곤 했다."

파스테르나크 자신이 설명한 대로 절대 음감이란 어떤 음을 들었을 때 그 음의 고유의 높낮이를 알아내는 능력을 말한다. 그 절대 음감이 없다는 것이 그가 음악을 포기한 이유였다. 파스테르나크 부모와 가깝게 지냈던 스크랴빈은 절대 음감이 음악가에게 절대적인 것이 아니라고 파스테르

▲ 파스테르나크 가족사진, 아래 맨 왼쪽이 아버지 레오니드, 뒷줄 오른쪽이 큰아들 보리스

나크를 설득했지만, 결국 그는 삶의 방향을 바꾸어 버렸다.

파스테르나크는 1908년 모스크바 대학에 진학해 처음에는 법학을 전공하다가 철학으로 방향을 바꾼다. 1912년에는 독일 마르부르크 대학에 가 여름학기 수업을 들은 후 이탈리아를 여행하고 그해 가을 귀국한다. 이듬해인 1913년 모스크바 대학을 졸업하고 그해 12월 첫 시집 '먹구름 속의 쌍둥이'를 출간한다.

그후 본격적인 시인의 삶을 시작하지만 시만으로는 생계를 유지하기 어려워서 가정교사 생활을 하기도 하고, 1차 대전 중에는 우랄산맥에 위치한 군수품 공장에서 직원 생활을 하기도 했다.

인생 새옹지마

파스테르나크는 10대 때 말에서 떨어져 다리가 부러지는 사고를 당한
일이 있었다. 그 사고 탓에 한쪽 다리가 조금 짧았기 때문에 군 복무를 면
제받았다. 그 대신 군수 공장에서 일을 했던 것이다. '그가 1차 대전 때 총
을 들고 전선에 나갔다면 어떻게 됐을까'하는 생각을 하니 문득 새옹지마
(塞翁之馬)의 고사가 떠오른다.

변방에 사는 새옹이라는 노인의 아들이 말에서 떨어져 절름발이가 되
어 불행하게 여겼는데, 그 뒤에 전쟁이 터졌을 때 새옹의 아들은 장애자여
서 군인으로 끌려가지 않아 목숨을 건졌다는 것이 새옹지마 고사의 내용
이다. 살다보면 화(禍)가 복(福)이 되기도 하고 그 반대의 경우도 많다는 이
야기다. 파스테르나크의 인생에도 화와 복이 계속 엎치락뒤치락 하는 것
을 보게 된다.

▲ 노벨상 수상자로 발표된 1958년의 파스테르나크

러시아 혁명을 이끈 레닌이
1924년에 죽고 그 뒤 스탈린 독재
시대가 오래 계속되면서 모든 지
식인, 예술인들과 마찬가지로 파
스테르나크 역시 시인으로서 창
작 활동에 많은 제약을 받았다.
제약을 받았다는 것은 부드러운
표현이고, 목숨을 보존하기 위한
방법을 찾아야 하는 살벌한 상

황이었다. 파스테르나크가 중년 이후 외국의 시, 희곡 등의 번역 작업에 몰두한 것은 1930년대의 숙청 광풍을 피하기 위한 방편이었다. 스탈린의 고향인 그루지아의 시를 번역한 덕에 스탈린의 명령으로 숙청 대상에서 빠진 것 역시 행운이었다고 할 수 있다.

소설 속의 소련 체제 비판

파스테르나크가 1945년부터 페레델키노 작가촌의 집에서 몰래 집필한 '닥터 지바고'는 스탈린이 죽고 난 후에 세상에 나왔다. 스탈린 시대에 그런 내용의 소설을 쓴 것이 알려졌다면 그는 더 이상 스탈린의 보호를 받지 못하고 처형됐거나 시베리아 수용소로 보내졌을지 모른다.

그러면 파스테르나크는 체제 비판을 목적으로 '닥터 지바고'를 썼을까? 대개의 분석가들은 그렇게 보지는 않는다. 처음부터 정치적 의도를 갖고 쓴 것은 아니라는 것이다. 다만 당시의 시대적 상황을 객관적 시각으로 기술한다면 당연히 비판적 내용이 되지 않을 수 없었을 것이라는 게 일반적인 해석이다.

'닥터 지바고'의 맨 뒤 에필로그를 보면, 소련군 장교 두 사람의 다음과 같은 대화가 나온다.

"나는 농업 집단화가 거짓이었고, 성공하지 못한 조치였다고 생각한다네. 과오를 인정한다는 것은 불가능했어. 실패를 감추기 위해 공포의 모든 수단을 동원해 사람들이 생각하고 판단하는 교육을 금지시키고, 사람들로 하여금 존재하지 않는 것을 강제로 보게 하고, 명명백백한 것의 정반대를 증언하도록 했지. 이 때문에 예조프의 전례 없는 잔인성, 헌법의 원칙에 따르지 않는 선포, 선거 원칙에 기초하지 않은 선거도입이 이루어졌지."

때는 1943년 여름이라고 되어있다. 2차 대전 중이란 이야기다. 소설 속 주인공 지바고가 죽고 한참 뒤인데, 두 장교는 주인공 지바고의 친구들이다.

여기 나오는 예조프란 인물은, 소련 비밀경찰의 수장으로 스탈린의 대숙청을 주도해 악명을 떨친 사람이다. 직함은 내무인민위원부의 장관급 인민위원이었는데, 그 역시도 나중에 숙청 대상이 되어 고문을 받고 총살되었다.

그의 전임자였던 야고다, 또 그의 후임자 베리야도 똑같이 비참한 종말을 맞았다. 독재자의 하수인들의 최후는 늘 그러했다.

비밀경찰을 이끌었던 야고다, 예조프, 베리야 등의 잔인성은 스탈린의 묵인하에 가능했던 것이지만, 스탈린은 적당한 주기로 이들 하수인들을 전격 숙청함으로써 자기에게 쏟아질 비난의 화살을 이들에게 돌리도록 했다. 독재자들이 흔히 구사하는 잔인한 용인술이다. '필요할 때는 쓰고 필요 없을

▲ '닥터 지바고'의 출판이 허용된 후 1990년에 나온 파스테르나크 기념 우표

때는 야박하게 버린다'는 의미의 토사구팽(兎死狗烹)이란 말이 잘 어울리는 역사의 장면들이라고 할 수 있을 것이다.

내가 살인자인가? 악당인가?

1958년 노벨상 수상자로 발표된 후 국내에서 갖가지 비난과 공격으로 극심한 심적 고통을 겪던 파스테르나크는 세상 떠나기 한 해 전인 1959년 깊은 한(恨) 속에 최후를 예감한 '노벨상(Нобелевская премия)'이란 시를 남겼다.

노벨상

나는 덫에 갇힌 짐승처럼 끝장났다.
어딘가에 있을 사람들, 자유, 빛.
그러나 나를 추적하는 시끄러운 소리.
내가 밖으로 나갈 길은 없다.

어두운 숲과 연못 기슭,
스러진 전나무의 통나무.
길은 사방으로 잘려 있다.
무슨 일이 닥치든 상관없다.

내가 무슨 더러운 일을 했단 말인가?

내가 살인자인가? 악당인가?

나는 내 땅의 아름다움을 써서

온 세상이 울게 만들었을 뿐.

거의 무덤가에서 그래도 나는

그때가, 선한 정신이

비겁하고 사악한 세력을 물리칠

그날이 오리라 믿는다.

파스테르나크는 '그날이 오리라 믿는다'며 그렇게 저 세상으로 갔다. 그의 사후 어쨌든 세상은 변했다. 금서였던 '닥터 지바고'는 소련이 해체되기 3년 전인 1988년 공식적으로 소련 국내 출판이 허용되었다.

시기적으로 우연이지만, 파스테르나크가 '닥터 지바고'를 집필하고 있던 바로 그 기간에 후일 러시아인으로 파스테르나크 다음으로 노벨문학상을 받을 인물이 시베리아 수용소에서 모진 세월을 보내고 있었다. 그는 포병 장교 출신의 알렉산드르 솔제니친이다.

파스테르나크가 그의 소설 속에서 차마 하지 못한 이야기들은 그 후 솔제니친에 의해 하나 둘씩 그 어두웠던 시대의 실상을 세상에 드러내게 된다.

제6부

루소와 톨스토이, 그리고 위고

톨스토이의 인생과 작품에 끼친 루소의 영향

십자가 대신 루소의 초상 메달을 목에 걸고 다닌 톨스토이

톨스토이의 정신세계에 18세기 프랑스의 계몽철학자이자 작가인 장 자크 루소(1712~1778)의 영향은 지대하였다. 톨스토이는 자신이 소년 시절에서 청년으로 성장하는 과정에서 감명 받은 책 등을 거론한 일이 있다.

그것은 신약성경 속의 산상수훈이 들어있는 마태복음을 비롯해, 로렌스 스턴의 '센티멘털 저니', 루소의 '참회록'과 '에밀', 푸시킨의 '예브게니 오네긴', 고골의 '죽은 혼', 투르게네프의 '사냥꾼 일기', 찰스 디킨스의 '데이비드 코퍼필드', 레르몬토프의 '우리 시대의 영웅' 등이다. 톨스토이는 이 책들을 열네 살에서 스물 한 살 사이에 읽었으며 많은 감명을 받았다고 했다. 톨스토이는 특히 루소 전집 스무 권을 한 자도 빠짐없이 다 읽었다면서 그가 얼마나 루소에 빠져있었는지에 대해 이렇게 말했다.

"나는 루소를 전부 다 읽었다. 음악 사전을 포함하여 스무 권 전체를 다 읽었다. 내가 루소에게 느끼는 것은 감격 그 이상이다. 나는 그를 경배한다. 열다섯 살 때 나는 익숙한 십자가 대신 그의 초상이 있는 메달을 목에 걸고 다녔다. 그의 저작에 있는 몇몇 구절은 내게 너무도 익숙한 나머지 마치 내가 직접 쓴 것 같았다."

루소와 톨스토이 - 저서로 인한 수난도 닮은 꼴

이처럼 톨스토이는 소년 시절부터 철저한 루소주의자였다. 톨스토이의 작품을 보면 '루소의 영향이 아닐까?'하는 대목들을 적지 않게 만나게 된다. 루소의 저서 '에밀'의 내용이 기독교 교리에 반하는 내용이라고 해서 내려진 체포령 때문에 루소가 국외로 도망을 다녀야 하는 박해를 받았듯이, 톨스토이는 소설 '부활'에서 교회를 비

▲ 루소 초상화

판했다는 이유 등으로 러시아 정교회로부터 파문을 당했다. 톨스토이는 29세 때인 1857년 첫 유럽여행 때 루소의 고향인 제네바를 찾았고 클라렌스라는 레만호의 호반 마을에 두 달가량 머물며 루소의 자취를 찾아보기도 했다.

톨스토이의 '참회록'도 루소로부터 영향을 받았을 것이다. 그런데 루소의 '참회록'은 어린 시절로부터 장년에 이르기까지 그의 일대기적인 성격을 갖고 있으며 반성도 있고 변명도 있는 반면에, 톨스토이의 '참회록'은 성년이 된 이후 그의 감정과 행위에 대한 반성에 기초한 것으로서 참회록적인 성격을 좀 더 갖고 있다고 할 수 있다. 분량은 루소의 참회록이 훨씬 많다.

대신 톨스토이는 말년에 출생에서부터 가족과 자신의 일대기적 이야기를 쓰려고 시도했다. 어딘가 루소의 '참회록' 스타일이다. 일찍 세상 떠난

부모와 자신을 키워준 타치야나 숙모 이야기, 형제들, 부친 니콜라이의 사생아 등 여러 이야기가 들어있다. 죽기 4년 전인 1906년에 '어린 시절의 추억'이란 제목으로 발표되었다. '어린 시절의 추억'은 그가 20대에 쓴 처녀작 '유년시절'과는 다른 것이다.

톨스토이가 작품 속에서 '모유 수유'를 강조하는 것도 루소의 영향이다. 중편 '크로이체르 소나타'에서 주인공은 아내가 아이를 낳은 후 의사의 말에 따르는 것이라며 모유 수유를 하지 않는 데 대해 불만을 나타낸다. 어머니로서의 의무를 저버리는 일이라는 것이다.

루소는 '에밀'에서 아이에게 관심과 사랑을 베풀고 아이를 건강하게 키우기 위해서는 모유를 먹이는 것이 중요하다고 강조했다. 아이는 어머니가 직접 젖을 먹여 키워야 한다는 것이다. 당시 유럽의 귀족사회에서는 아이를 유모에게 위탁해 키우는 것이 보통이었다. 그래서 '아이를 모유로 키워야 한다'는 루소의 이같은 주장은 상류사회에 매우 충격적인 것이었다.

톨스토이는 결혼 후 부인 소피야에게 루소의 이 말을 강조했다고 전해진다. 작품에서도 그러한 생각이 반영되었던 것이다.

톨스토이의 토지사유제 폐지 주장도 루소의 영향

니콜라이 2세 황제에게 토지사유제 폐지 상소를 올리기도 했던 톨스토이의 토지와 사유재산에 대한 생각도 미국의 재야 경제학자 헨리 조지(1839~1897), 프랑스의 피에르 조제프 푸르동(1809~1865) 같은 이들의 영향과 더불어 루소의 영향권에서 벗어나지 않고 있다. 톨스토이는 사유재산은 죄라는 인식 속에 후반 인생을 살았다. 그것이 부부간 심각한 갈등의 원인이 되었다는 것은 이미 말한 바 있다.

루소는 토지의 사유가 인간불평등의 기원이라며 그의 저서 '인간 불평등 기원론'에서 이렇게 주장한다.

> 어떤 토지에 울타리를 두르고 "이것은 내 것이다"라고 선언하는 일을 생각해 내고는, 그것을 그대로 믿을 만큼 단순한 사람들을 찾아낸 최초의 사람은 정치사회(국가)의 창립자였다. 말뚝을 뽑아내고, 개천을 메우며 "이런 사기꾼이 하는 말 따위는 듣지 않도록 조심해라. 열매는 모든 사람의 것이며 토지는 개인의 것이 아니라는 것을 잊는다면 너희들은 파멸이다"라고 동포들에게 외친 자가 있다고 한다면 그 사람이 얼마나 많은 범죄와 전쟁과 살인, 그리고 얼마나 많은 비참함과 공포를 인류에게서 없애 주었겠는가? (인간 불평등 기원론, 최석기 옮김, 동서문화사, 2021)

루소는 "수많은 사람들이 굶주리고 있어 필요한 것도 부족한 상황에서 불과 얼마 되지 않는 사람들에게 여분의 것이 남아돌고 있다는 것은 명백히 자연법에 위배되는 것"이라며, 인간의 불평등과 세상의 범죄와 전쟁의 문제가 모두 토지사유제에 기인한다고 주장했던 것이다.

톨스토이가 두 번째 유럽여행 때인 1861년 벨기에에서 만난 푸르동은 "노동으로 생긴 재산이 아니면 그것은 비도덕적이며 궁극적으로 노동하는 사람들에 대한 도둑질"이라고 했다. 톨스토이가 직접 만나지는 못했지만, 톨스토이의 소설 '부활'에도 그 이름이 여러 차례 나오는 미국의 헨리 조지는 빈부격차의 원인이 되는, 토지 사유로 인한 가진 자의 불로소득을 없애기 위하여 토지 단일세의 도입을 주장한 사람이다. 지가 상승 등으로 인한 이익을 모두 세금으로 거둬들여 토지로 인한 불로소득을 근절해야 한다는 급진적인 주장을 폈다.

톨스토이는 토지사유제를 폐지해야 한다는 상소를 차르 니콜라이 2세에게 올리면서 "정부가 이를 폐지해야 러시아 국민에게 최대의 자유와 행복을 줄 수 있다"고 했다. 니콜라이 2세는 상소를 읽었다는 것을 미하일로비치 대공을 통해 톨스토이에게 알려주면서 그 사실을 발설하지 않도록 했다.

그리고 10여 년 후인 1917년 볼셰비키 혁명으로 차르체제가 무너지고 러시아에 사회주의 국가가 들어서면서 귀족과 지주의 토지는 몰수되어 모두 국가 소유가 됐다. 토지사유제가 일거에 사라진 것이다. 그러나 그것이 인간의 불평등을 해소시켰는가. 1991년 소련이 해체된 후 러시아는 사회주의를 버렸다.

루소 '참회록' 속의 세 가지 후회

루소의 '참회록'은 아우구스티누스(354~430)와 톨스토이(1828~1910)의 '참회록'과 더불어 세계 3대 참회록으로 일컬어진다.

그런데 루소의 '참회록'은 처음부터 죄의 고백을 위해 쓰여진 것은 아니었다. 당초 자서전으로 쓰기 시작한 것인데, 그 속에 지난 인생의 잘못과 후회되는 일들을 비교적 솔직하게 담았다. 그것이 루소 사후에 '참회록'이란 제목으로 출판되어 나왔다. 250년이 지난 지금까지도 많은 독자들로부터 사랑을 받고 있는 저작이다.

루소의 '참회록'을 보면 대표적으로 후회하는 것으로 세 가지가 주로 거론된다. 그 첫 번째는 어린 시절 자신이 한 도둑질을 죄없는 하녀에게 덮어씌운 일이고, 두 번째는 자녀 다섯을 모두 고아원에 버린 일, 그리고 세 번째는 어머니와 다름 없던 바랑부인을 끝까지 돌보지 못한 일이다. 그 세 가지 이야기는 이러하다.

1. 자신의 도둑질을 하녀에게 뒤집어 씌운 일

루소는 어려서부터 약간의 도벽이 있었다. 그는 10대 소년 시절 어느 귀족집의 하인으로 들어갔을 때 이 집의 살림을 맡고 있는 로렌치라는 지배인의 조카 딸 뽕딸 양의 장미색과 은색의 조그만 리본을 훔쳤다. 그냥 그 리본을 갖고 싶었기 때문이었다. 그런데 깊이 숨겨 두지 않아 곧 발각이 되었다. 그 리본이 얼마나 가치있는 것인지는 모르지만, 루소는 그 일로 사람들로부터 "그것을 어디서 가져왔느냐"고 추궁을 당했다. 처음에는 당황해서 어물어물하다가 하녀 마리옹이 주더라고 거짓말을 했다. 루소는 마리옹이 그 리본을 훔쳐서 자기에게 갖다 준 것이라고 죄를 하녀에게 뒤집어 씌웠다. 마치 마리옹이 루소의 호감을 사기 위해 한 짓처럼 거짓말을 한 것이다.

마리옹은 용모도 단정하고 조심성이 많은, 보기만 해도 절로 호감이 가는 처

▲ 루소 조각상

녀였다. 마침내 마리옹이 사람들 앞에 불려왔다. 입회한 사람들 중에는 주인 라 로끄 백작도 있었다. 루소는 이렇게 당시를 기억했다.

마리옹은 어이가 없어서 말없이 나를 보았다. 악마도 90리는 피했을 그 시선에도 나의 잔인한 마음은 굴하지 않았다. 마침내 그녀는 단호하게, 더욱이 침착하게 자기는 그런 짓을 한 일이 없다고 말하고, 나를 정면으로 바라보면서 "가슴에 손을 얹고 잘 생각해 보라. 원한을 살 만한 일을 해본 적이 없는 순진한 처녀에게 그런 욕을 보게 하지 말아달라'고 꾸짖었다. 나는 나대로 비인도적인 철면피로서 끝내 버티며, 한 말을 그대로 고집하며 이 사람이 리본을 주었다고 그녀의 면전에서 우겼다. (…) 나의 단정하는 듯한 강한 말투에 비해 마리옹의 그러한 소극성은 결국 그녀에게 불리했다. (…) 라 로끄 백작이 두 사람을 똑

같이 해고하기로 하고 타이른 말은, "죄를 저지른 사람의 양심이 죄 없는 사람을 위해 충분히 원수를 갚아 준다"는 것이었다." (참회록, 홍승오 옮김, 동서문화사, 2016)

루소는 "(라 로끄 백작의) 그 예언은 적중했다. 하루도 보복의 손길이 늦추어지는 날이 없었다"고 했다. 그후 그의 인생이 힘든 나날의 연속이었다는 고백이다. 그가 살면서 당한 온갖 시련이 그러한 어린 시절의 죄과에 의한 것이라는 참회의 말이다. 루소는 이렇게 말했다.

"그 쓰라린 추억은 지금도 이따금 나를 괴롭힌다. 잠 못 이루는 밤이면 이 가엾은 처녀가 나타나 내 죄를 마치 어제 저지른 듯이 힐책하는 것이 역력히 눈에 보인다."

루소는 왜 느닷없이 그 처녀를 그렇게 모함하게 됐는지에 대해서는 이렇게 변명했다.

"이윽고 그녀가 불려 나오는 것을 보았을 때, 내 마음은 몹시 아팠다. 그러나 많은 사람들이 있었으므로 후회는 쑥 들어갔다. 벌이 무서운 것이 아니라 수치가 무서웠다. 죽음보다, 죄보다, 세상의 그 무엇보다 그것이 무섭다. 땅 밑으로 들어갈 수 있으면 들어가서 질식해 버리고 싶었다. 견딜 수 없는 수치가 모든 것을 눌렀다. 수치는 나를 뻔뻔하게 만들었다. (…) 내가 그 자리에서 도둑

놈, 거짓말쟁이, 중상비방자로 공공연하게 선고받는 공포만이 앞섰다. 완전히 정신을 차리지 못했고 다른 감정은 전혀 없어져 버렸다. 조용히 반성할 여유를 주었더라면 틀림없이 모든 것을 털어놓았을 것이다."

루소는 이처럼 자신이 마리옹에게 죄를 뒤집어 씌운 것은 여러 사람들 앞에서 수치스러움을 당하지 않기 위해서였고, 죄를 시인하여 수치를 당하는 무서움이 자신을 대담하게 만들었던 것이라고 했다.

루소는 그처럼 자기가 저지른 죄로 인해 받은 인상이 너무나도 끔찍해 그후의 인생에서 죄를 범할 듯한 그 어떤 행위로부터도 자신을 지킬 수 있었다고 말했다.

루소의 이야기를 들어보면 정치인들이 뻔뻔스럽게 거짓말 하는 심리가 바로 그런 것 아닐까 하는 생각이 든다.

2. 자식 다섯을 모두 고아원에 버린 일

루소의 교육사상을 담은 '에밀'(1762)에는 다음과 같은 대목이 있다.

"아버지의 의무를 다할 수 없는 사람에게는 아버지가 될 권리가 없다. 아버지는 자기 자식을 스스로 양육하고 교육해야 한다. 빈곤이나 일, 현실 등이 그 의무를 면제해 주지는 못한다. 독자여, 내 말을 믿으라. 정(情)이 있으면서도 신성한 의무를 게을리한 인간에게, 나는 다음과 같이 예언한다. 그런 사람은 자신의 잘못 때문에 눈물을 오랫동안 흘릴 것이다. 그리고 그 고통은 결코 치유

▲ 제네바의 루소가 태어난 집

되지 않는다."

루소는 이처럼 자녀 교육에 있어 아버지의 책임과 의무를 강조했다. 그러나 정작 루소 자신은 자녀 다섯을 모두 고아원에 버린 비정한 아버지였다. 너무나 모순되며 충격적인 이야기라고 아니할 수 없다.

평탄하지 않은 어린 시절을 보낸 루소는 32세 때 그가 머물던 파리의 하숙집에서 하녀로 일하던 23세의 테레즈 바쇠르를 알게 돼 다음 해부터 동거를 시작했다. 테레즈는 수줍음이 많고 겸손한 여성이었다. 함께 살게 되면서 루소는 테레즈에게 '결코 버리지 않겠지만, 결혼도 하지 않으리라'는 것을 일러두었다. 하지만 먼 훗날 두 사람은 정식 결혼을 한다.

루소는 테레즈와 산 처음 육칠 년 동안, 약한 인간으로서 느낄 수 있는 가장 완전한 가정의 행복을 맛보았다고 했다. 동거를 시작한 다음 해인 1746년 첫 아이가 태어났다. 그리고 그 뒤로 네 아이가 더 생겼다. 루소는 다섯 아이를 차례차례 고아원에 보냈다. 테레즈는 처음에는 망설였지만 결국 루소의 뜻에 따랐다. 루소는 '참회록'에서 아이들을 모두 고아원에 보낸 이유를 이렇게 설명했다.

　　"나는 어린 것들을 내 손으로 기를 수 없기 때문에 공교육 고아원에 맡겨 방랑자나 협잡꾼보다도 노동자나 농민이 되게끔 해주면 그것으로 어버이로서의 행위에 배반되지 않는다고 믿고, 자신을 플라톤 공화국의 일원이라고 생각한 것이다. 그 뒤로 몇 번이고 내 마음에 끓어오른 후회가 나의 잘못을 가르쳐 주었다."

　　루소는 첫 아이를 버린 십여 년 후 아이들을 찾으려고 한 적이 있다. 그러나 이름도 짓지 않고 고아원에 보낸 아이들은 한 명도 찾을 수 없었다. 당시 고아원에 맡겨진 아이들은 열악한 환경에서 반수 이상이 죽었다고 한다.

　　루소는 또, "모든 것을 따져 본 뒤에, 아이들에 대해서 가장 좋은 길, 또는 내가 가장 좋다고 믿은 길을 택한 것이었다. 나도 이 아이들처럼 양육됐으면 좋았을 걸 하고 생각했던 것이다. 지금도 그렇게 생각하고 있다"고 썼다. 바로 전에 "후회한다"고 한 자신의 말과도 또 다르다. '참회록' 속에서도 말이 왔다갔다 한다.

루소는 자녀를 버린 데 대해 그때그때 엇갈린 감정을 나타냈다. 그 문제에 대한 루소의 진심을 해석하는 것이 쉽지는 않지만, 인간으로서의 회한이 왜 없겠는가.

3. 어머니와 다름 없던 바랑부인을 끝까지 돌보지 못한 일

루소는 태어난지 9일 만에 어머니를 잃었다. 아버지는 제네바의 솜씨 좋은 시계 장인이었다. 루소는 아버지의 여동생인 수잔 고모에 의해 양육되었다.

루소는 열세 살 때인 1725년부터 약 3년간 제네바에서 한 성질 나쁜 젊은 조각가의 견습공으로 일을 하다가 어느 날 자유를 찾아 무작정 방랑길에 오른다. 루소는 도중에 퐁베르라는 마음씨 좋은 신부를 만나 식사를 얻어 먹었는데, 신부는 루소를 걱정하여 안시에 사는 한 부인 앞으로 편지를 써주었다. 자비심이 깊은 친절한 부인이 그곳에 사는데 한번 찾아가 보라고 한 것이다. 바랑부인(1699~1762)과의 운명적 만남의 시작이었다. 루소는 바랑부인을 처음 본 순간을 이렇게 적었다.

"그녀가 흘깃 나를 보는 순간 나의 놀라움은 얼마나 컸던가. 나는 심각한
얼굴의 늙은 신도를 마음에 그리고 있었다. 퐁베르 신부가 말한 친절한 부인이
란 내 상상으로는 그 이상일 수 없었다. 그러나 나는 우아함이 넘치는 얼굴, 상
냥하고 푸른 아름다운 눈, 눈부실 정도로 밝은 얼굴빛, 또 황홀한 가슴 윤곽을

보았다."

루소는 16세, 바랑부인 29세 때였
다. 바랑부인은 어려서 남작 부인이
되었으나 부부간의 불화로 일찍이
혼자 살고 있었다.

루소는 그때부터 바랑부인의 보
호를 받게 된다. 바랑부인은 루소를
아가(쁘띠)라고 불렀고 루소는 부인
을 엄마(마망)이라고 불렀다. 바랑부

▲ 루소가 바랑부인을 처음 만났을 때(상상도)

인은 루소를 자상하게 보살펴 주었다. 부인은 루소를 신학교에도 보내고 노
래 공부도 시켜주었다. 루소는 바랑부인을 만난 이 시기가 일생에서 자신의
성격을 결정지은 때였다고 했다.

모자지간 같던 두 사람의 관계는 루소가 20세를 넘긴 후 가끔 잠자리도
같이하는 연인의 관계로까지 발전한다. 이에 대해 루소는 이렇게 말한다.

"처음으로 여자의, 더구나 경애하는 여성의 팔에 안긴 자신을 깨달았다. 과
연 나는 행복했던가! 아니 나는 그저 쾌락을 맛보았을 뿐이었다. 입으로는 형
언할 수 없다. 누를 길 없는 슬픔이 그 쾌감 속에 독약처럼 스며있었다. 나는
마치 근친상간의 죄를 범한 듯한 기분이었다. (―) 그녀에게는 환희도 없었고,
후회도 없었다."

바랑부인은 세월이 가면서 차츰 경제적 여유를 잃었다. 독립해 나간 루소는 가끔 자기가 번 돈을 바랑부인에게 보내주기도 했으나 테레즈와 함께 살면서 처가 식구들도 먹여 살려야 했으므로 제대로 돕지 못했다. 언젠가 궁핍해진 바랑부인에게 자기가 살고 있는 곳으로 와서 같이 살자고 제의를 했지만 바랑부인은 받아들이지 않았다.

바랑부인은 1762년 샹베리에서 63세로 사망했다. 루소가 쉰 살 때다. 루소는 "최후의 날까지 엄마를 모시며 어떠한 운명도 같이 했어야 했는데 그렇게 못했다"고 후회하고 자책했다. 루소는 '에밀' 출판 이후 체포령을 피해 도피생활을 하게 되는 등 그가 갖가지 곤경에 처하게 된 것은 바랑부인에게 배은망덕(背恩忘德)한데 대한 지당한 징벌이라고 '참회록'에 썼다. 루소는 바랑부인의 죽음에 대해 이렇게 말했다.

"여자들 중 가장 훌륭한 여자를 잃은 것이며, 어머니들 중에 제일 훌륭한 어머니를 잃은 것이다. 그녀는 이미 늙어 병약과 빈곤의 무거운 짐을 지고 선량한 영혼이 사는 곳으로 가려고 이 눈물의 골짜기를 떠났다. (…) 만약 내가 저승에서 그녀와 다시 만나지 못한다고 생각한다면, 내 빈약한 상상력으로는 내가 기다리고 있는 저승에서의 완전한 행복이란 것은 도저히 생각할 수 없을 것이다."

루소는 바랑부인이 죽은지 16년 후인 1778년 66세로 세상을 떠났다.

루소 '참회록' 속의 몇 가지 이야기

1. 없는 처지에도 남의 집 하인들에게 팁을 많이 줘야 했다

'참회록'에는 루소가 어느 날 유명인사 반열에 올라 사교계를 드나들게 되면서 겪은 에피소드 중 하인들에게 준 팁 이야기가 들어있다. 사회생활에서 어떠한 갈등이 있었는지를 보여주는 흥미로운 일화다. 에피소드라기보다는 인간적인 고백이라고 봐야 할 것이다.

"나는 내 오랜 경험을 통해 불평등한 교제란 항상 약한 편이 손해 보기 마련이란 것을 깨달았다. 내가 속해 있는 계급과는 다른, 부유한 계급의 사람들과 같이 지내려면 여러 가지 점에서 그들의 흉내를 내야만 했다.

그들에게는 하찮은 비용도 내게는 없어선 안 될 금액이고, 더구나 써버리면 파멸을 초래하는 돈이었다. 그들 돈 많은 사람들은 남의 별장에 초대를 받아 가더라도 식탁이나 실내에서 자기 시종에게 시중을 들게 하고 필요한 것이 있으면 하녀를 보냈다. 그래서 그 집의 하인들을 직접 부리는 일도 없고, 그들을 보지도 않으므로 선물도 그때그때 기분 내키는 대로 주면 그만이다.

그러나 하인이 없는 나로서는 그 집 하인들의 눈치만 살피게 마련이다. 욕먹지 않으려면 그들의 비위를 맞춰야 했다. 그들의 주인과 동등한 대우를 받으면 받을수록, 그들에게 주인이 하는 것만큼의 대접을 나도 해주지 않으면 안 되고, 게다가 나는 그들의 시중이 더 많이 필요했으므로 다른 사람이 해주는 것 이상으로 해주지 않으면 안되었다."

▲ 1730년대 중반에 살았던 레 사르메트의 집 (현재는 루소기념관)

요즘 말로는 이렇게 말할 수 있을 것이다. 즉 기사가 운전하는 고급 승용차를 타고 온 돈 많은 손님들은 수행하는 비서들이 있어서 초대받은 집에서도 그들에게 잔심부름을 시키면 됐다. 반면에 루소는 택시를 타고 혼자 간 처지여서 그 집 하인들의 시중을 받아야 했는데, 하인들로부터 대접을 제대로 받으려면 팁이라도 자주 주어야 했다는 얘기다. 하인들이 투덜거리거나 찡그리면 체면을 구기기 때문이다.

또, 집으로 돌아갈 때 루소가 승용마차를 부르려고 하면, 안주인이 자기 집 마차를 타고 가라고 내놓는다. 안주인은 루소에게 호의를 베풀었다고 생각하지만 루소 입장에서는 그렇지 않았다. 하인과 마부에게 주는 팁이 승용마차를 불러서 타고 가는 값보다 더 들기 때문이다.

요즘으로 바꿔 말하면, 택시타고 돌아가려는데 주인이 굳이 자기 집 기사가 운전하는 승용차를 타고 가라고 권하는 경우다. 그럴 때 그 집 운전기사에게 팁으로 주는 돈이 택시 값보다 훨씬 더 들었다는 얘기다.

루소는 그같은 이야기를 하면서, 신분이 다른 사람들과 교제하는 것이 지독한 고통임을 뼈저리게 느꼈다고 했다. 그는 취미에도 맞지 않고 많은 돈을 써야하는 이런 상류사회와의 교제에 중압감을 느끼고 상류사회와 손을 끊을 생각을 한다.

루소는 젊은 시절 현상 논문의 당선으로 어느 날 갑자기 사회적 명사가 되어 상류사회 인사들과 어울리게 되었지만, 신분과 경제적 격차로 인해 늘 심적 갈등을 겪었다. 루소는 "나는 하인방에서 식사 대접을 받기는 싫었지만, 귀족과 겸상하는 것도 바라지 않았다"고 했다. 그는 사교를 위해 상류사회에 드나들어야 하는 그런 생활에서 벗어난 자유로운 삶을 추구했다. 그러나 인생은 그의 뜻대로 흘러가지 않았다.

2. 유명해지자 친구가 없어졌다

루소가 유명해진 것은 38세 때인 1750년 프랑스 디종 아카데미의 현상 논문에 당선된 후부터였다.

루소는 한 해 전인 1749년 감옥에 갇힌 친구 디드로를 면회하러 가는 길에 우연히 <메르퀴르 드 프랑스>라는 잡지에 실린 논문 현상 모집 기사를 보았다. 논문의 주제는 '학문 및 예술의 진보는 풍속을 부패시켰는가, 아니면 도덕적 순화에 기여했는가'였다. 이 주제는 루소에게 논문을 써야겠다는 강한 충동을 불러일으켰다. 루소의 인생을 바꾸는 계기가 된 순간이었다.

그는 후일 "그 기사를 읽은 순간, 나는 다른 세계를 보았다. 그리고 나는 다른 사람이 되어 버렸다"고 회고했다.

그는 열심히 논문을 써 디종 아카데미에 보냈다. 논문의 요지는 예술과 학문의 발전이 영혼을 타락시키고 부패시킨다는 것이었다. 이 논문은 이듬해인 1750년 여름 당선작으로 발표되었다. 논문의 내용은 당시 각종 논쟁을 불러일으켰고, 루소는 일약 유명인사가 되었다.

그때까지 루소는 한낱 평범한 음악가로 알려져 있을 뿐이었다. 어려서부터 음악에 관심이 있었던 그는 오페라 작곡까지 할 줄 아는 음악가였다, <백과전서> 편찬 작업 때 음악 부문을 맡기도 했다. 그러나 명성과는 거리가 멀었다. 악보를 한 페이지에 얼마씩 받고 베끼는 일이 그의 중요한 생업의 하나였다.

그러나 그가 어느 날 디종 아카데미의 현상 논문 당선자로 발표되자 그에 대한 주위 사람들의 시선이 달라졌다. 친구들로부터는 질투의 대상이 되었다. 루소는 "이름이 팔리기 시작하자 이제 친구라는 것이 없어져 버렸다"며 참회록에 이렇게 적었다.

　"나는 우정을 위해 태어났다. 친하기 쉽고, 상냥한 기질은 쉽사리 우정을 길러왔다. 일반에게 알려지지 않고 살아오는 동안은 아는 사람 전부에게 귀여움을 받았고, 단 한 사람의 적도 없었다. 그러나 이름이 팔리기 시작하자 이제 친구라는 것이 없어져 버렸다. 그것은 너무나 큰 불행 가운데 하나였다.

그것보다 더 큰 불행은 이름만의 친구들이 잔뜩 모여들어, 친구라는 이름으로 그들에게 부여된 특권을 단지 나를 파멸로 끌어들이기 위해서만 이용하는 것이었다."

루소는 이처럼 현상 논문 당선자로 유명세를 타기 시작한 후, 2년 뒤 1752년에는 오페라 '마을의 점쟁이'를 성공시켜 음악쪽에서도 유명 인사가 되었다. 루소는 1753년, 디종 아카데미의 '인간에 있어서의 불평등의 기원에 대해서'라는 제목의 현상 논문에 다시 논문을 제출했다. 그러나 이번에는 당선되지 못했다. 하지만 이때 제출한 논문을 토대로 그 뒤에 출판한

▲ 제네바의 루소섬

책이 유명한 '인간 불평등 기원론'이다.

친구들과의 거리가 멀어진 이유

이처럼 루소가 사회적인 명성을 쌓아 가는 동안 친구들과의 거리는 점점 멀어졌다. 루소는 그 이유를 이렇게 설명했다.

"생각컨대 나의 친구들은 내가 단지 책을 내고, 훌륭한 책을 내는 것이라면 나를 대범하게 보았으리라. 왜냐하면 그런 명성은 그들에게도 인연이 없는 건 아니었으니까. 그러나 내가 오페라를 만든 것, 그리고 그 작품이 가져온 빛나는 성공, 그것은 그들로서는 대범하게 볼 수 없었다"

당시 프랑스 상류사회에서는 음악에 대한 관심이 높았다. 루소처럼 논객으로도, 음악가로도 성공한 인사는 사교계에서 당연히 최고의 인기인이 될 수 밖에 없었다. 그래서 루소의 친구들은 글 쓰는 능력에 더해 음악적 재능까지 갖고 있는 루소에 대해 시기와 질투의 감정을 감추지 못했다는 것이다.

친구라고 해도 친구의 성공을 진심으로 축하하는 경우는 흔치 않다는 이야기도 있다. 물론 모든 사람들의 친구 관계를 루소의 예를 들어 판단할 수는 없다. 루소의 경우는 태어나자마자 모친을 잃고 성장기에는 거의 떠돌이 생활을 했으며, 친구들도 어느 정도 사회생활을 시작하면서 사귀게 된 문학이나 음악계의 사람들이었으므로 죽마고우라고 할 친구는 없었다.

대개의 경우 동종업계의 친구의 경우 친구의 성공에 대해 시기와 질투가 더 크게 마련이다. 루소의 이야기를 들어보면 그의 친구들도 이 범주에 속하는 사람들이 아닌가 한다. 그렇지만 우정이 갈라진 책임이 친구들에게만 있다고 볼 수는 없다. '참회록' 속의 친구들 이야기는 루소의 일방적 기록이기 때문이다.

루소는 프랑스는 물론 유럽에서 최고의 명사의 한 사람이 됐지만, 성공에 대한 대가를 톡톡히 치른다. 그는 유명인사가 된 후 죽는 날까지 지속적으로 정치적인 박해와 인간관계에서의 쓰라림을 맛보게 된다.

3. 친구들이 비밀을 지켜줄 것으로 오판하다.

모든 사람은 자기 나름의 비밀을 갖고 있다. 그것은 아름다운 비밀일 수도 있지만, 추한 비밀일 경우가 더 많다.

그 비밀을 혼자 마음에 담아두고 살기도 하지만, 때로는 믿을 만한 친구나 지인에게 실토할 때도 있다. 듣는 사람은 그것이 비밀이라는 것을 알기 때문에 대개는 "다른 사람에게 이야기 안 할테니 걱정 말라"고 한다.

그러나 그같은 비밀이 끝까지 지켜지는 경우는 많지 않다. 이야기하지 않겠다는 사람이 비밀이라며 그것을 또 다른 사람에게 전파하기 때문이다. 더구나 비밀을 털어 놓은 사람과 사이가 벌어지거나 두 사람이 경쟁자 관계가 되면, 그 비밀은 발설한 사람의 최대의 약점이 된다.

1750년 논문 공모에 당선돼 유명인사가 되고, 또 1761년 교육 이론을 담

▲ 루소 동상(제네바)

은 명저 '에밀'을 출판한 후, 루소의 최대의 약점은 젊은 시절 아이 다섯을 모두 고아원에 버린 일이다.

루소는 1745년 하숙집 하녀였던 테레즈와 동거를 시작하면서 이듬해부터 낳은 아이 다섯을 차례로 모두 고아원에 맡겼다. 사실상 버린 것이다. '에밀'을 출판할 무렵 아이들을 찾으려 했으나 한 명도 찾지 못했다. 루소는 아이들을 고아원에 맡긴 것은 경제적으로 어려웠던 시절이어서 다른 방법이 없었다고 후일 '참회록'을 통해 변명하고 후회한다.

루소는 그 일을 일체 비밀에 붙였으나 루소와 사이가 좋지 않았던 장모에 의해 조금씩 주변에 알려졌다. 하지만 소문이 퍼지지는 않았다. 루소는 스스로 가까운 지인 몇 사람에게 그 사실을 실토한 일이 있다. 우정을 믿고 한 이야기였다. 그러나 그 사람들과 사이가 벌어지게 된 후 비밀은 널리 퍼져나가기 시작했다.

참회록에서 루소는 자신의 비밀을 폭로한 사람들에 대해, "우정의 신뢰를 배반하는 것, 갖은 약속 가운데서 가장 신성한 것을 깨뜨리는 것, 가슴 속을 털어놓은 비밀을 폭로하는 것, 속아가면서 여전히 버림받은 뒤에까지 계속 존경하고 있는 친구를 취미 삼아 모욕하는 것, 그런 것은 이미 실수가 아니다. 그것은 영혼의 비열함이며 음험함이다" 라고 했다.

친구들과 관계가 틀어졌더라도 만약에 루소가 영유아 때부터 청년기에 이르기까지의 교육의 원리에 대해 고찰한 책인 '에밀'을 쓰지 않았더라면 그 소문이 그토록 널리 퍼지지는 않았을지 모른다.

'에밀'이 논란이 되고 또 그 책으로 루소의 이름이 더 유명해지자 사람들은, "자기 자식들을 모두 고아원에 보낸 사람이 무슨 교육론을 쓸 자격이 있느냐"고 비난했다.

'에밀'을 보면 아이를 키워보지도 않은 사람이 어떻게 그렇게 세세한 문제까지 연구를 했을까 하는 놀라운 생각이 든다. 가령 영유아 시기를 다룬 '에밀'의 제1권에서는 갓난 아이를 속박하는 배내옷을 입히지 말라는 얘기가 나온다. 그 대목은 이렇다.

"아이가 어머니의 자궁에서 나와 첫 호흡을 하는 순간에 아이를 더 갑갑하게 하는 것으로 또다시 싸매지 않도록 하라. 모자를 씌우거나 띠를 매어주거나 배내옷을 입히지 말라. 옷은 아이가 사지를 자유롭게 움직일 수 있도록 헐렁하고 큼직해야 하고, 아이가 운동하는 데 방해가 될 정도로 무거워서는 안 된다. 아이가 바깥 공기를 느낄 수 없을 만큼 너무 따뜻하게 입혀서도 안 된다."

루소의 '에밀'은 현대 교육학의 기초가 되고 있는 고전의 하나다. 그 저자가 아이 다섯을 고아원에 버린 아버지라는 것은 다시 생각해보아도 놀라운 일이다. 자식을 키워본 적이 없는 그가 그같은 교육의 원리를 다룬 저작을 쓸 수 있었던 것은 젊은 시절 가정교사의 경험이 있었기 때문이다.

'에밀'이 나온 다음 해인 1762년 그의 나이 50세 때부터 루소의 수난이 본격적으로 시작된다. '에밀'은 일부 내용이 비기독교적이라는 이유로 프랑스에서 금서 처분을 받는다. 그와 함께 고등법원은 루소에 대한 체포령을 내린다. 루소는 도망자의 신세가 되어 국외를 떠돌다가 54세 때인 1766년 영국으로 건너간다. 루소는 이때부터 참회록을 쓰기 시작했다. 이 책을 보면 루소의 주위 사람들에 대한 피해의식이 어떠했는가를 잘 알 수 있다.

4. 루소가 말하는 작가(作家)의 태도

루소의 '참회록'에는 작가의 태도에 대해 간략하게 서술한 대목이 있다. 작가의 범주는 글 작가, 그림 작가, 사진 작가 등 전 예술 분야에 걸쳐 있지만, 여기에서 루소가 말하는 작가는 이해하기 쉽게 말해 글 작가라고 할 수 있다.

작가도 당연히 하나의 직업이다. 글쓰기에 생계를 걸고 있다는 이야기다. 그러나 루소는 "작가는 글 쓰는 것을 직업으로 여기지 않을 때만 환영받고 존경받을 수 있다"고 했다. 지금과 루소가 살던 18세기 당시와는 시대와 사회적 환경이 다르므로 루소의 말을 현대의 상황에도 그대로 적용할 수는 없다. 그러나 그가 말하는 의도는 충분히 들어볼 만한 가치가 있다고 본다.

그가 작가의 태도에 관해 말한 대목은 그 10년 전인 44세 때 자신의 이야기를 하는 중에 들어있다. 그는 38세 때 디종 아카데미가 현상 모집한 '학문 예술론'에 당선 된 후 다시 '인간 불평등 기원론'의 성공 등으로 이미 유명인사의 반열에 올라있었다.

▲ 루소(1766)

그래서 그는 자신의 유명세를 이용해 글을 써서 얼마든지 돈을 벌 수도 있었지만, 자신은 그렇게 하지 않았으며 자신의 본래 직업이었던 악보 베끼기를 계속했다고 했다. 루소는 그 이유를 이렇게 설명했다.

"오로지 돈만 벌려고 하면 얼마든지 벌 수 있었다. (…) 그리고 내 펜을 악보 베끼는 데 예속시키는 대신, 전적으로 책을 쓰는 일에 바칠 수도 있었으리라. 이미 명성은 높아져 있었고 그것을 유지할만한 자신도 있었으므로, 오로지 좋은 책을 내는 데만 마음을 쓰고 거기에 작가로서의 잔꾀를 쓸 생각만 있었으면 책을 써서 유복하고 호사로운 생활을 할 수도 있었으리라. 그러나 빵을 얻기 위해 글을 쓴다는 것은 머잖아 자신의 천재를 질식시키며 재능을 죽이는 것이었다. 재능은 펜 끝에 있다기보다는 마음 속에 있는 것으로서, 고상하고 자랑스런 사고 방식만이 재능을 길러 주는 것이다. 어떤 참신하고 위대한 작품도 돈벌이만을 위주로 하는 펜에서는 결코 나올 수 없는 법이다. 돈의 필요 때문에, 또는 돈에 대한 욕심 때문에 펜을 든다면 아마 좋은 작품을 쓴다기보다는 빨리 쓰게 될 것이다. 빨리 쓴 작품으로 성공을 바란다면 나는 여러 가지 음모에 빠지거나, 아니면 유익하고 참된 작품보다는 삼류 작가 밖에 되지 못했을 것이다. 그것은 안 될 말이다. 작가란 글을 쓰는 것을 직업으로 여기지 않을 때만 환영을 받고 존경을 받을 수 있는 것이라고 나는 생각해 왔다."

루소는 자기가 유명해진 뒤에도 악보 베끼기 직업을 버리지 않은 이유는 작가가 돈을 위해 글을 써서는 안 되기 때문이라고 했다. 악보 베끼기는 루소의 평생 직업이었다. 악보 베끼기가 어떤 직업인지 구체적으로는 알 수 없지만, 복사기가 없던 시절에 악보를 똑같이 베끼는 것도 필요했을 것이고, 협주를 할 때는 악기에 따라 악보가 달라져야 했으므로 악보를 베끼는 데도 전문가적인 안목이 필요한 것 아니었나 추측할 뿐이다. 루소가 오페라를 작곡한 재능있는 음악가이기도 했다는 것은 앞서 말한 바 있다.

루소는 악보 베끼기에 대해 "악보 베끼기 직업은 화려하지도 못했고 대단한 벌이도 안 됐지만, 착실한 직업이었다"며, "이런 직업을 택한 내 용기에 대해 일반 사람들도 호감을 갖고 있었다"고 했다. 또, "일거리가 떨어질 염려도 없었고, 착실히 일만 하면 충분히 그걸로 먹고 살 수 있었다"고 설명한다. 루소는 악보 베끼기 일을 65세까지 했다. 죽기 한해 전까지 했으니 평생토록 한 것이다.

루소는 자신의 책이 사람들에게 환영 받지 못할지라도 위대한 진리를 말하는 힘과 용기를 갖기 위해서는 성공을 무시하지 않으면 안 된다고 했다. 즉 성공 여부를 의식하지 말고 글을 써야 한다는 이야기다.

루소는 자신의 직업인 악보 베끼기로 먹고 살 수 있었으므로, 먹고 살기 위해 사람들의 칭찬을 필요로 하지 않았다면서, 그런 생각으로 글을 썼기 때문에 자신의 책이 팔린 것이라고 말하기도 했다. 다시 말해 생계를 글쓰기에 걸고 있지 않았으므로 소신껏 글을 썼고, 그렇게 소신이 담긴 글로 인해 오히려 성공을 거두게 되었다고 말하고 있는 것이다.

빵을 위해 글을 쓰지 않았다는 루소의 이야기는 귀 담아 들을 만하다. 그러나 오로지 글쓰기가 생활의 방편이었던 19세기 러시아의 대문호 도스토옙스키를 비롯해 전업작가들이 들으면 조금 섭섭할지 모르겠다.

5. 루소가 겪었던 페스트로 인한 격리 수용

현재와 비슷했던 과거 유럽의 전염병 격리 수용 방식

우리는 코로나 팬데믹으로 수년간 생각지도 못했던 사회적 불편과 고통을 겪은 후 전염병의 공포를 새삼 느끼며 살고 있다. 역사적으로 전염병 가운에 가장 심각했던 것은 14세기부터 중세 유럽에서 자주 발생해 수많은 인류의 목숨을 앗아간 페스트일 것이다.

페스트가 극에 달했던 1348년에서 1350년 사이의 3년간 유럽 인구 4억 5천만 가운데 3분의 1에서 절반 가량이 사망했다는 기록이 있다. 페스트는 루소가 살던 18세기에도 가끔 발생했다. 루소는 그의 '참회록'에 자신이 페스트로 인해 격리 조치를 당했던 일을 기록해 놓았다.

루소는 31세 때인 1743년, 베네치아에 주재하는 프랑스 대사의 비서로 가게 되었다. 베네치아에 가기 위해 남프랑스 마르세이유에서 가까운 툴롱에서 배를 탔다. 이탈리아 반도의 제노아까지는 배를 타고 이어서 육로로 베네치아로 가는 여정이었다. 당시의 배는 돛이 달린 범선이었지만 그때는 육로보다는 뱃길이 빨랐다.

그런데 그 무렵 이탈리아 남부 메시나에서 페스트가 발생했다. 그 때문에 제노아에 도착하자마자 3주 즉 21일간 금족격리를 받아야했다. 코로나 사태 때 보았던 격리수용을 말하는 것이다. 루소의 기록에 따르면 승객에게는 21일 동안을 배에서 지내든가 격리된 저택에서 보내든가, 선택권이 주어졌다고 한다.

격리 저택은 내부를 꾸미지 못해 그저 벽만 있을 뿐이어서 대부분의 승객들은 배를 택했다고 한다. 그러나 루소는 그나마 산책이라도 할 수 있는 격리 저택을 택했다. 집안에는 침대도, 이불도, 의자도, 몸을 눕힐 한 다발의 짚조차 없었다.

루소가 격리 저택으로 들어가자마자 출입문이 밖에서 튼튼한 자물쇠로 채워졌다. 방에서 방으로, 계단에서 계단으로 마음껏 내 집인 양 돌아다녔으나 어디를 가도 한결같이 쓸쓸하고 살풍경했다. 그래도 루소는 범선보다도 격리 저택을 택한 것을 후회하지 않았다.

그러면 식사는 어떻게 했을까? 루소가 집안에서 보니 칼을 찬 병사 두 사람이 음식을 들고 출입문 안으로 들어왔다. 그러고는 층계와 층계 사이에 음식을 내려놓은 후 식사를 하라는 신호로 종을 울리고 물러갔다. 병사들이 배에서 내려 격리된 승객과 직접 접촉을 피했다는 얘기다.

루소는 그 뒤 제노아 주재 프랑스 사절의 조치로 한주 앞당겨 2주만에 격리 저택을 나올 수 있었다. 루소는 제노아에서 롬바르디아, 밀라노, 베로나 등을 거쳐 베네치아에 도착해 이곳 프랑스 대사의 비서로 일을 시작했다. 그의 비서 일은 대사와의 불화로 1년 만에 끝났고, 루소는 다시 파리로 돌아왔다.

루소의 페스트에 대한 기록은 길지 않다. 그런데 그의 기록을 보면 당시 유럽에서 페스트에 대처하는 모습이 지난 코로나 팬데믹 때 우리나라를 비롯한 세계 각국의 대처 방식과 크게 다르지 않았던 것 같다. 하긴 전염병 대처 방식도 인류가 끊임없이 연구 개발하고 발전시켜 온 것 아니겠는가.

처음 코로나 발생 후 우리나라에서는 코로나가 발생한 국가에서 국내로 들어온 사람들에 대해서는 무조건 2주간 격리 수용 조치를 했다. 격리 수용 시설이 충분치 않아 개별 호텔도 격리 건물로 이용되곤 했다.

그리고 식사를 위해 도시락, 햇반, 식수 등이 격리자들에게 배달됐다. 확진자가 급격히 늘어난 후에는 집에서 자가격리 하고 있는 확진자들에게도 각종 음식 재료를 각 자치단체에서 배달했다.

대규모 전염병은 막대한 인명을 희생시킬 뿐 아니라 많은 사람들에게 회복할 수 없는 피해를 주고 인간의 삶의 방식을 크게 변화시킨다. 코로나 팬데믹 같은 사태가 다시는 재발하지 않기를 바란다.

6. 루소가 살던 18세기 유럽에선 45세부터 노년

우리나라는 지금 너무 오래 사는 것을 걱정하는 초고령 사회가 되었다. 그러나 반 세기 전까지만 해도 회갑 넘겨 사는 것이 쉽지 않아서 회갑은 집안의 커다란 경사였다. 백세 시대인 지금은 60세를 누구도 노인이라고 하지 않는다.

그러면 몇 세부터 노인이라고 할 수 있을까? 2023년 서울시의 조사로는 73세는 되어야 노인이라고 할 수 있다는 결과가 나왔다. 사람들의 인식이 그렇다는 얘기다. 그래서 65세부터 제공하는 지하철 무임승차의 연령을 올려야 한다는 주장이 심심치 않게 논쟁거리가 된다. 노인인구가 계속 늘어 지하철의 적자를 해소하기가 어렵다는 것이다. 단지 그같은 이유가 아

▲ 루소의 최후(그림)

니더라도 노령 인구의 급증으로 인해 앞으로는 노인으로 취급되는 연령이 점차 높아질 수 밖에 없을 것이다.

요즘 유럽도 우리나라와 상황이 같을 것으로 생각하는데, 유럽에서는 18세기만 해도 44-45세 정도면 노인 취급을 받았던 것 같다. 그때는 동서양이 비슷했을 것이다. 루소의 '참회록'은 연대기별로 되어있는데 44세에서 45세 때를 기록한 제9편(1756년 4월~1757년 12월)의 챕터에서 그는 이렇게 적었다.

> "수많은 비참한 불행의 연속 속에서 어느덧 노경에 접어들고 있는 자신을 발견했다. 오늘날까지 내 마음이 갈망해 온 쾌락은 거의 무엇 하나 만족스럽게 맛보지 못하고, 마음속 깊이 간직한 발랄한 감정은 아직도 마음껏 발산해 보지 못하고, …… 벌써 생애의 마지막에 가까운 나 자신을 발견했다."

44-45세의 나이가 생애의 마지막에 가까운 나이라고 했다. 지금의 기준으로 보면 놀라지 않을 수 없는 대목이다. 루소의 말은 이렇게 이어진다.

> "나는 노경의 문턱에 도달하여 참답게 살아 보지도 못하고 죽어 가는 내 모습이 생생히 눈에 보이는 것이었다."

인간은 유한한 존재이며 모두 언젠가는 삶을 마감하게 되지만, 의술이 발달한 현대와 달리 과거에는 삶에 대한 체념 즉 인생의 종말에 대한 생각을 더 일찍이 했다고 할 수 있다.

루소는, "내 머리는 벌써 회색으로 변했으나 피는 끓어 흥분하고, (---) 마흔 다섯 살에 가까운 근엄한 장 자끄(루소)는 갑자기 사랑에 빠진 연인이 되었다"고 말하면서도 "나는 이미 연애할 시기는 지난 것으로 알고 있었으며, 때늦은 정사(情事)가 얼마나 우스꽝스러운지를 너무도 잘 알고 있었다"고 했다. '40중반에 무슨 연애인가'하는 이야기는 이렇게 이어진다.

"청춘 시절부터 실패만 거듭하던 내가 노경에 이르러 그렇게 할 수도 없었다. 무엇보다도 평온을 사랑하는 나는 가정의 풍파를 생각하면 겁이 났다. 테레즈를 사랑하는 내가 이 여자로부터 받은 이상으로 강한 애정을 다른 여자들에 대해 갖고 있다는 것을 그녀에게 보여, 그녀를 슬픔으로 몰아 넣을 수는 없는 것이었다."

루소는 66세에 사망해 당시로서는 평균보다 상당히 더 산 셈이지만, 50세 이후 그의 삶은 고단했다. 루소는 프랑스 혁명의 사상적 기초를 만든 인물로 일컬어질 정도로 천재적인 인물이지만 그의 노후의 삶은 행복하지 못했다.

연관되는 이야기는 아니지만, 21세기에 들어와 의술의 획기적인 발달로 인간의 수명이 대폭 길어졌다고는 해도 노후의 삶이 행복하지 못하다면 장수가 무슨 의미가 있겠는가. 빈곤과 병치레에서 벗어날 수 없는 노후를 맞는다면 장수는 축복이 아니라 재앙이다. 장수가 축복이 되는 삶을 살기 위해서는 젊은 시절부터 차근차근 필요한 준비를 잘 해나가야 할 것 같다.

루소, '참회록'을 사후에 출판해 달라고 유언

루소의 '참회록'은 잘 알고 지내던 네덜란드의 서점주인 레이라는 사람이 자서전을 쓸 것을 권유하면서부터 시작됐다. 자서전 집필을 레이가 처음 권유한 것은 1761년이라고 한다.

루소는 어린 시절부터 평생에 걸친 자신의 기록을 쓰면서, 몽테뉴처럼 자기의 과오를 고백하는 척 하면서 귀여운 결점만을 털어놓아선 안 된다고 생각했다. 그는 과오를 있는 그대로 내보이는 것이 더욱 이익이 될 수 있다고 했다. 여기서 누구의 이익인지는 분명치 않지만, 좋게 보아서 독자의 이익 즉 공공의 이익을 말하는 것이 아닐까 생각된다.

루소는 자기 자신을 그대로 드러내보이기 위해서는 다른 사람도 그대로 보이게 하지 않을 수 없었다며, 참회록 속에 자기 주변의 등장인물들을 있는 그대로 표현할 수 밖에 없었다고 설명했다. 사실 루소의 참회록 속 등장 인물들 가운데는 당사자가 거북해할 내용이 많다. 지금 세상 같으면 '사자 명예훼손'에 해당될 만한 내용이 적지 않은 것이다.

루소는 그래서 이 저서를 그가 죽은 뒤, 또 다른 많은 사람들도 죽은 뒤 세상에 나오게 하겠다고 생각했다. 그래서 더욱 대담하게 자기 고백을 할 수 있었다고 했다. 루소는 '참회록'을 1766년 도피처였던 영국에서 쓰기 시작해 프랑스로 돌아온 후인 1770년 집필 4년만에 완성했다. 그리고 당초 결심대로 생전에 출판하지 않고 사후에 출판해 달라고 유언했다.

그의 유언에 따라 '참회록'은 그가 죽은 지 4년 후인 1782년 제네바에서 제1부가 처음 나왔다. 참회록은 제1부와 제2부, 총 12권으로 나뉘어져 있다. 제네바에서 전체의 절반을 처음 출판한 것이다. 그리고 제2부는 7년 후인 1789년에 역시 제네바에서 나왔다. 그 해에 파리에서도 전체 초판이 네 권으로 나왔다.

빅토르 위고의 '사형수 최후의 날'

살 수만 있다면 종신 중노동형도 좋다

19세기 프랑스 작가 빅토르 위고(1802~1885)의 작품 '사형수 최후의 날'은 그의 나이 27세 때인 1829년에 발표된 작품이다.

작품 속에서 젊은 사형수는 사형 당하는 순간까지도 애처롭게 특사 즉 특별사면이 내려오기를 기다린다. 그가 죽으면 그의 가정에는 늙은 어머니와 아내와 세 살 난 딸이 남게 된다. 사형수는 아무 것도 모른 채 놀고 있을 어린 딸이 가장 불쌍하다는 생각에 가슴이 아프다. 사형수는 사형 당하기 전 잠시 눈을 붙인 사이에 꿈속에서 자기를 찾아온 어린 딸을 본다.

사형을 앞두고 그는 탈옥을 상상한다.

"오! 여기서 탈출할 수만 있다면, 얼마나 힘껏 벌판을 가로질러 줄달음을 칠 것인가! 아니, 달음질을 쳐서는 안 될 게다. 남의 눈을 끌고 의심을 받게 될 터이니까. 그와 반대로, 고개를 번쩍 들고 노래라도 부르며 천천히 걸어가야 할 게다. 울긋불긋한 무늬 있는 푸른 덧옷 작업복 허름한 것이라도 구해 입어야 할 테다. 제법 그럴듯한 변장이 될 것이다. 이 근방 채소 재배인들은 대개가 그런 옷을 걸치고 다니니까 말이다."(사형수 최후의 날, 김붕구 역, 양문사, 1960)

그같은 공상을 해 보지만 문이든 창이든 천장으로든, 탈옥하다가 대들보에 살점을 남길 망정 밖으로 나가야 하는데 방법이 없다. 자기에게는 못

▲ 빅토르 위고 (1876)

하나도 없다. 그래서 그의 상상은 특사로 바뀐다. 최후의 순간까지도 특사
를 기다린다.

　　"아! 사면을 받을 수 있다면! 사면을! 아마 사면될지도 모를 일이다. 국왕이
나를 미워하는 건 아니다. 나는 중노동형을 받겠다. 5년 혹은 20년이라도, 종신
중노동형에 처해도 좋다. 목숨만 살려 주면, 중죄수 같으면 그래도 걷기도 하
고, 왔다 갔다 할 수도 있고, 햇빛을 볼 수도 있지 않은가."

죄수의 집행유예 망상
죄수의 이러한 심리를 정신의학 용어로는 '집행유예 망상'이라고 한단다. 사형 선고를 받은 죄수가 처형 직전까지 집행유예를 받을지 모른다는 망상을 갖는다는 데서 나온 용어일 것이다.

문득 사형장에서 감형돼 목숨을 건진 도스토옙스키 생각이 났다. 사형수였던 도스토옙스키도 처형장으로 가면서 앞의 사형수와 같은 생각을 하지 않았을까. 살아있어야 걷기도 하고 햇빛도 보고 마음 속에 새 희망도 갖지 않겠느냐는 생각을 했을 것 같다.

도스토옙스키의 죄는 독서모임에서 러시아의 전제체제와 차르를 비판하는 비평가 벨린스키의 편지를 읽은 죄였다. 1849년 12월, 사형장에서 처형 되기 직전 황제의 칙령으로 시베리아 유형으로 감형 됐을 때 도스토옙스키는 너무 기뻐서 감방으로 되돌아온 후 큰 소리로 노래를 불렀고 되찾은 생명에 감사하며 추운 겨울날 밤, 뚜껑도 없는 말 썰매를 타고 시베리아 유형길에 올랐다. 도스토옙스키는 사형장에서의 생명에 대한 기적적인 경험 덕에 혹독한 유형생활을 잘 견뎌내고 건강하게 출옥할 수 있었다.

인간은 모두 집행이 연기된 사형수

위고의 소설은 도스토옙스키의 처형장에서의 그 사건보다 20년 전에 쓰여진 것이다. '사형수 최후의 날'에서 사형수는 단두대 앞에서도 끝까지 그러한 기적을 기다렸다. 그는 사면이 내려올지 모르니 형 집행을 5분만 늦춰달라고 사정한다. 자기에게 사면을 내리지 않는다는 것은 말도 안 된다고 생각한다. 그러나 기적은 일어나지 않았다.

"오! 피에 주린 짐승처럼 고함을 지르는 저 끔찍스러운 군중! 내가 그들에게서 벗어날지 누가 알겠는가. 혹시 살아날 수 있을지도 모른다. 혹시 내 특사령이……? 내게 특사령이 내리지 않다니, 그럴 리가 없다!

아! 저 망할 놈들! 놈들이 층계를 올라오는가 보다……. 4시!"

소설은 이렇게 끝난다. 오후 4시에 단두대에서 형이 집행됐다는 얘기다. 이 소설에서 위고는 이 사형수가 젊은 사람이며 라틴어를 말할 수 있을 만큼 공부를 한 사람이라는 것은 밝혔으나 어떤 죄를 저질러 사형수가 되었는가에 대해서는 말하지 않았다. 출판사에서 독자들의 궁금증을 해소하기 위해 그 대목을 첨가해 달라고 위고에게 요청했지만 그는 응하지 않았다고 한다. 이유는 위고가 이 소설을 통해 사형제도가 폐지되어야 한다는 것을 독자가 느끼기를 바랐으며, 그래서 단순한 소설로 읽히기를 원치 않았기 때문이라는 것이다. 다시 말해 어머니와 아내와 딸을 가진 모든 이들이 소설 속의 사형수 즉 주인공 또는 당사자가 될 수 있기 때문이라는 것.

이 소설 주인공의 모델은 자신이 사랑하던 소녀를 죽인 죄로 처형된 루이 울바흐라는 젊은 사형수로 알려져 있다. 울바흐는 1827년 9월 27일 사형에 처해졌고 위고는 그 다음날부터 이 소설을 썼다고 한다. 사형제 폐지를 주장하기 위해서 쓴 것으로 알려져 있다. 프랑스에서 사형제가 폐지된 것은 1981년으로 소설이 나온지 무려 152년이 흐른 후이다.

'사형수 최후의 날' 속에 "인간은 모두 집행이 연기된 사형수"라는 말이 나온다. 물론 위고가 처음 쓴 말은 아니다. 누구나 그 사실을 알고 있지만, 모두가 그것을 평소에 자각하며 사는 것은 아니다. 병이 들거나 노년에 들어서면 자연스럽게 그것을 생각하기 시작한다.

위고 소설 속의 '빵'(Bread)

'레 미제라블'과 '사형수 최후의 날'

위고의 불후의 명작 '레 미제라블'은 작가의 나이 60세 때인 1862년 완성되었다. 과거 우리나라에서는 '장발장'으로 더 널리 알려진 작품이다. 빵을 훔치다 중죄인이 되었던 장발장이 소설의 주인공이다. 장발장과 빵에 얽힌 이야기는 위고의 초기 작품 중 하나인 '사형수 최후의 날'(1829)에 그 원형이 등장한다.

소설 '사형수 최후의 날'에는 단두대에서 사형을 당하게 될 소설의 주인공 죄수가 감방에서 잠시 만난 또 다른 사형수의 이야기를 전하는 대목이 있다. 소설 속의 또 다른 사형수는 여섯 살 때 부모를 잃고 어려서부터 도둑질을 하며 살다가 열일곱 살 때 경찰에 붙잡혀 죄수가 되었다. 그는 15년간 범선에서 중노동으로 형기를 채운 후 서른두 살에 석방됐는데, 막상 풀려났어도 '석방된 도형수(중노동형에 처해졌던 죄수)'라는 노란색 통행증 때문에 모두가 그를 두려워해 아무런 일자리도 얻을 수 없었다. 출소 때 받아 나온 감옥에서의 노동 적립금도 오래 가지 못했다.

▲ '레 미제라블'의 주인공 장발장 삽화

배가 고파진 그는 어느 날 빵집 유리창을 깨고 빵을 훔치다가 주인에게 붙잡혀 이번에는 종신 도형수가 되었다. 평생 중노동을 해야하는 죄수가 된 것이다. 그래서 그는 탈옥을 했다. 탈옥 후 감옥에서의 동료를 만나 역마차, 소장사 등을 터는 살인 강도가 되었다가 다시 경찰에 붙잡혔다. 그것이 그가 사형수가 된 내력이다. 당시 프랑스에서 사형수는 광장에서 공개리에 단두대에서 처형되었다.

빵 절도, 감옥, 중노동, 탈옥 등의 대목에서 많은 독자들은 대번 '레 미제라블'의 주인공 장발장을 떠올릴 것이다.

빵 훔친 죄인 장발장의 19년 옥살이

소설 '레 미제라블'에서 작가는 장발장이 처음 체포되어 중노동을 하는 도형수가 될 때까지의 상황을 이렇게 설명한다.

장발장은 어려서 부모를 잃고 시집간 누나집에서 자랐다. 그런데 누나의 남편 즉 매형이 죽었다. 매형이 죽자 자신이 누나와 일곱 명의 어린 조카들을 부양해야 했다. 몸은 건강했으므로 여기저기서 부지런히 잡일을 해 가족들을 먹여 살렸다. 그런데 혹독하게 추웠던 어느 해 겨울, 도무지 일거리를 찾을 수 없었다. 누나와 조카들이 먹을 빵을 살 돈을 벌지 못했던 것이다.

일요일 저녁, 장발장은 빵집의 유리를 깨고 진열대 위의 빵 한 덩어리를 집어 달아나다가 주인에게 붙잡혔다. 장발장은 야간 가택침입과 절도죄로 5년의 징역형을 선고 받았다. 가족을 먹이려고 빵 한 덩어리를 훔친 죄로 5

년의 중노동형을 선고 받다니, 참으로 가혹한 형벌이었다.

그런데 감옥에 들어간지 4년 째 연말에 장발장은 탈옥했다가 이틀 만에 붙잡혔다. 그 때문에 형기는 3년이 연장됐다. 그 후 다시 몇 차례 탈옥을 시도했으나 번번이 실패했다. 14년의 형이 더해져 도합 19년간 중노동형의 형기를 살고 석방된다. 애초에 빵 한 덩어리 훔친 죄가 점점 불어나 19년을 감옥에서 중노동을 하다가 세상에 나온 것이다. 27세 때인 1796년 감옥에 들어가 46세가 된 1815년 석방됐다고 소설은 설명한다.

'레 미제라블'은 장발장이 형기를 마치고 나오는데서 본격적으로 스토리가 전개된다.

장발장도 앞의 '사형수 최후의 날'에 나오는 또 다른 사형수처럼 '석방된 도형수'라는 노란 통행증 때문에 어느 여관에서도 받아주지 않아 잠잘 곳도 찾을 수 없었다. 그러다가 가톨릭 주교 집의 문을 두드리게 되었다.

주교는 장발장에게 먹을 것을 주고 따뜻한 잠자리를 제공했다. 그럼에도 불구하고 장발장은 밤중에 은그릇을 훔쳐 도망했다. 그러나 멀리 못 가고 헌병들에게 붙잡혀 주교에게 끌려왔다. 주교는 헌병들에게 장발장을 풀어주라

▲ 1879년 영국의 한 잡지에 실린 빅토르 위고의 캐리커쳐

면서 그 은그릇은 자기가 장발장에게 준 것이며, 은촛대까지 주었는데, 그 것은 안 갖고 갔다면서 촛대마저 장발장에게 주어 보냈다. 이 일이 있은 후 장발장은 새로운 인간으로 다시 태어난다.

인간을 바꾸는 것은 관용과 인정

빅토르 위고는 '레 미제라블'을 쓰면서 빵 절도로 사형에까지 이른 30여 년 전에 쓴 '사형수 최후의 날' 속의 그 죄인을 생각하지 않았을까. 그리고 죄인을 더 극악한 죄인으로 만드는 형벌제도보다는 주교가 베푼 것과 같 은 관용과 인정이 인간을 바꿀 수 있다는 것을 소설에서 이야기하고 싶었 을 것이다.

사형제도에 반대했던 위고는 '1829년 소설을 위한 서문(사형수 최후의 날 의 서문)'에 "재판을 하고 처형을 하는 사람들은 사형이 필요하다고 말한다. 우선, 사회 공동체에 이미 해악을 끼쳤고, 또다시 해악을 끼칠 수 있는 구 성원을 떼어내는 것이 중요하기 때문이라고 한다. 그러나 그런 정도의 이 유라면 종신형으로 족할 것이다"라고 썼다.

위고는 또 일벌백계의 이론도 부인한다면서 "본때를 보여줘야 한다. 범 죄인들이 겪어야 하는 운명을 보여줌으로써 그들을 모방하고자 하는 사 람들에게 겁을 줘야 한다고 하지만, 사형집행을 보여준다고 해서 기대하 는 효과가 있으리라고 믿지 않는다. 그것은 민중을 교화시키기는 커녕 민 중의 도덕을 타락시키고 감수성을 말살함으로써, 모든 미덕을 말살시킨다"고 했다.

당시 사형수들에 대한 공개적인 단두대 처형은 기대하는 효과를 거둘 수 없다고 한 것이다.

단두대는 프랑스 혁명 초기인 1792년부터 사용되기 시작해 1939년까지 공개적으로 사용됐다. 19세기 파리에서의 단두대 처형은 유명한 구경거리이기도 했다. 마지막 처형은 1977년에 있었다고 한다. 무려 185년간 사용되었다.

프랑스 부르봉 왕조의 마지막 왕인 루이 16세와 왕비 마리 앙투와네트도 1793년 파리 콩코르드 광장에 세워진 단두대에서 처형됐다. 프랑스 혁명을 주도했던 당통과 로베스피에르도 단두대에서 죽었다. 혁명의 적들을 처형한 그 단두대에서 자신들도 최후를 맞았다.

루소가 감동했던 주막 주인의 인정

　지난 2021년 12월 말, 국내의 많은 언론을 통해 보도되어 보는 이들의 마음을 따뜻하게 한 기사가 있었다. 70대 재미교포가 50년 전 노점상에게 얻어먹은 홍합 한 그릇을 잊지 않고 살다가 서울 경찰청 신촌 지구대에 손편지와 함께 미화 2천 달러를 기부금으로 보내온 일을 말하는 것이다. 편지의 내용은 이렇다.

　"1970년대 중반 저는 강원도 농촌에서 올라와 신촌에 살던 고학생이었습니다. 어느 겨울날 밤 알바를 마치고 귀가하던 중 신촌시장 뒷골목 리어카에서 홍합을 파는 아주머니들을 보았습니다. 저는 너무도 허기가 져서 염치도 없이 그것 한 그릇 먹을 수 없겠느냐고 물었습니다. 돈은 내일 갖다 드리겠다고 했습니다.

　그랬더니 그 아주머니들 중 한 분이 선뜻 자기 리어카에서 뜨끈한 홍합 한 그릇을 서슴없이 퍼 주셨습니다. 그 아주머니에게 너무도 고마웠고 잘 먹기는 했습니다만 그 다음날이라고 제게 무슨 돈이 있었겠습니까?

　이제 제 삶을 돌아보고 청산해가면서 너무 늦었지만 어떻게든 그 아주머니의 선행에 보답해 드려야겠다는 생각에서 부끄러움을 무릅쓰고 이런 편지를 올리게 되었습니다."

이같은 내용과 함께 그분은 지역 내 어려운 분들께 따뜻한 식사라도 한 끼 제공해 달라며 미화 2천 달러 짜리 수표를 동봉했다.

사람은 자신이 한 비열한 행위에 대해 오랫동안 가책을 느끼기도 하지만, 재미교포 그 분은 홍합탕 값을 갖다주겠다는 자신의 약속을 지키지 못한데 대한 미안함과 당시의 따뜻한 인정에 대한 고마운 마음을 반세기나 마음에 새겨 두고 있다가 뒤늦게나마 나름의 선행을 한 것이다.

이 기사를 보면서 문득 루소의 '참회록' 속 한 대목이 생각났다. 루소는 스무 살 쯤에 스위스의 로잔느 지역을 여행하던 중 돈이 다 떨어진 상태가 되었다. 배는 고프고 잠을 자야했기에 무턱대고 어느 주막에 들어갔다. 여기서 주막이란 식사와 잠자리를 제공하는 곳이다.

그는 치를 돈을 충분히 갖고 있는 것처럼 저녁을 주문했다. 식사를 한 후 방으로 들어가 실컷 잠을 잤다. 다음날 아침 식사를 끝내고 주인에게 숙식비가 얼마인지 물었다. 숙식비는 1프랑 정도 됐다. 루소는 (숙박비로) 자신의 조끼를 벗어 내놓았다. 그 돈을 가져올 때까지 조끼를 저당잡아달라고 했던 것이다.

그런데 주인은 그것을 받지 않았다. 주인은, 하찮은 돈 때문에 남의 옷을 벗긴 적은 없으니 조끼는 그냥 입고 가고 언제라도 돈이 있을 때 값을 치르면 된다며 루소를 보내주었다. 루소는 주막 주인의 따뜻한 마음에 감동했다. 루소는 그 뒤 어떤 사람에게 부탁하여 감사의 인사말과 함께 돈을 그 주막에 보냈다.

그리고 15년 후, 루소는 다시 로잔느를 지날 때 그 주막을 찾아가고 싶었다. 그러나 주막과 주인의 이름을 잊어버려 찾지 못했다. 루소는 그것을 참 원통하게 생각했다고 했다. 주인을 만나 그의 친절한 행동을 상기시키고 그의 친절이 헛되지 않았음을 알려 주었더라면 무척 기뻤을텐데라며 아쉬움을 나타냈다.

루소는 '참회록' 속에서 젊은 시절에는 친절하고 인정있는 좋은 사람들을 많이 만났는데 나이 들어서는 그런 사람들을 만날 기회가 드물었다면서 "그런 인종이 없어진 것일까?"하며 그 이유를 생각해 보았다고 했다.

루소는 인종이 없어진 것은 아니고, 과거에 자신이 만났던 사람들과 훗날 자신이 만난 사람들은 계급이 같지 않았기 때문이라고 했다. 루소는 귀족 출신이 아니다. 제네바의 공민이었던 시계공의 아들로 태어나 생후 9일 만에 모친을 잃으면서 어려운 환경에서 성장했다. 그러나 그는 뛰어난 머리와 능력으로 일약 유명인사가 되어 프랑스를 비롯해 유럽의 상류사회 인사들과 어울리게 되었다. 그러므로 그가 젊은 시절에 만났던 사람들과 나이 들어 만난 사람들은 사회적 계급이 다른 사람들이었던 것이다.

루소는 "서민계급 사이에서는 커다란 정열은 어쩌다 느끼게 되지만 자연스런 감정을 느끼는 일은 허다하다. 그러나 상류 계급에서는 그러한 자연의 감정은 완전히 억압되어, 감정의 가면 밑에서 느낄 수 있는 것은 언제나 이기심과 허영심 뿐이다"라고 했다.

루소가 사회적 명성을 갖게 되면서 교류하게 된 상류사회에서는 서민사회에서 느낄 수 있는 자연스러운 인정은 찾아보기 어려웠다는 이야기다.

루소는 18세기 프랑스를 중심으로 한 유럽 사회의 이야기를 하고 있지
만 이같은 서민계층과 상류층의 정서는 오늘날 동서양의 어느 나라, 어느
사회에서도 비슷하지 않을까 생각된다.

'레 미제라블'의 코제트와 정의연의 위안부 피해 할머니들

19세기 프랑스의 대문호 빅토르 위고의 불후의 명작 '레 미제라블'을 보면 어린 소녀 코제트를 맡아 키우는 야비한 여인숙 주인 테나르디에가 코제트가 아프다는 등 갖가지 이유를 대가며 먼 곳에서 아이를 위해 돈벌이를 하는 코제트 엄마 팡틴에게 번번이 큰 금액의 추가 송금을 요구한다.

사실 여부를 확인할 길 없는 엄마 팡틴은 공장 노동일로는 그 돈을 감당할 수 없어서 금발머리를 잘라 팔아 돈을 만들기도 하고 아이가 유행병으로 죽을지도 모른다는 다급한 소식을 듣고는 앞니 두 개를 틀니장사에게 뽑아 팔아 약값으로 보내기도 한다. 나중엔 몸까지 파는 지경이 된다. 코제트는 아프지 않았다. 모든 것은 돈을 뜯어내려는 테나르디에의 술책이었다. 그러다가 팡틴은 자신이 사기 당한 사실도 알지 못한 채 병들어 죽고 만다. 죽기 직전 팡틴은 장발장에게 코제트를 부탁한다. 그것이 우리에게 '장발장'이란 제목으로도 널리 알려진 '레 미제라블' 초반의 스토리다.

2020년 5월 위안부 피해자 이용수 할머니(1928년생)의 기자회견으로 촉발된 윤미향 사태를 보면서 문득 '레 미제라블'의 코제트와 악당 테나르디에가 떠올랐다. 위안부 피해 할머니들이 특정인이나 다중으로부터 돈을 뜯어내는 인질로 이용되었다는 점에서 '레 미제라블'의 그것과 비슷한 느낌으로 다가왔기 때문이다. 윤미향은 1992년 이후 한국정신대문제대책협의회 상임 대표, 일본군성노예 문제해결을 위한 정의기억연대(정의연)의 이사장을 지닌 사람이다.

　이용수 할머니의 기자회견이나 이미 작고한 할머니들이 남긴 기록에서 정의연 이사장이었던 윤미향에 대해 분노를 표시한 첫 번째는 할머니들을 내세워 모금한 돈을 도대체 어디에 썼느냐 하는 것이다. 돈의 행방이 의심스럽다는 것이 논란의 핵심이다. 이용수 할머니는 5월 7일의 첫 기자회견에서 "윤미향은 그동안 제멋대로 했고, 사리사욕 채우러 국회의원 나갔다"고 주장했다. 5월 25일 두 번째 기자회견에서도 이용수 할머니는 "윤미향은 할머니들을 속이고 이용하고, 할머니들 팔아 부정한 짓을 했다"며 벌을 받아야 한다고 했다.

▲ 여인숙에서 청소하는 어린 코제트

　정의연이 기부 받은 대기업의 돈으로 안성에 할머니들 쉼터를 만든다면서 펜션을 주변 시세보다 훨씬 비싸게 사들인 일, 멀고 먼 아프리카 우간다에 김복동(작고한 피해자 할머니 중 한 분) 센터를 건립한다면서 모금한 것, 모금을 오랫동안 윤미향 개인계좌로 받아온 것 등 의혹이 꼬리를 물었다.

　위안부 피해 할머니들을 위한 운동을 시작한 취지는 좋았을 것이다. 그러나 그것이 오랫동안 비판받지 않는 성역이 되면서 변질이 많이 됐다고 본다. 국민의 반일 감정이라는 방패 속에서 윤미향 등은 어쩌면 도덕 불감

증 상태에 있었던 것은 아닐까 하는 생각이 든다. 그녀는 논란 속에서 비례대표로 국회의원에 당선 됐고, 재판이 계속 지연되면서 임기 4년을 다 채웠다. 2024년 현재 2심에서 유죄판결을 받고 상고심을 기다리고 있는 중이다.

사건의 진행을 지켜보면서 가장 한심스러웠던 것은 당시 일부 국회의원이 이 사태의 배후에 친일세력이 있다며 단순 배임 횡령 사건을 친일 대반일 프레임으로 몰고 가려 한 일이다. 우리나라 국회의원의 수준이나 품격이 날로 저하되고 있다고 개탄하는 국민이 많다. 나라가 세계 10위권의 경제강국으로 성장하는 동안 정치는 3류에서 4류로 끝모를 추락을 거듭하고 있다. 잘못된 정치가 잘 성장하던 경제를 뒷걸음치게 하지 않을지 걱정을 아니할 수 없다.

부록

부록1

솔제니친의 '암병동'과 차가버섯

소설 '암병동'을 통해 유명해진 차가버섯

하늘로 곧게 뻗어 오르는 하얀 껍질을 가진 자작나무는 러시아를 상징하는 나무다. 위도가 높은 곳에서 자라므로 시베리아는 물론 러시아 도처에서 광대한 자작나무 숲을 볼 수 있다. 그 자작나무에서 암 치료에 좋다는 차가버섯이 자라난다는 것은 이제는 웬만큼 상식이 되어있다.

우리나라에 차가버섯이 알려진 것은 노벨문학상을 수상한 구 소련의 반체제 작가 알렉산드르 솔제니친(1918~2008)의 소설 '암병동'(1968)이 번역

소개된 1970년대 이후라고 한다. '암병동' 속에 차가버섯 이야기가 자주 나오기 때문이다. '암병동'에서 솔제니친은 차가버섯이 암 예방과 치료의 약재로 알려지게 된 경위를 암환자인 주인공의 입을 통해 이렇게 설명한다.

모스크바 근교 알렉산드로프 군의 한 시골의사가 10년째 그곳에서 근무하다가 특이한 사실을 발견했

▲ 집필 중인 노년의 솔제니친

다. 의학논문에는 암 발병률이 계속 올라간다고 쓰여 있는데, 그 병원에 오는 농민 환자 중에는 암을 찾아보기가 힘들다는 것이었다. 조사를 해 본 결과 그곳 농민들이 찻값을 아끼려고 차가버섯을 끓여 마신다는 것을 알게 됐다.

그래서 차가버섯의 약효에 주목하게 됐다는 것인데, 그 약효를 보기가 그렇게 쉬운 것이 아니란 얘기도 들어있다. "효과를 보기 위해 몇 분을 끓일지, 차가버섯은 얼마나 넣고 끓일지, 하루에 몇 잔을 마시며, 부작용은 없는지 등 알아야 할 것들이 한둘이 아니다"라는 것이다. 환자들 간에 이런 얘기도 나눈다.

"그 버섯이 그렇게 효력이 있다면, 왜 의사들은 치료에 사용하지 않을까요? 왜 약으로 사용하지 않을까요?"

"사용되기까지의 과정이 어려우니까. 누구는 믿지 않을테고, 누구는 인식을 바꾸는 것이 귀찮아서 반대할 테고, 자기의 치료약을 쓰게 하려고 의도적으로 훼방하는 사람도 있겠지. 어쨌든 환자들은 선택의 자유가 없으니까."

수용소 생활 중 암환자가 됐던 솔제니친

솔제니친은 1945년 포병 대위로 근무할 때 친구에게 보낸 편지에서 스탈린을 조롱하고 비난했다는 죄명으로 시베리아 유형에 처해지는 불운을 겪는다. 편지에 스탈린을 빗대어 "콧수염 남자의 판단력에 문제가 있다"는 식으로 쓴 것이 검열에서 발각되었던 것이다. 27세 때다. 강제노동수용소 8

년형과 추방 3년형을 선고받는다. 스탈린 독재 치하에서 가혹한 운명을 맞은 것이다.

그렇게 강제 수용소 생활을 하다가 35세 때인 1953년 덜컥 장암 진단을 받는다. 그 때문에 타슈켄트(현재 우즈베키스탄의 수도)에 있는 병원으로 옮겨져 치료를 받게 되는데 이 때의 경험을 소설화 한 것이 '암병동'이다.

소설 속의 대화는 솔제니친 자신이 암환자로 입원했던 병원에서 환자들과의 사이에 나눴던 이야기가 아니었을까. '암병동'에서는 환자와 의사간에 차가버섯과 관련해 이런 대화도 오간다.

"차가버섯에 대해 어떻게 생각하십니까?"
"어려운 일입니다. 어떤 종류의 종양이 그 버섯에 민감하다는 것은 인정합니다. 예를 들어서 위암 같은 것이지요. 지금 모스크바에서 화제가 되고 있어요. 모스크바에서 반경 200km 이내의 버섯은 모조리 채집되어서 지금은 숲 속에 들어가도 하나도 없다더군요."

우리나라에서도 암 환자들이 많이 찾는 차가버섯은 시베리아와 북아메리카, 북유럽 등 북위 45도 이상 지방의 자작나무에 기생하는 버섯이다. 하얀 자작나무 기둥에 시커먼 숯 같은 모습으로 붙어있다. 구 소련에서는 1951년부터 차가버섯을 본격적으로 연구하기 시작했고, 현재 러시아에서는 암 치료 약재로 공식 인정받고 있는 것으로 알려져있다.

그러면 약효는 얼마나 있는 것일까? 솔제니친이 '암병동'을 쓴 지 반세기

▲ 러시아의 자작나무 숲

가 더 지났지만, 차가버섯의 효능에 대한 구체적 증명은 소설 속 의사의 말처럼 아직도 '어려운 일'로 남아있는 것 같다.

백과사전을 보면, 효능있는 차가버섯에 대해, "수령 15년 이상, 가운데 두께 10㎝ 이상, 수분 함량 14% 이하, 60℃ 이하에서 건조된 1등급만 약용으로 사용하고 나머지는 폐기하거나 차를 끓이는 용도로 쓴다. 여러 가지 물질이 들어있는데, 다른 버섯에 비해 면역에 좋은 성분인 베타글루칸이 많이 함유되어 있다"고 설명하고 있다. "차가버섯을 분말로 먹을 때 60도가 넘는 뜨거운 물에 먹으면 중요한 영양소가 열에 의해 파괴된다"는 주의 사항이 나와있는 제품도 있다.

이는 어느 것 하나라도 충족하지 못하면 효과를 기대할 수 없다는 얘기이기도 하다. 그렇게 까다로운 조건을 지키기가 쉽겠나. 그래서인지 차가버섯 음용 결과에 대한 소문은 암환자들에게도 잘 들리지 않는다.

'암병동'에 나오는 이야기나 이런저런 자료들을 종합해 보면, '차가버섯이 암의 치료에 좋은 것 같기는 한데, 효과가 얼마나 있는지는 정확하게 알 수 없다'는 말로 요약할 수 있을 것 같다. 어떤 약재도 개개인의 체질에 따라 달리 작용하므로 차가버섯도 효과가 있는 사람이 있고 없는 사람이 있지 않겠는가.

　차가버섯 이야기뿐만 아니라, 소련에서는 그 시절부터 암환자를 대상으로 방사선 치료를 해 왔음을 소설 '암병동'을 통해 알 수 있다. 물론 '암병동'은 차가버섯이나 방사선 치료 등 암 치료 방법이나 사례에 대해 쓴 책은 아니다. 암병동을 소재로 구 소련의 각종 부조리와 극한 상황에 처한 인간의 모습 등을 다룬 솔제니친의 체제 고발 작품 중의 하나다.

솔제니친이 기록으로 남긴
6·25 전쟁에 대한 소련의 허위 선전

기차역 스피커에서 들은 6·25 전쟁 소식

솔제니친이 1950년 한국에서 6·25 전쟁이 터졌다는 소식을 들은 것은 그가 한 수용소에서 다른 수용소로 이동할 때였다. 모스크바의 카잔역에서 대기 중일 때 스피커에서 한국에서의 전쟁 소식이 흘러나왔다. 솔제니친은 '수용소군도'에 당시의 상황을 이렇게 적었다.

> "우리는 모스크바 카잔 역의 확성기에서 한국 전쟁이 발발한 것을 알았다. 전쟁 첫날 오전 중에 남한 측의 강력한 방위선을 돌파하고 10킬로미터나 적진 깊숙이 침입하면서도 북한 측은 남한으로부터 습격을 받았다고 주장했다. 아무리 물리를 모르고 전투 경험이 없는 군인이라 할지라도 첫날에 진격한 쪽이 먼저 습격했다는 것쯤은 알고 있다."(수용소군도, 김학수 옮김, 열린책들, 1988)

북한이 남침을 감행하고도 남한이 먼저 공격했기 때문에 전쟁을 하게 되었다고 허위 선전하는 것을 소련의 스피커가 그대로 전달했다는 이야기다. 라디오가 많지 않았던 당시 소련에서는 뉴스를 그처럼 곳곳의 스피커를 통해 대중에게 들려주었다.

솔제니친은 한국전쟁 발발 후 국제 연합군이 소집됨으로써 스탈린의

전격작전은 실패로 끝났다고 했다. 전쟁 수
십 년 후 각종 자료의 공개로 6·25 전쟁이
스탈린의 승인하에 김일성이 일으킨 전쟁
임이 분명하게 밝혀졌지만, 솔제니친은 이
미 그의 책 속에 북한군 남침의 배후는 스
탈린이라고 못을 박은 것이다.

▲ 수용소 시절의 솔제니친

북한은 지금도 6·25가 북침에 의해 시작
된 전쟁이라고 주장하고 있고, 당시 북한을
직간접으로 지원함으로써 사실상 북한의
동맹국이나 다름없던 소련과 중국은 북한
의 북침 주장을 그대로 자국민들에게 전달했다. 전쟁을 함께 모의한 공동
정범이니 자국민들을 대놓고 속일 수 밖에 없었을 것이다. 솔제니친의 말
대로 '첫날에 진격한 쪽이 습격한 자'라는 것은 아무리 세상 물정을 모르
는 사람일지라도 알 수 있는 일 아닌가.

모든 나라는 전쟁에서 이기기 위해서 온갖 심리전을 다 동원한다. 대내
외적 선전을 위해서는 전쟁을 하는 명분이 중요하다. 북한은 남침 전에 이
미 '남한 측의 공격으로 전쟁을 하게 됐다'는 선전 시나리오를 만들어 놓
았던 것이다.

공산주의자들의 끊임 없는 속임수

어떤 전쟁도 단독으로는 어렵다. 북한의 김일성은 중국공산당이 제2차

세계대전 종전 후 내전을 통해 국민당 정권을 대만섬으로 몰아내고 1949년 중국을 통일한 것처럼 남한을 공격해 한반도를 통일하겠다는 야심으로 남침을 계획했다. 그리고 공산 종주국이었던 소련의 스탈린에게 최종 승인을 얻어낸 후 남침을 감행했다.

한국은 3일만에 수도 서울을 점령당하고 낙동강 전선까지 후퇴했다가 그해 9월 15일, 유엔군과 국군의 인천상륙작전으로 서울을 탈환하고 압록강까지 진격해 마치 통일을 눈앞에 둔 듯했다. 이처럼 전세가 역전되자 소련의 스탈린은 중국의 모택동을 설득, 중공군이 대대적으로 개입하게 된다. 총 병력 약 240만 명 이상이 투입되었다고 한다. 이른바 인해전술이다. 중국은 당시 참전한 것은 정규군인 중국인민해방군이 아니고 의용군인 중국인민지원군이라고 하지만 그 또한 국제관계를 의식한 속임수일 뿐 그게 그거다. 아무튼 중공군의 대공세로 국군과 유엔군은 1951년 1월 4일 서울을 다시 포기하고 퇴각하게 되는데 그것을 1.4 후퇴라고 부른다. 국군과 유엔군은 그로부터 2개월 후인 3월 중순 서울을 재수복하였다.

북한은 지금 핵무기를 가지고 남한을 대놓고 위협하고 있다. 핵 위협은 엄연한 현실이 되었다. 북한은 그동안 남한과 서방측을 지속적으로 기만하면서 비밀리에 핵무기를 완성시켰다. 공산주의적 정치 수단의 본질은 속임수다. 솔제니친은 스피커에서 나오는 6·25 전쟁 소식을 듣고 그 속임수를 금세 간파했다. 공산주의와 좌파에는 진실이 없다는 것을 솔제니친은 자신의 책 속에서 일관되게 지적하고 있다.

솔제니친의 '수용소군도' 속 재봉틀과 우리집 재봉틀

"재봉틀을 반드시 가져가시오"

러시아의 노벨상 수상 작가 솔제니친의 '수용소군도'는 1,2,3부로 나뉘어져 있는데, 우리말 번역으로는 전체 6권에 이른다. 한 권당 거의 400쪽이 더 되므로 6권을 모두 합치면 2400쪽이 넘는 방대한 저작이다.

마무리 부분이 되는 번역본 6권에서는 제6부 유형과 제7부 스탈린 사후를 다루고 있는데, 연해주에 살던 우리 동포 강제이주에 대한 이야기가 제6부 속 '민족의 강제 이주'란 제목의 챕터 안에 담겨있다.

스탈린은 집권 시절 한국인을 포함해 여러 민족들을 강제이주시켰다. 많은 경우 민족집단 전체에 스파이 혐의를 뒤집어 씌웠다. 연대책임 형태의 징벌로서 강제이주라고 하지만 솔제니친은 그것을 일종의 인종청소의 하나로 보았다. 체첸인들의 경우, 제2차 세계대전 중 강제이주 과정에서 전 민족의 3분의 1가량이 죽었다고 하니 그러한 분석도 무리는 아니다.

나는 '민족의 강제이주' 부분을 읽다가 한 대목에서 깜짝 멈춰 섰다. 눈에 번쩍 뜨이는 단어가 있었기 때문이다. 그 대목은 다음과 같다.

"어느 가족(75세의 할머니, 50세의 어머니, 18세의 딸, 20세의 아들)을 강제 이주시키고 있던 한 소위가 이런 충고를 했다. '재봉틀을 반드시 가져가시오!' 누가 그런 생각을 할 수 있었을까! 후에 이 가족은 이 재봉틀 덕분에 굶지 않고 생활

▲ 중년의 솔제니친

할 수 있었다."

이 대목은 스탈린 통치 시절이었던 1940년대 후반 발트인들을 시베리아로 강제이주 시킬 때의 이야기 중에 나온다.

발트인들이란 지금 발트 3국으로 불리는 에스토니아, 라트비아, 리투아니아 사람들을 말한다. 연해주의 한국인들을 카자흐스탄 등으로 강제이주 시킬 때는 그곳에 살고 있던 17만 명 전체를 보냈다. 발트인들의 경우 민족 전체를 이주시킬 수는 없었다. 그래서 소련에 적의를 갖고 있는 자, 부유한 농민, 민족의 핵심이 되는 자들을 이주 대상으로 삼았는데 그 수도 적지 않았다. 당시 어느 역에는 에스토니아인들을 실은 철도차량이 52량이나 되었다는 기록도 있다.

6·25와 우리집의 재봉틀

재봉틀이란 단어가 내 눈에 확 들어왔던 것은 과거 1950년 6·25 전쟁 기간에 우리 가족이 북에서 피난 나올 때 가져온 유일한 것이 재봉틀이었기 때문이다. 말이 피난이지 사실은 탈출이었다.

2021년 1월에 세상 떠나신 어머니는 돌아가시기 며칠 전에도 당시 황해도 연안 해변에 배를 갖고와 기다리고 있던 아버지가 생각난다고 하셨다. 어머니의 인생에서 그날은 자칫하면 가족 전체가 죽음을 맞이할 수도 있는 운명의 날이었기 때문이다. 당시 그곳은 인민군 치하였다. 실제로 우리 가족이 빠져나온 다음 날 나오던 사람들은 도중에 발각되어 모두 죽었다고 한다.

나는 6·25 종전 이후 태어났으므로 그때는 세상에 없었다. 황해도 연백의 연안읍에 살던 우리 가족은 중공군의 개입으로 국군과 유엔군이 다시 후퇴를 했던 1951년 1.4 후퇴 때 남쪽으로 피난을 가지 못했다. 집과 전재산을 두고 피난 가는 일이 쉬운 일이겠는가. 그러는 사이 남과북이 38선 일대에서 일진일퇴를 거듭하면서도 휴전선이 서서히 고착되어 가고 있었다.

그러던 그해 1951년 12월 초, 전쟁 전 남한에 내려가 있던 아버지가 인편에 쪽지를 어머니께 보냈다. 쪽지의 내용은 "이번에 나오지 못하면 영영 못 볼지 모르니 저녁 해질 무렵 어느 쪽 해변으로 나오라"는 것이었다. 그리고 "재봉틀만 있으면 먹고 살 수 있으니 다른 것은 다 그대로 두더라도 재봉틀은 꼭 챙겨나오라"고 적혀있었다.

당시 스물한 살이었던 어머니는 아침 밥을 짓다가 부엌에서, 남북을 몰래 왕래하던 이른바 안내자로부터 쪽지를 받았다. 안내자는 연안 사람으로 가족들이 전부터 알고 있던 이였다. 신 씨 성을 가진 분이었는데 나도 어릴 때 서울에서 그 분을 뵌 적이 있다. 어머니는 그 쪽지를 받은 아침부터 하루 종일 덜덜 떨었더니 집을 떠나야할 저녁 때엔 다리에 알이 배어 아팠다고 했다.

그 때 북에 남아있던 우리 가족은 할아버지와 할머니, 어머니, 그리고 돌이 채 안 된 누나가 있었다. (*1951년 2월 생이었던 누나는 미군의 폭격을 피해 방공호에 있을 때 동네 할머니가 준 고구마를 먹고 경기를 일으켰는데, 전쟁 통에 치료를 제대로 못해 결국 반신불수가 되고 말았다. 23세에 세상을 떠났다.)

탈출 과정

가족이 모두 집 떠나는 것을 이웃이 눈치 채면 안 되므로 부엌 아궁이에 불을 지펴 굴뚝에 연기가 나오도록 한 상태에서 한 사람씩 집에서 나왔다. 어머니는 이웃 동네 마실 가는 것처럼 보이기 위해 누나를 등에 업고 나왔고, 할아버지와 할머니도 시간차를 두고 집을 나섰다. 가는 방향을 서로 달리해 동네 밖으로 나온 후 해변으로 가는 중간 어느 지점에서 만

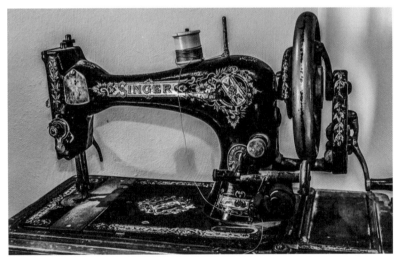

▲ 옛 싱거 미싱

나기로 했다. 재봉틀은 할머니가 머리에 이었다.

어머니가 먼저 약속장소에 도착해 보니 할아버지와 할머니가 논두렁 길을 따라 오고 계셨다. 식구들이 만났을 때 갑자기 누나가 울기 시작했다. 경비병에게 발각 되면 끝장이다. 할머니가, "우리 가족 다 죽이려고 우느냐!"며 어머니에게 아기를 받아 달래면서 모두 길 옆 낮은 곳에 숨었다. 아기가 울음을 그치자 할머니는 어머니에게 "아이는 내가 업을테니 재봉틀은 네가 이거라" 하셨다. 그리곤 약속 장소로 다시 발길을 재촉했다.

다행히 도중에 발각되지 않고 어둠이 깔리기 시작한 해변에 다가가니 멀리 배와 그 앞에 나와있는 아버지가 보였다. 아주 작은 배는 아니었다. 긴장 속에 반가움을 나눌 겨를도 없었다.

아버지가 "빨리 갑판 아래로 들어가라"고 했고 배는 바로 출발했다. 얼마 후 연안 바로 건너편에 있는 교동도에 도착했다. 남한측이 점령하고 있던 강화도 옆 최북단의 섬 중 하나다.

개도 짖고 닭도 울더라

어머니는 섬에 도착하니, "개도 짖고 닭도 울더라"고 하셨다. 전쟁 중 남북한의 분위기가 얼마나 달랐는지 말해주는 말씀이다. 인민군 치하의 북쪽은 개 짖는 소리도 닭 우는 소리도 들리지 않을 정도로 분위기가 나빴다는 이야기다. 어머니의 그 한마디가 바로 우리 가족이 모든 것을 버리고 월남한 이유가 아니었을까 한다.

우리 가족은 교동도에 한 이틀 머물다가 강화도를 거쳐 인천으로 가서 그곳에 먼저 피난와 살고 있던 큰 이모댁 곁에 살다가 그후 서울로 이사했다. 할아버지는 월남한 지 1년 남짓 후인 1953년 초 서울에서 돌아가셨다.

재봉틀은 오랫동안 우리 가족의 생계 수단이 되었다. 내가 결혼할 때인 1983년까지도 그 재봉틀이 집에 있었는데, 그후 이사 다니면서 없어지고 말았다.

나는 중학 시절 등산을 시작하면서 무릎 아래까지만 내려오는 등산용 바지를 직접 재봉질해 만들어 입었던 기억이 있다. 기존 바지의 아래를 잘라 만들었다. 알프스 바지라고 했던가? 아랫단을 좁힌 7부 바지다. 그 때는 산에 다니는 사람들 사이에 그런 바지가 유행이었다.

재봉틀은 곡선이 부드러운 검정색 싱거 미싱이었다. 발로 발판을 밟아 미싱을 돌렸다. 그 재봉틀이 지금까지 남아 있다면 나의 아들들에게 집안의 유물로 오래 보존하라고 했을 것 같다. 인터넷에 찾아보니 싱거 미싱은 미국의 아이작 싱거가 1851년 발명한 최초의 실용적 재봉틀이었다고 한다. 지금도 오랜 역사를 자랑하며 우리나라를 비롯, 세계적으로 판매되고 있다.

몇 년 전 몽골 여행 중 어느 유목민 게르에 들렀을 때 과거 우리집에 있던 것과 비슷한 모양의 검정색 재봉틀이 놓여 있는 것을 보고는 반가운 마음이 들었던 적이 있다. 솔제니친의 '수용소군도'가 옛날 우리집 재봉틀에 대한 기억을 다시 떠올려 주었다.

부록4

타클라마칸 사막과 혜초의 왕오천축국전

살면 살수록 내가 아는 게 별로 없다는 것을 점점 더 깨닫게 된다. 경험 없이는 알 수 없는 세상 일도 너무나 많다. 세상에는 자기의 상식과 다른 일도 허다하게 벌어진다. 상식은 지역과 환경에 따라 다르기도 하고 변하기도 하므로 자기의 상식만이 맞다고 고집해서는 안 될 것 같다.

2024년 1월 중국 신장성에 있는 타클라마칸 사막에 갔었다. 신장성은 두 번째지만 타클라마칸은 처음이었다.

타클라마칸 사막의 면적은 33만㎢로 한반도의 1.5배 정도 된다. 사막의 기준이 여러 가지지만, 모래사막으로는 세계에서 사하라 사막에 이어 두 번째 크기다.

1월의 신장은 추웠다. 나는 사막 속의 꽁꽁 얼어붙은 타림강 위를 여러 차례 거닐었다. 타림강은 타클라마칸 사막 북부를 가로질러 흐르는 강이다. 타림강은 길이가 2100km에 이르는 큰 강이다. 우리나라의 압록강의 길이는 790km, 한강은 490km다. 비교해 보면 타림강이 얼마나 길고 큰 강인지 짐작이 가실 것이다. 북쪽의 천산산맥과 서쪽의 파미르고원, 남쪽의 곤륜산맥에서 발원한 타림강은 커다란 물줄기를 이뤄 사막을 한참 흐르다가 사막 동쪽에서 사라진다. 그런 강을 내륙강이라고 한다. 강물은 바다로 흘러 간다는 우리의 일반적 상식에는 맞지 않지만, 엄연한 사실이다. 갈릴리 호수를 지나 사해로 흘러들어가서 끝나는 이스라엘의 요단강도 내륙

▲ 타클라마칸 사막과 호양목

강이다.

　그같은 타림강 이야기를 일행과 나누던 중 한 분이, "이렇게 큰 강이 사막 속으로 사라진다니 믿어지지 않는다"고 했다.

　하긴 강이 모래에 스며들 듯이 사라지는 것은 아니다. 다른 강들과 달리 하류로 갈수록 강물이 차츰 줄어들면서 끄트머리에 있는 종착지 호수로 흘러들어간 후 더 이상 나아가지 않는 것이다.

　나는 사진작가들과 함께 타클라마칸 사막에 갔는데 일행 중에는 타클라마칸과 호양목(胡楊木)에 매료되어 서른 여섯 번이나 갔던 분도 있었다. 사진작가들은 사막 속을 흐르는 타림강과 주변의 호수들, 사막의 영웅나무로 불리는 전설의 호양목, 특히 겨울철에는 호양목과 물결 무늬 사막 위에 내리는 상고대(서리꽃)의 매력에 끌려 한국보다 더 추운 그곳을 찾는다고 했다. 호양목은 천년불사(千年不死) 즉 천년을 죽지 않고, 천년부도(千年

不倒) 즉 천년을 쓰러지지 않으며, 천년불후(千年不朽) 즉 천년을 썩지 않는다는 끈질긴 생명력을 가진 아름다운 나무다.

하지만 여행에서 나는 내심 소설 '서유기'의 모델이 됐던 당(唐)의 현장 법사(602~664)나 신라의 혜초 스님(704~787), 그리고 고구려 유민 출신의 당나라 장수 고선지 장군(? ~755)의 발자취가 남아있을 그곳의 환경과 지형에 더 관심이 있었다.

중국 신장위구르자치구의 주도인 우루무치에서 남쪽을 향해 출발, 나무 한 그루 없는 천산산맥 고갯길을 한참 넘어 타클라마칸 사막이 있는 남쪽으로 들어서니 갑자기 끝없는 광야가 펼쳐졌다. 도로는 잘 닦여 있었다. 도로 양쪽 벌판은 염분이 너른 땅위에 드러나 있어 마치 눈이 내린 듯 했다. 가이드의 설명을 듣지 않았더라면 눈으로 착각했을 것이다.

우리의 목적지는 사막 북쪽 타림강 가까이의 룬타이. 우루무치에서의 거리는 680km, 소요시간은 8시간. 옛날 같으면 한달 넘게 걸리는 거리다. 도로 주변에 인가가 자주 보이지 않았다. 도보로 간다면 어느 구간에는 종일 걸어도, 사람이고 민가고 만나지 못할 것 같았다. 지금도 이러할진대 과거엔 어땠을까? 불경을 얻기 위해서, 또는 구도의 길이라곤 하지만, 이런 막막하고 두려운 길을 어떻게 갔을까? 잠은 어디서 자고, 밥은 어떻게 먹었을까?

들어가면 나올 수 없다

사막은 경계가 없다. 어디부터가 사막인지 알 수가 없다. 자칫 길을 잘못 들어서면 그걸로 끝이다. 타클라마칸이란 민간 어원으로 '들어가면 나올 수 없다'는 뜻이라고 한다. 왕오천축국전을 쓴 혜초 스님은 귀로에 천산남 로로 불리는 사막 북쪽길을 지나갔다. 우리가 숙박한 사막 입구 룬타이에 서 멀지 않은 쿠차를 지나 당시 당나라의 수도였던 장안(지금의 서안)에 도착했다.

혜초의 왕오천축국전은 중천축을 비롯, 동·서·남·북 다섯 천축국에 갔던 기행문이다. 천축이란 인도를 가리킨다. 그때는 지금의 인도-파키스탄 지역에 다섯 개의 큰 나라가 있었던 모양이다. 혜초는 출발할 때는 중국 광주에서 해로로 동인도에 도착해 인도 본토를 둘러보고 북천축국을 거쳐 페르시아까지 갔다. 그리고 발길을 돌려 파미르고원과 서역(지금의 신장 위구르자치구)을 지나 장안에 온 후 그곳에서 경전을 연구하다 입적했다.

왕오천축국전은 1908년 프랑스의 동양학자 폴 펠리오(1878~1945)가 둔황의 막고굴에서 발견했다. 그러나 혜초가 신라사람이라는 것을 밝힌 것은 그 뒤 일본인 학자에 의해서였다.

우리는 왕오천축국전이 마르코 폴로의 '동방견문록'과 더불어 세계 4대 여행기 중 하나라고 자랑한다. 혜초 스님에 대해서는 한국 최초의 세계인 이라고 한다. 왕오천축국전이 발견되어 혜초가 한국인임이 밝혀진 것은 불과 100여 년 전 일이다.

▲ 타클라마칸 사막호수 옆 모래언덕에서 저자(2024.1)

펠리오는 탐험대를 이끌고 타클라마칸 사막 동쪽, 감숙성 둔황의 석굴 사원 막고굴에 들어가 발굴 작업을 했다. 그는 언어의 천재였다. 중국어를 비롯해 13개 언어에 능통했다. 한문 실력은 고문서도 척척 읽어 내릴 정도였다. 더욱이 불교 서적에 대해 많이 알고 있었고 비상한 기억력의 소유자였다.

막고굴에서 문서 더미가 발견된 것은 1899년 또는 1900년으로 알려져 있다. 막고굴을 관리하던 왕 도사로 불리던 도교의 사제 왕원록이라는 사람이 어느 날 우연히 16호굴 벽의 일부가 흘러내리는 바람에 벽 안에 숨어 있던 또 다른 굴을 발견하게 됐다. 17호 굴이 된 새로 발견된 굴 안에는 천 년도 더 된 수만 점에 이르는 두루마리 필사본이 쌓여있었다. 건조한 기후

덕에 보존 상태는 나쁘지 않았다.

소문이 나면서, 영국인 고고학자 스타인이 1907년에 처음 이곳에 와서 왕 도사를 설득해 돈을 좀 주고 약 7천 점의 두루마리를 대영박물관으로 가져갔다. 그러나 스타인은 한자를 몰랐으므로 문서를 일단 낙타에 잔뜩 실어 갔다. 그 안에서 발견된 것 중 가장 중요한 문서로는 서기 868년에 목판 인쇄로 만들어진 가장 오래된 '금강경'이 꼽힌다.

그 다음 타자로 다음해인 1908년 펠리오가 오게 된 것이다. 아직도 엄청난 문서가 쌓여있었다. 중국어와 한문의 대가인 펠리오는 굴속에 촛불 하나를 켜 놓고 3주 동안 남아 있는 두루마리 2만 여점을 일일이 살펴보면서 가져가야 할 5천여 점을 추려냈다. 90파운드를 값으로 치렀는데, 그 안에 왕오천축국전이 있었던 것이다.

▲ 펠리오가 촛불 하나로 막고굴의 문서들을 살펴보고 있다.

왕오천축국전이 처음 발견됐을 때는 앞뒤가 떨어져 나가 제목도 저자의 이름도 없었다. 그러나 펠리오는 언젠가 본 적이 있던 당의 승려 혜림(737~820)이 지은 불경 용어 사전 '일체경음의' 속에 나오는 왕오천축국전이 이것이 아닐까 하는 생각을 했다. 그리고 파리에 와서 그 두루마리가 왕오천축국전이라는 것을 확인해 발표하게 된다. 그런데 세상 일이란 참으로 알 수 없다. 혜림의 '일체경음의'는 중국에서는 일찍이 망실되었으나 다행히 우리나라의 고려 팔만대장경에 수록되어 그 내용이 보존되어 왔다. 일본에 전해진 그것을 펠리오가 이전에 봤던 것이다. 펠리오의 비상한 기억력이 올린 개가였다. 그러나 그때만 해도 혜초는 당나라의 승려일 것으로 추측됐다.

그 뒤 1915년 일본의 불교학자 다카쿠스 준지로가 북인도 출신 밀교 승려인 불공삼장이 남긴 유서에서 거명한 제자 6명 가운데 '신라 혜초'가 들어있음을 발견한다. 그것이 바로 혜초가 신라 승려라고 밝혀진 계기다. 그 뒤 8세기 무렵 혜초라는 이름으로 활동한 승려가 여럿 있었다는 문제 제기도 있었으나 신라 혜초를 뒤집을 어떤 근거도 나온 것이 없다.

이처럼 왕오천축국전은 외국인들의 발견과 확인의 덕으로 우리의 유산이 된 것이다. 펠리오가 가져간 왕오천축국전은 앞뒤 부분이 유실돼 온전한 상태는 아니지만 지금 프랑스 국립도서관에 보관되어 있다.

'도스토옙스키 두 번 죽다' – 관훈 인터뷰 / 저자와의 대화

CBS 사장, 뉴스1 부회장, 서울문화사 사장과 부회장 등을 지낸 언론인이자 다수의 저서를 낸 이정식 작가가 지난(2020년) 7월 '러시아 문학기행 1, 도스토옙스키 두 번 죽다'를 출간했다. 상트페테르부르크에서 시베리아 옴스크를 거쳐 쿠즈네츠크까지 러시아 대문호의 파란만장한 삶의 궤적을 두 발로 직접 찾아 나선 기록이다.

도스토옙스키는 톨스토이와 더불어 러시아인이 가장 사랑하는 작가다. 그런 만큼 그가 머물렀거나 인연이 있는 장소마다 그의 흔적을 간직하고, 생애와 업적을 기리는 박물관이 세워졌다. 도스토옙스키가 태어나고 자란 모스크바 마린스키 빈민구제병원 의사 관사, 10대 초반 추억이 깃든 가족 영지 다로보예, 유형지였던 시베리아 옴스크, 강제 군복무를 한 세미팔라틴스크(현 카자흐스탄 세메이), 첫 사랑 여인 마리야와 결혼식을 올린 쿠즈네츠크(현 노보쿠즈네츠크), 말년에 '카라마조프 형제들'을 집필한 스타라야루사 별장과 그 옆에 새로 만들어진 카라마조프 형제들 소설 박물관, 그리고 생을 마감한 상트페테르부르크의 아파트 등 7곳(8개 박물관)이다.

이 작가는 2017년 5월부터 2019년 4월까지 박물관 7곳을 모두 방문했다. 2020년 2월 서울문화사 부회장에서 물러나기 전까지 현직에 있었기에 장

▲ 인터뷰는 프레스센터 관훈클럽 사무실에서 진행됐다. (왼쪽은 저자, 오른쪽은 이순녀 선임기자)

기 휴가를 낼 수 없어 짧은 일정의 현장 답사를 여러 번 다녀와야 했다. 러시아문학 전공자도 아닌 그가 이처럼 집요하게 도스토옙스키 박물관을 섭렵한 이유는 뭘까. 8월 19일 서울 중구 한국프레스센터 관훈클럽 사무실에서 그를 만났다.

- 도스토옙스키에 관한 책을 쓰신 동기가 궁금합니다.

"3년 전 2017년 '시베리아 문학기행'을 먼저 출간했습니다. 그 몇 해 전에 시베리아 횡단열차를 타고 바이칼여행을 할 때 이르쿠츠크에 있는 데카브리스트 박물관을 들렀는데 큰 감명을 받았어요. '12월 당원'이란 뜻의 데카브리스트는 1825년 12월 러시아의 전제정치에 저항해 혁명을 일으켰다가 당일 진압돼 시베리아 유형에 처해진 귀족들입니다. 신분과 특권을 박탈당한 이들은 형벌이 끝나도 죽을 때까지 농민으로 그곳에서 살아야 했습니다. 그런데도 11명의 부인이 남편을 따라 시베리아로 떠났습니다. 이 여인들은 주변 사람들에게 헌신적으로 행동해 존경을 받았어요.

시베리아 유형자들에 대한 관심은 자연스럽게 이와 연관된 러시아 작가들을 향한 호기심으로 이어졌습니다. 톨스토이는 데카브리스트의 이야기를 소설로 쓰려고 오래 고심했고, 푸시킨은 이들을 위한 시를 썼어요. 도스토옙스키는 차르 체제를 비판하는 독서모임에 가담한 죄로 시베리아에서 4년의 유형과 5년의 군 생활을 했는데 이때 경험이 문학의 밑거름이 됐지요. 체호프는 19세기 말 자발적으로 시베리아를 횡단해 극동의 유형지 사할린 섬을 여행하고 나서 불후의 명작들을 남겼습니다. 우리나라 작가 중에선 춘원 이광수가 시베리아와 유일하게 인연이 있습니다. 1914년에 바이칼 호수를 여행했는데 당시의 경험을 반영한 작품이 '유정'이지요.

'시베리아 문학기행'은 톨스토이, 푸시킨, 도스토옙스키, 체호프, 그리고 이광수 등 한러 작가 5명의 이야기를 담았습니다. 그 중에서 도스토옙스키를 따로 떼어 집중적으로 다룬 내용이 이 책이에요. 한 권에 다 담지 못해 후속편 2권이 내년 1월에 나옵니다. 앞으로 다른 세 명의 러시아 작가들도 차례로 조명할 계획입니다."

-러시아 대문호 4명 가운데 도스토옙스키를 첫 번째로 택한 이유는 무엇인지요.

"도스토옙스키의 기구한 인생에 가장 마음이 끌렸습니다. 그는 사형수로 처형되기 직전 니콜라이 1세의 감형 조치로 극적으로 생명을 건지고 시베리아로 유형을 떠나 인생 황금기인 28세에서 38세까지를 수용소와 시베리아 군부대에서 보내게 됩니다. 하지만 그곳에서 절망이 아니라 생에 대한 강렬한 의지를 불태웁니다. 죽음의 문턱까지 갔다 온 극단의 경험을 생의 선물이라고 여기면서 누구보다 치열하게 살고, 작품을 써 대문호로 이름을 날리게 됩니다. '죄와 벌', '카라마조프 형제들' 같은 걸작이 시베리아에서 싹텄다고 할 수 있지요. 도스토옙스키의 파란만장한 삶을 추적하면서 '내가 저런 상황이었으면 어땠을까' 그런 생각을 많이 했습니다."

- '도스토옙스키 두 번 죽다'라는 제목에 담긴 의미를 좀 더 설명해 주신다면요.

"도스토옙스키는 1849년 12월 22일 상트페테르부르크 사형장에서 처형 순서를 기다리고 있었습니다. 1845년 첫 작품 '가난한 사람들'과 이듬해 '분신'으로 작가로서 주목받을 무렵 외무부 관리 미하일 페트라셰프스키와 교류를 하면서 체제 비판적인 독서 모임 활동을 했다는 죄목으로 체포돼 사형 선고를 받은 것이지요. 그런데 사격대가 총을 쏘기 직전 감형을 알리는 황제의 칙령이 낭독됩니다. 얼마나 극적입니까. 하지만 사실 감형은 이미 결

정된 상태였고, 젊은이들에게 교훈
을 주려는 의도로 사형장까지 데리
고 간 것이라고 합니다.

▲ 도스토예프스키 초상화(1872)

　어찌됐든 도스토옙스키는 이때
한 번 죽었다 살아난 셈이니, 두 번
죽었다고 볼 수 있지요. 형장에서
살아 돌아온 직후 그는 형에게 '더
나은 사람으로 다시 태어나겠다'고
다짐하는 편지를 씁니다. 온갖 흉
악범들이 들끓고, 고된 노역이 지속되는 시베리아 옴스크 수형소 생활을
하면서도 도스토옙스키가 생에 대한 집착과 목표를 굳건히 지켜내는 모습
은 감동적입니다. 내 인생도 그냥 주어진 게 아니라 선물이라고 여기면서
매순간 보람 있게 살아야겠다는 생각을 하게 됐습니다."

- 여러 도시에 있는 도스토옙스키 박물관 7곳을 모두 취재하셨습니다. 가장 인상
　적인 곳은 어디였나요.

　"도스토옙스키의 '죽음의 집의 기록'을 보면 옴스크 수용소에서 막대형
족쇄를 찼다고 나오는데 도무지 머리에 그려지지 않았어요. 옴스크 박물
관에 가서야 '아 이거였구나' 알게 됐습니다. '죄와 벌'에서 시베리아 유형

을 간 라스콜리니코프가 강변의 통나무에 걸터앉아 건너편 광야를 바라보며 자유를 갈망하는 장면이 등장하는데 그 강변이 옴스크의 이르티시 강변입니다. 실제로 강변에 서서 건너편을 바라보니 라스콜리니코프가 어떤 감정이었을지 조금은 이해가 가더군요.

카자흐스탄 세메이에 있는 박물관은 도스토옙스키가 마리야와 결혼해 2년 반 살았던 통나무 신혼집에 연결해서 기념관을 지은 것인데, 예상 외로 규모가 다른 곳에 비해 크고, 전시물도 충실해 인상적이었습니다. 스타라야루사에는 말년에 살던 별장에 원래 박물관이 있는데 2018년에 가보니 그 옆에 2층 규모의 '카라마조프 씨네 형제들 소설 박물관'을 따로 열었더군요. 인구 3~4만 명의 작은 도시에 박물관이 2개나 들어선 걸 보면서 러시아 사람들이 도스토옙스키를 얼마나 소중하게 여기는 지 짐작이 갔습니다. 박물관마다 다 특징이 있어서 흥미로웠습니다."

- 현장 답사를 여러 번 나눠서 다니셨습니다. 어려움이 많으셨을 것 같은데 어떠셨나요.

"러시아문학 전공 교수들이 쓴 책은 많지만 기행문 형식은 드물잖아요. 현장에 가야 쓸 수 있는 글을 언론인 입장에서 더 자유롭게 쓰고 싶었습니다. 7개 박물관을 다 돌아봐야겠다고 결심을 하고나서 4~5년 간 자료 수집을 한 뒤 취재를 시작했습니다. 답사 일정은 현직에 있다 보니 4박 5일 또는 5박 6일이 최선이었어요. 명절 연휴 등을 이용해 자비로 다녔지

▲ 러시아 문학기행1 도스토옙스키 두 번 죽다

요. 지리적으로 멀기도 하고, 기차나 비행기 등 이동 시간을 맞추다 보면 실제로 현지에 체류하는 기간은 길어야 하루, 아니면 5~6시간 정도가 고작이었어요. 시간에 쫓겨서 다닌 게 가장 아쉽습니다. 그래도 다행히 건강이 뒷받침되고, 현지에 거주하는 지인들이 통역과 가이드 등 많은 도움을 줘서 무사히 답사를 마칠 수 있었습니다.”

- 대학에선 지구과학을 전공하셨고, 기자 시절엔 주로 정치부, 사회부를 출입하셨습니다. 러시아문학에는 언제부터 관심을 가지셨는지요.

“국교 수교 이전인 1989년 김영삼 당시 통일민주당 총재가 러시아를 방문할 때 취재기자로 동행한 것이 러시아와의 첫 인연입니다. 이듬해 청와대를 출입하면서 노태우 대통령의 러시아 국빈 방문에 따라가기도 했으니 기자로서 남들보다 인연이 깊은 편입니다. 자국의 문화예술, 특히 문학에 대한 러시아인들의 자부심이 대단했던 기억이 납니다. 사실 평소에 특별히 러시아문학에 관심을 가졌던 건 아니고, 시베리아 여행을 하면서 보고 느낀 점들을 기록으로 남겨야겠다는 생각으로 여기까지 오게 됐습니다.

- 이번 책까지 9권의 저서를 내셨습니다. '북경특파원', '워싱턴 리포트' 등 일선 취재 경험을 담은 책들과 더불어 '사랑의 시, 이별의 노래' '가곡의 탄생' 같은 가곡 에세이가 눈에 띕니다.

"가곡은 중학생 때부터 혼자 곧잘 부르긴 했어요. 40대 중반 CBS 청주 본부장을 하면서 음악회를 주최하게 됐는데 연습실에서 가곡을 따라 불렀다가 실력이 괜찮았는지 성악가들의 초청으로 게스트로 무대에 오르게 됐어요. 이후 일 년에 서너 번쯤 공연을 하고 있습니다. 세종문화회관, 예술의전당 무대에도 서봤으니 아마추어치고는 성공한 셈이지요. 가곡 음반도 4집까지 냈습니다. 인생에 소금 같은 귀한 기회라고 여기고 있습니다. 가곡 에세이를 내게 된 건 참고할만한 가곡 관련 책이 별로 없어서였습니다. 가사나 작곡에 얽힌 이야기 등 내용과 배경을 알면 감정도 살아나고 일반인들이 가곡에 대해 흥미도 더 느낄 수 있을 것이라고 생각해서 쓰게 됐습니다. 2011년에 첫 책을 내고, 2017년에 두 번째 책을 냈습니다. 가곡 책을 쓰면서 일제강점기의 아픈 역사에 가슴 아픈 적도 많았습니다. 음대 교수들 중 제 책을 교재삼아 가곡 강의를 하는 분이 계시다는 얘기를 들을 때마다 고맙고, 보람이 큽니다."

- 다작 집필의 원동력은 무엇인가요.

"1985년에 첫 책 '북경 특파원'을 냈어요. 1981년부터 1년 간 홍콩대학으로 연수 갔던 경험을 살려 쓴 책이 베스트셀러가 됐습니다. 사람들이 북경에 대해 잘 모를 때 나온 책이라 관심들이 많았어요. 이후 내가 보고 경험하고 느낀 것들을 잊지 않기 위해 꾸준히 책을 썼습니다. 기록하지 않으면 아무 소용이 없어요. 내가 기억하려고 쓴 글들이 남들에게 보탬이 되면 더 바랄 나위가 없지요. 사진도 최대한 많이 찍으려고 노력합니다. 시베리아 문학기행 다닐 때는 카메라 5대를

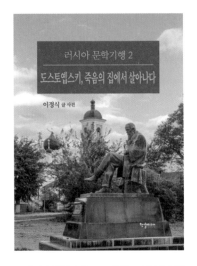

▲ 러시아 문학기행2 도스토옙스키 죽음의 집에서 살아나다.

가지고 다니며 수천 장의 사진을 찍었습니다. 정보가 많아야 나중에 글을 쓸 때 도움이 됩니다. 이제는 사실상 은퇴했으니 자유로운 상태에서 많이 읽고, 많이 쓰겠다고 다짐하고 있습니다."

관훈클럽 인터뷰 2020년 8월 19일

진행: 이순녀 서울신문 문화부 선임기자(서울신문 국제부장, 문화부장, 논설위원 역임)

부록6

장우익 시인 '암' 극복기

(* 아래 글은 2024년 7월 8일 내가 의사로부터 항암치료 중단 선언을 들은 며칠 후 장 우익 시인으로부터 받은 간략한 '암' 극복기다. '암' 극복기란 제목은 내가 붙인 것이며, 장 시인이 내게 보낸 글은 스마트폰의 문자로 왔다. 나는, 병원에서의 항암 치료가 중단되 자 스스로의 자연치료방식으로 암을 극복했다는 장우익 시인의 말을 과거 어느 가곡음 악회 때 직접 들은 기억이 떠올라 장 시인께 비슷한 처지가 된 나의 상황을 설명하고 조 언을 구했다. 내용이 많은 이들에게 참고가 될 것 같아 장 시인의 허락을 받아 여기에 싣 는다.)

이정식 사장님 오랜만에 뵙습니다
참으로 고생이 많으시군요
저는 항암은, 두번에 걸쳐
15회 항암주사를 맞았습니다
대장암초기로 수술받고
그대로 끝난 줄 알았고
평시대로 2년간 걱정없이 살았는데
또 다시 위암3기로 판정받고
위절제 수술을 받았습니다

먹지 못하는 상태에서

독한 항암주사를 맞으니

사경을 헤매다 응급실에 실려간 것만

여섯 번이었습니다

그런 와중에 폐로 전이되어

폐결절에 늑막결핵까지 와서

독실에서 가족 상면도 못하고

위탁 간호로 몇 개월 치료를 했으나

항암도 내성이 생겨 중단하고

위암4기 판정받고

병원진료 중단했습니다

그때부터 자연치료방식을 택하여

내 병명에 도움되는 식재료가

무엇인지 연구하게 되었습니다.

단백질 보충은

계란, 닭가슴살, 오리고기를

채소는 당근, 감자, 고구마, 고추,

가지, 양배추 등등

과일은 매일 사과 1개씩과

제철 과일은 빠짐없이 먹었습니다.

금지식품으로, 설탕과 술은 완전히
끊었고(암세포의 주식이 당입니다)
무조건 휴식을 취하고
잠을 청했습니다.

이 부분이 제일 힘들었습니다
저는 시창작에 집중했고
그러다보면 잠이 들고
그때 생각한 게 긍정적으로
생각하고 죽음이란 굴레를
벗어나는 모든 것들을 활용했습니다
동요, 시조, 수필, 소설, 문학평론, 시나리오 등단을
3년에 걸쳐 완주했고
마지막에는 글로벌 문예대학원 명인과정을
졸업하게 되었습니다.

목표를 달성하기 위해
그것만을 위해 노력하다보니
암세포가 사라지고

병원문을 나선지 2년만에
완치 판정을 받았고
지금은 6개월마다
CT로 확인검사만 받고 있습니다.

가장 중요한 것은
자기 병에 대해 연구하고
처방을 찾는 것입니다.
신선한 채소와 과일 섭취
직접 지은 밥과 반찬
굽지 않고 튀기지 않은 음식만을
고집해야 합니다.

완치라 해도
암세포가 굶어 기를 죽이고 있는
상태입니다.
면역력이 약해지면
금방 활동을 재개합니다.

죽을 때까지 지켜야만 합니다.
암은 동반자로 여겨야하며

절대 완전 사멸이란 없습니다.

건강한 사람도 암세포를 지니고 있습니다.

단지 활동을 못하고 있는 것입니다.

사실 이러는 과정에 몸은 만신창이가

되어 잠시라도 소홀하면

합병증이 오고 어려워질 수 있습니다.

저는 심한 난청이 와서

어떠한 것보다 힘듭니다.

암이 짓밟아놓은 육신은

생각보다 심각하며

병자의 몸이란 걸 한시라도 잊을수도

없는 형편입니다.

제가 드리고 싶은 말씀 이게 다입니다.

설사 만나뵙는다 해도

대화가 어렵습니다.

언제라도 카톡이나 메세지를

주시면 응답해 드리겠습니다.

용기를 가지십시요

본시 사람은 초식동물입니다.

채소와 약초가 3천여 가지가

우리 땅에서 자라고 있습니다.

약 아닌 것이 없고

효능을 가지지 않는 채소도

과일도 없습니다.

신선한 걸로 맛있게 드시면

사람은 살고 암은 굶어 죽습니다.

자신있게 생각하십시오.

좋은 결과를 위해

힘내시고요.

후기

1.

내가 이 책의 머리말을 쓴 날은 2024년 7월 8일 월요일 오후였다. 아산병원에서 의사를 만나고 돌아온 직후 곧바로 머리말을 간략히 써서 책상 앞에 붙여두었다.

의사가 "더이상 항암 치료를 계속할 방법이 없다"고 포기 선언을 한 날이다. 그 순간 정신이 번쩍 들었다. 이렇게 갑자기 오다니. 그러면 나의 생명은 얼마나 남은 것인가. 의사가 치료 포기 선언을 하면 환자는 대체 어떻게 해야 하나. 이제부터는 어떻게 해야 하지? 온갖 생각이 한꺼번에 밀려왔다.

2020년 4월 대장암 수술을 받고 항암치료를 시작한 후, 이전에 써 놓았던 원고와 새로 쓴 원고들로 '러시아 문학기행1 도스토옙스키 두 번 죽다' (2020.7) 와 '러시아 문학기행2 도스토옙스키 죽음의 집에서 살아나다' (2021.1) 두 권을 냈다. 그 뒤 머리말에 쓴 것처럼 코로나 팬데믹과 러시아-우크라이나 전쟁, 나의 건강 문제 등 여러 사정이 겹쳐서 운신에 제약을 받으면서 그동안 써 둔 여행기들로 '여행작가노트' (2021.11)를 출간했다.

그런 중에 나의 건강이 허락하고 다시 러시아 여행을 하게 될 날을 기다리며 톨스토이, 파스테르나크, 숄로호프, 솔제니친과 19세기 전반의 러시아 작가들인 푸시킨, 레르몬토프, 고골, 그리고 프랑스의 루소, 위고 등의 작품과 관련한 원고들을 써놓았다. 두 권 이상 분량은 될 것 같았다.

50여 차례 항암치료를 받는 동안 몸을 괴롭히는 각종 부작용은 쉼 없이 계속 되었다. 그러나 통증이 자주 있는 것은 아니어서 외부활동이 아닌 일상생활에 큰 지장을 받지는 않았다.

그런데 이날(7월 8일) 담당 의사가 이 방법, 저 방법 다 써봤지만 최근 임상시험 약도 내성이 생겨 줄어들었던 암세포가 다시 커진 이상 다른 치료 방법을 찾을 수가 없다고, 사실상 손을 놓겠다는 말을 하자, 지난 4년 이상 지니고 있었던 희망의 불꽃이 한 순간 꺼지는 것 같았다. 마음이 급해지기 시작했다. 책으로 내려고 써 놓은 원고도 잔뜩 있는데... "원, 세상에! 인생 마감 시간에 쫓기다니..." 그래서 집으로 오자마자 머리말을 써 놓았던 것이다.

진료실을 나올 때, 그날은 말문이 막혀서, 맥없이 "알겠습니다"하고 나왔다. 간호사가 호스피스 상담실에 들렀다 가란다. 호스피스라니, 이건 또 무슨 소린가.

이 책이 마지막 책이 아니기를 희망하지만, 그럴 수도 있기 때문에 ─ 책의 성격과 맞지 않는다는 생각을 하면서도 그간의 치료 경과를 간략히 기록한다.

2.

CBS 사장 퇴임 후 2년간 청주대 신문방송학과 객원 교수를 한 것을 포함해 41년간 언론계에 몸담아 온 나는 마지막 직장이었던 서울문화사를 퇴임(2020. 2. 28)한 직후인 3월 9일 대장암 3기에 간으로 전이되어 4기 암이라는 진단을 받고 졸지에 암환자가 되었다. 그리고 4월 2일 아산병원에서 대장암 수술을 받았다. 원래 개복을 하여 간과 대장암 수술을 차례로 진행할 것이라고 들었으나 수술 하루 전날 저녁에 간쪽은 전이 부위가 크지 않으므로 대장암 수술 후 방사선 치료를 하게 될 것이라는 통보를 받았다. 수술 범위가 줄어들면서 대장암 절제수술만 복강경으로 받았고, 간전이암에 대해서는 수술 다음달인 5월에 다섯 차례의 방사선 치료를 받았다. 이후 11월 말까지 12번의 대장암 항암치료를 받았다.

항암치료를 마친 후 3개월에 한 번씩 체크하는 관찰기로 들어갔다. 그런데 이듬해인 2021년 5월, 폐에 그림자가 보인다고 대장암 수술을 한 의사가 말했다. 전이됐을 가능성이 있다는 얘기였다. 7월에 CT 검사로 폐로 전이된 것이 확인되었다.

이후 2024년 5월 20일까지 4년 전 대장암 수술 후 받은 12번의 항암주사를 포함해 55차례의 항암주사를 맞았다. 2021년 7월부터 폐전이암에 대한 항암주사를 맞으면서 머리칼이 몽땅 빠졌다. 표적치료라고 했는데, 어느 때부터인가 폐에 박혀 있는 5~6개 정도의 깨알같은 암세포가 더이상 줄어들지 않는다고 했다. 그러더니 2023년 2월, 종양내과의 담당의사가 임상시험에 참여할 것을 권했다. 신약을 투약해 보자는 것이었다.

그 이전까지는 주사만 48시간을 맞고 약을 먹지는 않았다. 그런데 임상치료는 P라는 발음하기 어려운 이름의 주사를 2주 간격으로 1시간 정도 맞고 S라는 알약을 매일 오후 1시에 8알씩 먹는 것이었다.

새 주사는 피부 부작용이 매우 심했다. 얼굴에 여드름처럼 작은 발진이 수시로 생기고 전신에 각질이 생겨 오랫동안 온몸이 말이 아니었다. 옷을 벗을 때마다 허연 각질이 바닥에 우수수 떨어졌다. 아내가 나의 피부 상태가 구약성경에 나오는 '욥'같다고 했다. 마그네슘 수치도 계속 떨어졌다. 마그네슘 수치가 떨어지면 근육을 약화시켜 몸에 힘이 빠진다고 했다. 마그네슘 수치는 1.8 이상이 정상인데 너무 떨어져 항암주사를 못 맞은 날도 있었다. 2023년 가을부터는 거의 일주에 두세 차례씩 마그네슘 링거를 맞았다. 아산 병원에서 의뢰서를 만들어 주어 우리 동네 목동의 홍익병원에 가서 맞기도 했다. 간호사들은 내가 링거를 맞고 나올 때마다 "다시 오지 마세요"라고 고마운 덕담 인사를 했다.

신약 투약 이후 암세포가 조금씩 줄어들었다. 그러더니 더이상 줄어들지 않고 같은 상태라는 CT결과가 오래 계속되었다. CT는 두 달에 한 번꼴로 찍었다. 그렇게 2024년 5월 20일까지 1년 3개월간 임상시험 치료를 받았다.

그후 5월 27일 CT를 다시 찍고 6월 3일에 의사를 만났는데, 암세포가 조금 커져서 이날 항암주사를 진행할 수가 없다고 했다. 투약이 중단된 것이다. 임상시험은 암세포가 다시 커지면 즉시 중단되는 모양이었다. 그리고 3주 후인 6월 24일 다시 외래가 잡혔다.

그 사이 6월 14일(금)부터 왼쪽 갈비뼈 아래 옆구리가 가끔 뜨끔거렸다. 처음에는 전날 조금 무거운 것을 들어 담이 들린 것으로 생각했다.

그러더니 며칠 후부터 밤에 배가 아파 조금 잠들었다가는 통증 때문에 깨어서 일어나 앉고 하는 상황이 반복되었다. 외래에 가기 일주일 전쯤부터다. 그렇게 2~3일이 지나더니 20일(목)부터 오줌이 진노랑 색으로 변했다. 그때만 해도 원인을 알 수 없었으므로 전날 과로했나보다 하는 정도로 생각하고 월요일에 외래에 가서 물어보면 알겠지 했다.

주말이 되자 배의 통증이 조금 더 심해졌다. 그렇게 주말을 보낸 후 6월 24일 월요일 아침 일찍 채혈을 하고 의사를 만났더니 황달이 왔다고 했다. 그날 오후 급히 CT를 찍고, 다음날 6월 25일 아침에 응급실로 입원을 해 이날 오후 3시 경 담도 스탠트 시술을 받았다. 담도가 막혀 스탠트 관을 넣은 것이었다. 위 내시경 할 때처럼 입으로 내시경을 넣는 방식으로 했는데, 수면 마취 상태로 시술이 진행되었다. 그리고는 아산병원에 병실이 없다고 그날 밤 11시에 구로 성심병원으로 전원을 해주어서 그곳에 이틀간 입원했다가 퇴원했다. 퇴원 후에도 복부의 통증은 계속됐다. 하루 두 번, 12시간 지속되는 진통제로 하루하루를 보냈다.

그리고 지난(2024년) 7월 8일, 나의 주치의인 종양내과의 담당 의사로부터 폐쪽은 가능한 방법을 다 써 봤지만 암세포가 다시 커져서 더이상 치료할 방법이 없다는 이야기를 들은 것이다. 의사는 지금 당장은 담도쪽이 문제라고 했다. 이날까지는 담도에서 암세포가 발견되지 않았다고 했다.

3.

7월 18일(목), 열흘만에 종양내과 의사를 오전에 만났다. 이날 의사는 담도암이라고 확정적으로 말했다. 향후 치료에 대한 이야기는 더이상 없었다. 오후에 6월 25일 담도 스텐트 시술을 한 소화기내과 의사를 처음 만났다. 젊은 분이었다. 소화기 내과 의사에게 담도암이냐고 다시 확인하니 자기는 스텐트만 하기 때문에 그 상태는 알 수 없다고 했다. 그리고 지금 끼워놓은 플라스틱관은 한달 정도면 막히기 때문에 8월 2일에 잘 안 막히는 금속관으로 바꾸는 스텐트 시술을 하겠다며 8월 1일에 입원을 하라고 했다. 어찌 되었던 앞으로 병원에서는 더 이상 암을 낫게 하는 치료는 받을 수 없는 상황이 되었다.

7월 8일부터 18일 사이에 나는 앞으로 내가 할 수 있는 일이 무엇인가를 생각해봤다. 의사들 중에 암을 극복하려면 몸 안에 면역력이 되살아나야 하는데, 면역력을 키우려면 근력운동을 해야 한다는 분이 계셨다. 7월 11일, 평생 처음으로 동네 헬스장에 등록을 하고 다음날부터 다니기 시작했다. 트레이너로부터 하나하나 배워가며 가장 가벼운 것부터 시작했으나 그것도 조금 하면 힘이 들어 쉬엄쉬엄했다. 러닝 머신은 기본. 그리고 중단했던 맨발걷기를 다시 시작했다.

그동안 맨발걷기는 나의 친구 류영창 박사와 언론계 후배인 함영준 대표, 조백근 실장, 그리고 둘째 아들(승찬)이 꾸준히 내게 권했었다. 그러나 항암주사 후유증으로 발바닥과 뒤축이 이리저리 너무 갈라져 하다말다 할 수 밖에 없었다. 항암주사를 안 맞으니 발바닥이 정상으로 돌아왔다. 근력운동과 더불어 맨발걷기도 매일 하려고 노력하고 있다.

그리고 채식 위주로 식단을 바꿨다. 설탕 들어간 음식은 일절 안 먹기로 했다. 지방질 많은 음식도 조심하고 있다. 그동안 내가 당뇨환자임에도 케익 등 달달한 것을 좋아했는데, 그것이 몸에 좋았을 리가 없다.

설탕 음식 안 먹기로 한 것은 장우익 시인의 문자를 받고 나서부터다. 병원으로부터 폐암 치료 포기 선언을 들은 후 문득 과거에 장 시인이 병원이 포기한 상태에서 자연치료방식으로 건강을 되찾았다는 이야기를 하신 것이 생각났다.

5~6년 전 어느 가곡음악회에서인가 자신이 항암치료를 50회나 받았는데, 더이상 항암치료 안 받고 야채 위주 음식 개선으로 좋아졌다는 이야기를 내게 하셨기 때문이다. — 물론 정확한 기억은 아니다. 그래서 우리 가곡 모임을 각각 이끌고 계신 김정주 선생과 이경숙 선생께 연락을 했고, 알려주신 전화번호로 장 시인께 나의 현재 상황을 설명하는 문자를 보냈다. 곧 장우익 시인으로부터 답신이 왔다. 그것이 이 책 부록 속에 들어있는 내용이다. 여러 사람이 참고하면 좋겠다는 생각이 들어 장우익 시인께 허락을 받아 실었다. 장 시인께서 하신대로 실천해 봐야겠다는 생각도 했다.

통증이라는 것은 참으로 고통스럽다. 평생 처음 종일 계속되는 통증을 겪고 있다. 12시간 지속되는 진통제를 12시간 간격으로 계속 먹어도 통증이 중간중간 찾아온다. 어떤 때는 한참 머문다. 통증이 오면 모든 것이 올 스톱이다. 통증이 오는 순간은 몸에 힘을 줄 수 없으므로 신체가 순식간에 오무라드는 것 같다. 그런 상태에서는 정상적인 대화도 하기 어렵다.

나아질 가능성이 없는 통증은 정말 무서운 것이다. 30여 년 전, 선친(고 이경성)께서 직장암과 폐암으로 돌아가시기 전 통증으로 오래 고통을 받으셨는데, 내가 또 그렇게 된 모양이다. 부자(父子)가 닮을 걸 닮아야지... 다 나의 우둔함 때문이다. 아버지께서 돌아가시기 전에 내게 "젊어서부터 몸을 잘 관리해 건강하게 오래 살거라!"하고 말씀하셨는데, 벌써 4년 반 넘게 병치레로 세월을 보내고 있으니 불효막급이다. 나의 두 아들 승호, 승찬이와 조카들은 이 글을 읽을테니 너희들은 할아버지 말씀대로 잘 실천할 것을 당부한다.

의사들은 모두 현재로서는 통증을 완화시킬 방법이 진통제 외에는 없다고 했다. 그런 이야기를 듣고 많은 장맛비로 잠수교가 통제된 7월 18일 오후, 택시를 타고 보통 때 안 가던 길을 이리저리 돌아 집으로 돌아왔다.

통증의 공포 속에서 매일매일 힘겹게 지내던 중 지난 8월 말, 2월부터 미국 보스턴에 살고 있는 둘째 승찬이가 맨발 걷기로 나를 살려 보겠다고 혼자 일시 귀국했다. 그 후 아들이 짜놓은 프로그램에 따라 갯벌 해변 등을 찾아 하루하루 움직이고 있다.

4.

사람은 모두 자기가 죽을 것을 안다. 그러나 죽지 않을 것처럼 산다. 죽음에 임박해서는 모두가 기적을 기대한다.

이 책에 실려있는 빅토르 위고의 단편 '사형수 최후의 날'을 보면 사형수는 마지막 순간까지 특사를 기다린다. 소식이 곧 올 것만 같다. 그러나 특사는 내려지지 않았다.

과거에는 암은 곧 죽음이었는데, 요즘은 과거와는 다르다. 많은 사람들이 현대의학의 덕택으로 암에 걸리고도 건강한 삶을 되찾고 있다. 그러나 그러한 행운이 모든 사람에게 주어지는 것은 아니다.

나는 암 발생 이후 언제나 '주님의 뜻에 순종할 뿐이다'라고 생각하며 살았다. 그동안 70년 세월 동안 주님의 가호로 가족들과 행복하게 살았다. 두 아들은 다 효자다. 맏아들 승호는 매일 오후 5시쯤 우리 부부와 영상 통화를 한다. 벌써 4년째인데 하루도 거르는 일이 없다. 할머니가 2021년 1월 돌아가신 후부터 생긴 변화다. 지금 미국 보스턴에 며느리와 같이 가 있는 작은 아들 승찬이는 할머니 돌아가신 후 입관 전 할머니께 인사할 때 마음 속으로 "아버지 어머니를 노후에 편하게 모시겠습니다"라고 다짐을 했다고 한다. 그런 마음 씀씀이가 다들 고맙다.

나는 가톨릭 의과 대학에 시신을 기증하신 어머니의 뜻을 따라, 3년 전 어머니 유골을 받아 오던 날 나의 시신 기증을 의과대학측에 약속했다. 나의 육신은 사후에 의대생들의 공부를 위한 해부학 교실에 올려질 터이니 그것도 살면서 세상에서 받은 여러 혜택과 빚을 조금이라도 갚는 것이 되지 않을까 스스로 위안을 해 본다. 담도암은 췌장암과 더불어 생존율이 가장 낮은 암이다. 내가 마지막까지 노력은 해야겠지만, 주님의 뜻대로 결말이 지어질 것이다.

이 책에 싣지 못한 원고들은 다음 책에 실을 수 있도록 준비를 계속하려고 한다. 톨스토이 작품 중 '전쟁과 평화' '안나 카레니나' '부활'의 여러 에피소드와 '참회록' '카프카스의 포로' '하지 무라트' 등 여타 작품들을 읽으면서 흥미롭고 인상적인 부분을 정리, 나름 해석한 내용이다. 노벨문학상 수상 작가인 '고요한 돈 강'의 숄로호프, '이반 데니소비치, 수용소의 하루'의 솔제니친도 담을 것이다.

솔제니친의 '이반 데니소비치, 수용소의 하루'나 '수용소군도'를 보면 폭력적인 국가 권력이 인간을 얼마나 비참하게 만드는지, 새삼 끔찍한 생각이 든다. '이반 데니소비치'의 주인공 슈호프는 수용소 생활에서 잠자는 시간을 제외하면, 아침 식사 시간 십 분, 점심과 저녁 식사 시간 오 분이 유일한 삶의 목적이다. 밥 먹는 것이 유일한 삶의 목적이라면 동물과 똑같다는 얘기 아닌가. 인간은 언제든 그처럼 동물로 전락할 수 있는 것이다. 솔제니친이 그러한 이야기를 쓴 것은, 숨겨졌던 참상을 폭로함으로써 폭압적 정치 상황에서 허물어진 인간의 존엄성을 되찾기 위한 것으로 나는 해석한다.

문학 에세이라는 말이 있는지 모르겠지만, 이 책의 성격으로 그런 이름을 붙였다. 두 번째 문학 에세이를 낼 수 있도록 노력을 기울이겠다.

2024년 9월

이정식